GOSICK
ゴシック
GREEN

角川書店

CONTENTS

装画　カズモトトモミ
装丁　大武尚貴

CHARACTER

ヴィクトリカ・ド・ブロワ――超頭脳〈知恵の泉〉を持つ銀髪の美女。〈グレイウルフ探偵社〉を開き、私立探偵としての活動を始める。

久城《くじょう》一弥《かずや》――留学時代にヴィクトリカと出逢った東洋人青年。〈デイリーロード〉の見習い新聞記者として働き始める。

ニコラス・サッコ（ニコ）――〈デイリーロード〉の新米カメラマン。リトルイタリーの老舗レストラン〈ローマカフェ〉に住む。

ダグ・メンフィス――メキシコからの移民一世。年配の受刑者ばかり集められた刑務所で看守として働く。

ケリー・スー――〈ニューヨーク市役所地域管理課緑地係〉の新人職員。主な仕事は公園整備。

フィリップ・ブラザー（KID）――伝説の銀行強盗。仲間と共に〈KID&ダルタニャン・ブラザーズ〉として数多くの銀行を襲撃するが、四十年前に逮捕された。

アーサー・キング（建築家ドルイド）――古代ケルト風の変わったデザインで大人気を博した建築家。既に亡くなっている。

ロスチャイルド五世――アメリカ経済を裏で牛耳る金融王。旧大陸で銀行システムを開発し、巨大な財を成したロスチャイルド家の現当主。

チェリー――〈デイリーロード〉編集長の娘で、秘書。ツインテールの金髪にミニスカート姿のフェミニンガール。

アナスタシア（アナコンダ）――〈デイリーロード〉広報部。セットした黒髪に男物の帽子、パンツスーツ姿のハンサムウーマン。

レベッカ・サッコ――ニコの従姉。詩と文学が好き。

ロバート・ウルフ（トロル）――小柄で立派なチョビ髭を持つ名士。じつは新大陸一の自動車王。

真夜中の鉄の舌が十二時を告げた。
恋人たちよ、寝室へ。そろそろ妖精《ようせい》の時間だ。

――『新訳　夏の夜の夢』角川文庫
シェイクスピア著　河合祥一郎訳

George Washington says…1

わしか？　わしはな、アメリカ合衆国の一ドル札じゃ。渋いルックスじゃろ？　まぁまず表の印刷を見てみい。初代大統領ジョージ・ワシントンの立派な顔が印刷されておるじゃろう。裏は緑のかっこいい幾何学模様。そう、わしこそこの国でいちばんよく使われておるありがたいお札なのじゃ。

古いというのか？　真ん中でいまにも二つに破れそうで、四隅も丸まって、ボロボロだと？　そう、わしは昔のお札じゃからな。つまりはな、歴史の生き証人じゃ！　なにしろもう五十年も前のこと。できたばかりのNY造幣局で、たくさんの仲間とともに印刷され、この世にやってきたのじゃ。

それからいろんなことがあったとも！　ある晴れた朝、ブロードウェイの片隅で、女優の卵に一袋のパンの耳を買わせてやったこともある。ある夜、リトルイタリーの酒場でギャングの賭《か》け事に使われたときは、端っこにウイスキーをこぼされ、わしまでちょっと酔ってしまってなぁ。

そうそう。ある夕刻、連邦準備銀行にいたときなどな。なんと新聞や指名手配のポスターで有名だった銀行強盗団《バウギャング》〈ＫＩＤ＆ダルタニャン・ブラザーズ〉と遭遇してな！　黒人の青年ダルタニャンが「一生に一度の幸運だぜ！　おまえら俺たちを目撃したことを自慢できらぁ！」と嘯《うそぶ》き、マシンガンを撃つものじゃから、仰天したぞ。強盗団と警官の激しい銃撃戦で、死体の山と血の海になってなぁ。犯人一味の男がわしの目の前で蜂の巣にされ、息絶え……。悪人とはいえ惨《むご》たらしい最期じゃったな……。

日曜の昼下がり、子供連れの若い夫婦と一緒に自由の女神に登ったこともあったな。とっても楽しかったぞ……。ん？　そうじゃ、アレは内部に階段があって上まで登れてな、目のところの穴から外を見られるのじゃ。わしもな、若夫婦と一緒に眩《まぶ》しい青空と素晴らしい景色を見て、胸がいっぱいになったなぁ。

若夫婦は、帰りにわしを使い、子供に玩具《おもちゃ》を買ってやった。彼らともそれでバイバイじゃ。つまりであるぞ。わしは長いあいだ、名もなきニューヨーカーの人生の一シーンを見ては、すぐつぎの人物の手に渡るという、流れ者暮らしを続けてきたわけじゃ。ま、お札の宿命じゃな。

流れ流れてここにきたのは、十年だか二十年だか前のことじゃ。ここは、ブルックリンのオレンジストリート三七番地〈ドルイドハウス〉。この辺りにしてはめずらしく平屋でのぅ。内装がおどろおどろしいし、それにあちこち隠し扉があってな、どうも妙な建物なのじゃ。

家主は気のいいお年寄りでな、いまではほとんど出かけることがない。ま、わしももうじーさんじゃからな、この家の薄暗い居間で、ほかのお札とともに牛乳ビンの奥に押しこまれ、こうしてのんびり余生を過ごしておるのじゃ。どうやら外ではおおきな戦争があったらしいが。最近のことはとんと知らんでなぁ。

きっと、わしの冒険の時間も終わって、このままここで……朽ちて……いく……のじゃ……。

……おやっ？

外に誰かきたようじゃ。来客など珍しいことじゃな。なにやら大騒ぎしておる。いったいなんじゃ？


「……この家だよ、ヴィクトリカ。三七番地の……」

「〈ドルイドハウス〉……」


「やっぱり椅子は必要だものね……」


「きゃっ！」

「久城《くじょう》なにをしてる？　朝から人のうちの庭先で柔軟体操かね？」

「ちっがうっ！」


なんの騒ぎじゃ？

でもわしはなにしろ眠くてな。うとうと、うと……。

「そこは窓よ！　気をつけて。おぼれるっ！」

「〈THE BOOK OF KELLS《ケルズの書》〉……〝世界でいちばん美しい本〟と呼ばれて……」

「なにが必要だったかしら……？」

「えぇと、椅子です」


外からガタガタと音が続いておる。さっきの男女と家主の声もするぞ。

玄関の扉が開いた。

……どやどやと近づいてくる足音がする。三人分の話し声も近づいてくる。


ドアがガタガタ動く。おやおや。なんとこの居間に入ってくるようじゃ。

なにが起こってるかはわからんが、いかん、こうしてお札がしゃべっていてはまずかろう。

お若いの、わしは口を閉じねばならん。

では、ひとまずまたな！

一章　クランベリーストリートの住人たち

1

天気のいい夏の朝。

黒と白のモノトーンの景色が広がる、精巧な玩具《おもちゃ》の街みたいなブルックリンの街角。花の蕾《つぼみ》形の街灯から吊《つ》り下がる〈Cranberry Street〉と書かれた鉄の飾りプレートが、夏の風にカタカタ揺れている。

通りの左右には、三階から五階建ての縦長の粗末なアパートメントが連なり、それぞれの玄関口におかれた植木鉢に咲く花が、モノトーンの街並みに色を添えている。街路樹も風が吹くたび薄ピンクの花を遠慮がちに揺らしている。

まるで古き良きヨーロッパのおとぎ話から抜けだしてきたような風景……。

一四番地のアパートメントは、その中でもひときわこぢんまりして、おまけに傾きかけて見える。その玄関の石段前で、地元チームの野球帽を斜めに被《かぶ》って半ズボンをはいた、赤毛のショートヘアにそばかすほっぺの女の子が、両手でバットを握り、元気よく素振りをしていた。

やがて想像の世界でホームランを打ったのか、目の上に片手で庇《ひさし》を作りながら夏の空を見上げ、満足げにうなずく。

と……。

トンテンカンテン！　トンテンカンテン！

と、アパートメントの上の……たぶん四階の表通り側の部屋から、大工仕事をする音が響きだした。女の子は同じポーズのまま、青空から四階の窓に視線を向けて、「なんだぁ？」と首をかしげる。

「ヨッ！　管理人ちゃーん」

と、牛乳ビンを前にも後ろにも山のように積んだ自転車をキキーッと停め、黒髪の女の子が声をかけてきた。こっちは赤い字で〈ＭＩＬＫ〉と書かれた白い帽子を被っている。

「毎度！　牛乳屋でっす！」

「あっ、御苦労さん。えーと、あたしが砂糖入りのを一本、一階の表通り側の家族が砂糖なしを三本、あと……」

と、赤毛の管理人さんは牛乳ビンを受け取りながら……。

トンテンカンテン！

と、トンカチの音が続く四階の窓をまた見上げて、続ける。

「昨夜遅く、新しい住人がきてさ！　一人は東洋人の男で、あ、この子がけっこう可愛い顔してんだよ。あとさ……映画でも見たことない、ものすっごい、とんでもない……美人が！」

つられて窓を見上げていた牛乳屋は、赤毛の管理人さんが「美人が！」と言いながら、なぜか地面と平行にした手のひらを自分の胸の辺りに固定して見せたので、不審そうに、

「え……でもちいさくない？」

「あたし、目をこすって三度見したよ！　きれいすぎてこわくなってさ。そのあと寝たらすごい魘《うな》されちまった。そのうち見慣れるかねぇ？　あ！　四階の子たちにも砂糖入りミルクを二本。今朝だけはおごってやろ。……おネェちゃーん、おはよ！」

という声に、牛乳屋も振り返る。

アパートメントの斜め向かいにある店から、管理人さんとよく似た赤毛のボブヘアにそばかすほっぺの女の子がばたばた出てきた。店は〈BROOKLYN BAGEL〉という茶色い看板を掲げたパン屋である。

管理人さんが「おネェちゃーん、四階に美人が引っ越してきてさ。魘されるぐらいきれいなの！」と言いながら、また胸の辺りに手のひらを固定して見せたので、パン屋さんも、

「え……でもちいさくない？」

と首をかしげた。

それから、三人で四階の窓を眩《まぶ》しく見上げた。

トンカチの音は、トンテンカンテン……と、続いたり止まったりを繰りかえしている。

管理人さんは「よし、パンもおごってやろうかな。二つ買うよ！」と言うと、野球のバットを舗道に放りだし、斜め向かいのパン屋へと走っていった。


——トンテンカンテン！

と、こちらはアパートメントの四階。表通りに面したほうの部屋。薄ピンクのボロボロの扉

一章
クランベリーストリートの住人たち

を開けて入ってすぐのところにある古びたキッチン。

木の床。あちこち破れているピンクの壁紙。隅にある暖炉は崩れかけ、水道の蛇口さえ蛇の死骸《しがい》のようにねじれている。

そんな粗末な部屋の真ん中に、机なのかなんなのかよくわからない形の木のなにかがデーンとおかれていた。漆黒の髪と瞳《ひとみ》をした東洋人青年、久城一弥《かずや》が、それをトンカチで熱心に叩《たた》いている。

横に中ぐらいのおおきさのトランクがある。その上にうつぶせになって、寝間着姿のヴィクトリカが、ふにゃーんと平べったく伸びていた。

エメラルドグリーンの瞳と長い睫毛《まつげ》を眠そうに瞬かせている。

白と薄緑のモスリンのフリルが交互に重なるふわふわの寝間着を着て、同じ二色遣いの丸帽子を被っている。ほどけた絹のターバンのような長い髪が床に落ち、神秘的な渦を幾つも作っている。ちいさな足にはレースを重ねた夢のようなスリッパ。

ヴィクトリカはさくらんぼのようなつやつやの唇を開くと、老女の如き低いしわがれ声で……若干うらめしそうに、

「久城～、わたしのベッドを、いますぐ返したまえ～」

一弥が顔を上げ、有無を言わせぬ口調で、きりっと答える。

「便利だろ、これ？　もとは大型トランクだけど、改造すれば簡易ベッドになる。で、朝になったらこうして改造して……」

トンテンカンテン！

「……できたぁ！　じゃじゃーん。ヴィクトリカ、ごらん。机だよ。イッツ・イリュージョン！」

「よかったなぁ、久城。では貴様はイリュージョナルな机で暮らしたまえ。一方わたしは、失われたベッドを憂いながら、ここでこの世の終わりまで寝ているとしよう」

「だめだめ。そこもどいて、ヴィクトリカ。そっちのトランクは椅子を兼ねてるんだからね」

「なんだとぅ？　君」

とふくれながらも、ヴィクトリカは両手で目をこすりつつ起きあがった。

それから、元は大型トランクだったがいまは机に転生したものの上に、猫のようによじよじとよじ登ると、またうつ伏せになって、フリルと一緒にびろーんと伸びた。

一弥は中ぐらいのトランクを開いて、檜《ひのき》のちいさな箱を取りだし、また蓋《ふた》を閉めた。このトランクを縦に置き、椅子代わりにして腰かける。生真面目そうに背を伸ばして机に向かい、箱を開けた。

ヴィクトリカが首だけちょっと動かして、箱の中を覗《のぞ》く。

東洋の島国のお札、封筒、便箋《びんせん》、筆記用具など細々としたものが出てきた。「あれ、こんなお札入れたっけ……？」と一弥が首をかしげながら、お札を財布に入れる。

便箋を広げると、無事に新大陸に着いたことを国に残した家族に伝える簡潔な手紙を書き始める。

ヴィクトリカは一弥をしばらく観察していたが、むくむくと起きあがり、便箋を一枚奪い取った。でも「君も手紙を書くの？」と笑顔で聞かれると、「……いい！」と放りだした。

それから退屈そうに、机の上をコロコロと右に左に回りだした。いまにも落っこちそうな危険な転がり方である。薄緑のモスリンのフリルもやわらかく揺れる。

ピタッと止まると、青い携帯ラジオを取りだし、退屈まぎれに電源を入れた。

ちょうど朝のニュースの時間だった。一弥も顔を上げ、「ふーん？」と聞きだす。

『昨夜遅く……刑務所を……脱走……』

「おや、どうやら凶悪犯が脱走したらしいね。着いて早々、つぎつぎ物騒だな。気をつけなきゃ。ね、ヴィクトリカ？」

『銀行強盗団《バウギャング》……〈ＫＩＤ＆ダルタニャン・ブラザーズ〉……マシンガン……ダイナマイト……金庫破り……。パブリック……エネミー《社会の敵》……』

「って、銀行強盗？　それならすくなくともぼくたちには関係ないかなぁ。なにしろ銀行に行こうにも……」

「誇り高き一文無しだからな」

と、ヴィクトリカがなぜか楽しそうに威張って言った。

そのとき、アパートメントの階段を駆け上がってくる足音がした。一弥が（おや？）と耳を澄ましていると、部屋の扉が勢いよくバーンと開いた。早口で「起きてるかぁ？　昨夜挨拶《あいさつ》した管理人だけど。覚えてるかぁ？」と言いながら、赤毛の管理人の女の子が飛びこんできた。

そして目をぱちくりし、首までかしげた。

東洋人の男は背筋を伸ばして机に向かい、縦に置いたトランクに腰かけて書き物をしているし、ちいさな美人のほうは、机の上にうつぶせに寝転がって、右に左に転がりながらラジオを聞いている。

一弥が「おはようございます」と立ちあがった。管理人さんはパンの袋と牛乳ビンを机に置きながら、

「わかったよ。あたしが推理するにはさ……」

ヴィクトリカがむくっと顔を上げ、「推理?」と管理人さんを見る。

「ウン。さてはあんたたち、椅子がなくて不便なんだろ?」

「おぉ、御名答である。名探偵のようだな、管理人よ」

「それならさー、いらない家具とか食器をくれるお年寄りが近所にいるらしいよ。『老い先短いから、必要なものがあったら若い人にあげたい』って回覧板が回ってきたとこ。住所は……えーと、一つ向こうのオレンジストリートの……」

と、管理人さんが地図を描いてくれる。一弥が「そう。ひとまず椅子。それに食器も、鍋《なべ》もなくて……ありがたいお話です」と熱心に聞き始める。

地図を描いていた管理人さんが、ふと顔を上げ、耳を澄ました。

つけっぱなしのラジオから、さっきのニュースが続いていて……。

管理人さんが興味を持って、

「昔の銀行強盗団の生き残りが、脱走かぁ!」

「多いんですか。銀行強盗……」

「いや、最近はとんと聞かないよ。いまから四、五十年前は山ほどいたってさ。銀行の造りも警備も雑で。地方はとくにねぇ。景気も悪くて、仕事のない移民も多くて。で、若者の幾人か

は、ついつい銀行強盗になったってわけさ」

と、管理人さんはまた地図を描きだしながら、思いだしてぶつぶつと、

「……じーちゃんから聞いた話だけど。有名な銀行強盗団になると、見た目もスタイリッシュでかっこよかったって。高級帽子に葉巻、パリッとしたスーツを着て、最新の箱型自動車に乗った男の子たちが、アメリカ中の銀行に突っ込んでって、洒落《しゃれ》た台詞《せりふ》を言いながらマシンガンをぶっ放したりさ。女の仲間も、ドレスにハイヒールでパーティーみたいにキメて、香水の匂いをプンプンさせながらダイナマイトをブン投げて……。映画の世界みたいだったって」

「へぇー……」

「でも、四十年ぐらい前かな。一斉に捕まって。全国的なバウギャングブームも急に終わったって。……地図できたよ！」

「あ、ありがとうございます！」

「うん。……このKID&なんとかブラザーズってのも、聞いたことあるよ。五十年ぐらい前に活躍した、黒人と白人の三人組だか四人組だか五人組だか……？　容姿端麗で、大胆不敵な、いちばん有名なグループって。カンザスかなにかの田舎から始めて、だんだん都会にきてさ。最後はニューヨークで連邦準備銀行に押し入って。銃撃戦になってメンバー全員死んじゃったんだっけ。……あれ、脱走ってことは生き残りもいるんだな。でもいまじゃヨボヨボになってるよねぇ？　ま、昔のことだからわかんないや」

ヴィクトリカがいつのまにか起きあがって話に耳を傾けていた。涼しげな薄緑のモスリンがふわっとふくらむ。フリルの丸い塊になって座ると、金のトカゲ形パイプを取りだし、けだる

くくゆらし始める。細い紫煙が揺れながら天井に向かう。

金融関係のニュースに変わった。『景気は上昇し、大強気市場《ビッグブル》に……ウォール街でも株価は高値を……』という声に、管理人さんが「えー、あたしらの生活はギリギリなのに、そんなことあるかい！」とラジオに文句を言う。

それからようやく思いだして、持ってきたパンと牛乳を指差した。ヴィクトリカに一歩近づくと、「今日だけおごりだよ」と得意そうにささやく。

「ミルク！」

「うーむミルク……」

「砂糖入り……」

「おぉ、甘いのかね」

とヴィクトリカが腹を空かした猫のようにシャッとすばやく一本奪い取った。蓋を開けてごくごく飲み始める。一弥も「なぁに？」と近づいてくる。

「で、こっちはユダヤのパンだよ」

「タイヤみたいな変わった形だな、君」

「ウン。三種のオリーブ入りの塩味と、甘い甘い葡萄《ぶどう》クリームをたっぷりサンドしたのだよ」

「甘いほうをくれたまえ」

「ほらよ」

「ブホッ？」

「……おや、久城どうした？　いままさに牛乳屋に毒殺されているのかね？」

と女二人が一弥のほうを見る。一弥は牛乳ビンを片手に激しくむせて涙目になっていた。

「い、いや。ぼく、牛乳が甘かったからびっくりしただけ……」

管理人さんがのしのし扉に向かいながら、

「砂糖なしのも売ってるよ。毎朝、牛乳屋ちゃんが新鮮なのを配達してくれる。とにかくこの町の朝ごはんは、ミルクと……」

「タイヤパンかね。うむ、うまい」

「そ！　あと固ゆで卵とカブの煮物もあると大御馳走《ごちそう》さ」

管理人さんはドアを開けて、振りむき、

「んじゃ、ウェルカム・トゥ・ブルックリン！　家賃は来週からだよ」

「あっ、はい！」

「んじゃや。そこの美人さん、こんどお近づきの証《しるし》に、女どうしで気のおけないキャッチボールしようぜ」

と元気よく出ていく。

ヴィクトリカはお行儀悪く机に腰かけ、甘い甘い葡萄クリーム入りのタイヤパンをもぐもぐと齧《かじ》りながら、

「気のおけないキャッチボールとはなんだ？　わたしにもできることかね」

「できるよ！　ほら、こういうの。受け取って〜、ヴィクトリカ」

と、一弥がヴィクトリカに向かってゆっくりと放り投げた丸めた紙が、きょとんとして見ているヴィクトリカのちいさな顔に、べちっ！　と当たる。ヴィクトリカの顔が憤怒《ふんぬ》でゆっくり

と赤く染まっていく。

「あ！　ごめ……」

「……靴で踏むから黙って顔を出すのだ、久城」

「だ、だから、ご、ごめんってば！　まさか当たるとは……。でも君ほんとに反射神経が壊滅的にひど……わぁぁ、ごめんごめん！　トンカチと牛乳ビンを振り回さないで！　痛いよ、痛い！」

と朝から二人が言い争う声がクランベリーストリートに響き渡っていった。窓の外では薄ピンクの小鳥が二羽、チチチ……と甲高い鳴き声を上げている。

2

古めかしいモノトーンの家々が連なるブルックリンのオレンジストリートの町角。天気がよく、舗道にも、建物の前に飾られている植木鉢にも、外壁をびっしり覆う緑の蔦《つた》にも、柔らかな朝の陽光が降り注いでいる。

黒い蓄形の街灯から吊り下がる鋼鉄プレートには、筆記体で〈Orange Street〉。街並みは隣のクランベリーストリートと似ているが、街路樹だけ異なっている。こちらは幹が太くて葉っぱが丸っこいオレンジの木だ。

その舗道を、ヴィクトリカと一弥が手を繋《つな》いでとことこと歩いてきた。

ヴィクトリカはシャツブラウス風の襟に複雑なレースが幾重にも飾られた白いロングワンピースに、お揃いのレースのボンネット、ピンクのバレエシューズ。一弥は昔から愛用している山高帽に着古した木綿のシャツ。フランネルのズボン。

一弥が足を止め、指さして、

「あった。この家だよ、ヴィクトリカ」

「む？」

「うちのアパートメントからすぐ近くだったね。最初の角を右折。つぎの角を左折し、約百メートル歩くと、三七番地の……」

「〈ドルイドハウス〉に着く、というわけだな」

「そう。ドル、イ……。えっ、何？」

「ここにそう書いてあるのだ」

とヴィクトリカがきゅっと背伸びをし、パイプの先で指さした。

二人の前には、向きあった二頭の馬が後足で立ちあがって前足を伸ばし、互いの蹄《ひづめ》を合わせたデザインの、つまりすごくへんな見た目の石門があった。その向こうには緑繁る庭が、さらに奥にはこぢんまりした一軒家が見える。アパートメントが連なるブルックリンでは珍しい平屋建てである。

そして、石門の右側の馬が咥《くわ》える木製プレートには……。

確かに〈ドルイドハウス〉と書かれていた。

「ほんとだ。ともかく、住人の方に家財道具のことを聞いてみよう。やっぱり椅子は必要だものね。それにお鍋も、食器も、あと、なんだっけ、うー。うーうー……」

と一弥が悩みだす。

そしてそれから、一弥は真剣な面持ちで、ヴィクトリカはパイプをくゆらしながら、おかしなデザインの石門をくぐった。

ヴィクトリカが低いしわがれ声で言う。

「ところで、久城。ドルイドとはな。旧大陸のアイルランドに生息した古代ケルト人の祈禱《きとう》師の名称である」

「ふぅん？」

「君は知ってるかね。ケルトには聖書の装飾写本〈THE BOOK OF KELLS《ケルズの書》〉が一冊伝わっていてだな。〝世界でいちばん美しい本〟と呼ばれており……」

「きゃっ！」

並んで歩いていた一弥の姿が、女の子みたいなちいさな悲鳴とともに煙のようにかき消えたので、ヴィクトリカは足を止めた。

「おお？」

それから戸惑って、

「……久城なにをしてる？　朝から人のうちの庭先で柔軟体操かね？」

「………ちっがうっ！」

という返事はへんにくぐもっていた。

一弥は、落とし穴のようなものに片足をつっこんだ拍子に、うつ伏せに転び、前方に向かって姿勢よく伸びながら倒れていた。

黙って起きあがる。穴から足を抜き、すっくと立ち、紳士よろしく両手で服の土埃《つちぼこり》をはらいだす。

「うぅー」

と横顔がちょっと怒っている。

ヴィクトリカは穴の前にしゃがんで、興味深そうになにかを指差した。

「おや、これはなんだろう？」

落とし穴の横の地面に二十センチメートル四方の古い木製プレートが差さっていた。ヴィクトリカがぷくぷくの指で熱心に土埃をはらう。すると文字が書かれている……。

「ほぅ、ラテン語だぞ。〝パーナム《おまえの》……ツー《足を》……ンム《食べる》〟か……。久城、たいへんである！　わざわざ難解なラテン語で君宛の意地悪が書いてあるぞ。まだ会っていないが、ここの住人はほんとうにいやなやつなのだなぁ！」

「……って、なんでちょっとうれしそうなんだよ、ヴィクトリカ？」

と一弥が情けない顔をしてまた歩きだす。その後ろを、ヴィクトリカのほうはなぜかスキップを踏まんばかりに弾みながらついていく。白銀のフリルボールがふわりふわりと転がっていくように。

「なんだろういきなり？　ここはおかしな家だね、ヴィクトリカ。家財道具を分けてもらえると聞いてきたものの、これじゃ無事に椅子のあるところまでたどり着けるかわからないよ。…

……ねぇ、危険な予感がするから、やっぱり帰ろうよ。……そうだよ！　椅子だって、お鍋だって、こんな意地悪な人からわけてもらわなくても、ぼくががんばって〈デイリーロード〉で働いて……お給、料、で、買う……。すごくちょっとずつになっちゃうけど……。って、おーい、こらヴィクトリカ！　どこ行くのさ、君！」

「はーはは、はー！」

ヴィクトリカは一弥を追い越すと、転がるように走って、

「わたしは先を急いでいるのだ。なぜならー、つぎの意地悪がわたしを呼んでいるからであるー」

「えー？　はーはは、はー、って、もしかして君、いまの、笑ったの？　君の笑い声なんてほとんど聞いたことないけどね。なにしろ毎日悪態ばかりついてて……。って、き、君っ？」

庭には一弥の腰の高さぐらいまでの低い迷路花壇があり、赤やピンクやクリーム色など色とりどりのちいさな花が咲いていた。一弥は、白レースのふかふかのボンネットをかぶったヴィクトリカのちいさな頭が弾んで遠ざかっていくのを目で追った。

ほどけた絹のターバンのような見事な白銀の髪が、朝日を照りかえしてところどころ金色にとろけている。繊細なギャザーレースに覆われた襟や袖《そで》が、おおきな花びらみたいに夏の風をはらんでいる。

一弥もダッシュして、

「ヴィクトリカ！　こらー、待ちなさい！　ストップ！　アンド、シットダウン！　グレイウルフ！」

でも灰色狼は止まらない。

一弥の漆黒の前髪も風をはらんで揺れる。同じ色の瞳も輝く。日射しが眩しい。

ヴィクトリカを追って、芝生を踏んで走る。

やがて二人して迷路花壇からポンッと出た。

「はぁ、はぁ……。捕まえたぞぉ。ヴィクトリカぁ！」

「おや捕まった。……む？」

二人の前にはこぢんまりした四角い家があった。ほとんど装飾のない、拍子抜けするほどシンプルな平屋造りだが……。

「あれ、れれれ？」

と一弥は首をかしげた。

正面左側にある玄関だけが、蔦飾り付きのギリシャ柱を両脇に従えたお城みたいに大仰なデザインのおおきな扉である。

ヴィクトリカは背伸びすると、子供みたいに一生懸命、指さしてみせ、

「久城よ。予感がする。あの扉でつぎの意地悪が我々を待っている、と！」

「う、うん……。奇遇だね。ぼくもなんだかそんな気がしてきてるよ。というか、どっちかっていうといやな予感が……。あっ、ヴィクトリカ。危ないよ。まずぼくが……」

一弥はヴィクトリカを制し、警戒しながら玄関に向かう。

「おや？」

と、よく観察すると……。

あまりに立派すぎる扉。その前の床に、黒と白の格子柄タイルがチェス盤のように敷かれていた。そしてチェス盤の真ん中辺りには高さ二十センチほどの〈自由の女神〉のミニチュア銅像が置かれていた。

「自由の女神像が、ちょうどチェスのクイーンの駒みたいに置いてある……。いやちがう？」

よく見るとデザインが異なるようだ。顔の作りもちがうし、冠の代わりに角が二本付いた兜《かぶと》を被っているし、おまけに松明《たいまつ》ではなく旗を振りあげている。旗にはラテン語で〝進め〟という意味である〈PROCEDO《プロチェド》〉と書かれていて……。

ヴィクトリカはしゃがんで、なぜか熱心に、

「ふーむ、久城。自由の象徴どころか、じつにへんな女神である」

一弥のほうはうつむいて、さっきすりむいた膝《ひざ》をこすっている。

「それにしてもだよ。この家ときたら、庭に落とし穴があったり、玄関にチェス盤があったり」

と不審がりながらも、「でも、いちおう家財道具の件を聞いてみようか。よし、意地悪でおかしな住人だったら、すぐ回れ右して、ヴィクトリカを連れて帰るぞっ……」と、扉の前に立った。

どうやらドアノッカーがないようだ。ノックしてみる。続いて「すみません」「あのー」と声も上げる。でも誰も出てこない。

あきらめてもどろうとして……ヴィクトリカが女神像を観察し続けているのに気づき、

「おやどうしたの？」

するとヴィクトリカは、熱中するあまり顔も上げず、金のトカゲ形のパイプを吹かしながら、

「おもしろいから……見てるのである……。歩兵《ポーン》も騎士《ナイト》も僧侶《ビショップ》もいない、ひとりぼっちの女王《クイーン》だな……」

「ヴィクトリカ、君ったら、そのエジプトのパイプもだけど、ときどきおかしなものを気に入るくせがあるね？」

ヴィクトリカは小声で、

「うむ……。わたしとどこか似ているような気がしてな」

一弥はおどろいて、ヴィクトリカと、女神像と、パイプを忙しく見比べ始めた。それから
「君とはどっこもまーったくぜーんっぜん似てないよ？」と生真面目に抗議しだす。

「そんなことはない。えぇと、ちょっとは似てる」

「もう。ヴィクトリカったら……。君とはいえ、君にむかっておかしなことを言うと、ぼくは怒りますよ？」

ヴィクトリカは「うーむ……？」と生返事しながら考えこんでいたが、やがて「おやおや。これを読みたまえ、久城」と熱心に指さしてみせた。

チェス盤の後ろの床に文字が彫られている。一弥も隣にしゃがんで読み始める。

月日が経ってだいぶ薄くなっているものの、かろうじて読める。旧大陸風の古めかしい書体の英語で……。

「〝戦女神の旅《ブリタニカズツアー》〟？」

「うむ。その下に〝戦女神とともに旅を終えたとき、未来への扉は開かん〟とあるな」

「……って、どういうこと？」

ヴィクトリカは顔を上げ、つめたい無表情だが、若干楽しげにも見える顔で、

「はーははー、は。君はほんとにばっかだなぁ」

「わ、悪かったねぇ！」

「つまりゲームの一種だよ、真っ黒お寝ぼけ黒うさぎクン？　おそらく〝ゲームをクリアしたら玄関の扉が開く〟という意味だろうよ」

「ちぇっ……。まぁいいや。君の毒舌はいつものことだものね。ぼくもおとなしく続きを読んで、み、るよ……。ふぅん？　おや、ルールが細かく書いてあるぞ……」

と、一弥は立ちあがって優等生らしい朗々とした声で続きを読みあげた。

「ルール1、汝《なんじ》、女神の駒を右か左の列の二マス先にのみ動かすこと。

ルール2、汝、女神の駒を動かし、すべてのマスを一回ずつ通過し、
　旅をしてもどってくること。

ルール3、汝、女神の駒を動かすとき、同じマスを二回以上通らぬこと。

かぁ！　へぇ～」

読み終わると、一弥は腕を組んでうなずいて、

「すこぶる難しそうじゃないか。さすがの君でも、この〝戦女神の旅〟を解くことはきっと……。あれっ、ヴィクトリカったら、釣られたフグみたいに丸くふくれて、どうしちゃったの」

とびっくりして目をぱちくりさせる。

ヴィクトリカがいつのまにかほっぺたまでポンポンにふくらませて、

「……こんなの簡単すぎる！」

と、低くしわがれた声で呻《うめ》く。それから、むくれるあまり指先で床にぐるぐるとへんな模様まで描き始めた。

一弥が「これが簡単すぎるって？　でも……」と言いかけると、ヴィクトリカはゆっくり顔を上げ、

「このばか！」

「な、なんだって！　ヴィクトリカこそ、ばか！」

「え？　むっ？」

「ばーか、ばか、ばか！　おおばかー！」

「ま、まぁ見ていたまえ！　ぼんやり目玉の野良うさぎクン！」

とヴィクトリカは唸《うな》った。それから、ちいさくて子供みたいにぷくぷくの手で、チェス盤の上に置かれた怪しげな自由の女神を摑《つか》むと、

「まずはここだよ、君っ」

と、女神の駒を一回進めた。

風がふわりと吹いて、ヴィクトリカの絹のようなつやつやの髪を揺らしていく。一弥の漆黒の前髪もやわらかく揺れる。

そのとき、

──カチッ！

と、チェス盤から音がした。

ヴィクトリカが首をかしげる。一弥も気づいて真剣な顔になり、チェス盤をみつめだした。

また風が吹いた。真っ白なロングワンピースのフリルの裾《すそ》が複雑にふくらんではためく。緑の葉っぱがたくさん飛んできて、二人の近くにそっと落ちる。

「えーとだな。つぎはここ」

とヴィクトリカがまた駒を進める。

するとまた……

——カチッ！

と音がした。

「あぁ、なるほどこれは……」

一弥がうなずく。

どうやら、女神像が一回通過したマスは五ミリほど下に沈むからくり仕掛けらしい。いま通過させた二つのマスだけ沈んでいる。どこを通り、どこをまだ通っていないのかが一目瞭然《りょうぜん》でわかる。

ヴィクトリカは続けて、

「ここ！　……ここ。こっち！　つぎにここだろう。それから……こちらを回って……ここ。ここだぁ！」

——カチッ！　カチッ！　カチッ！　カチッ！　カチッ！

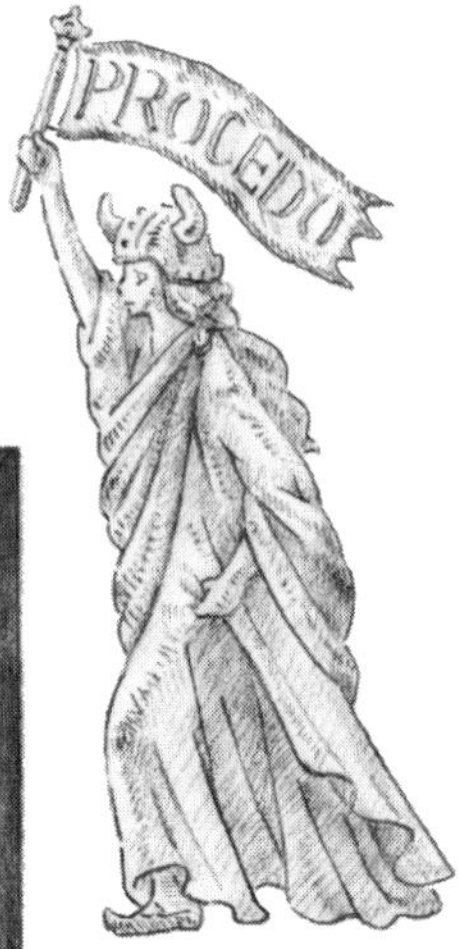
PROCEDU

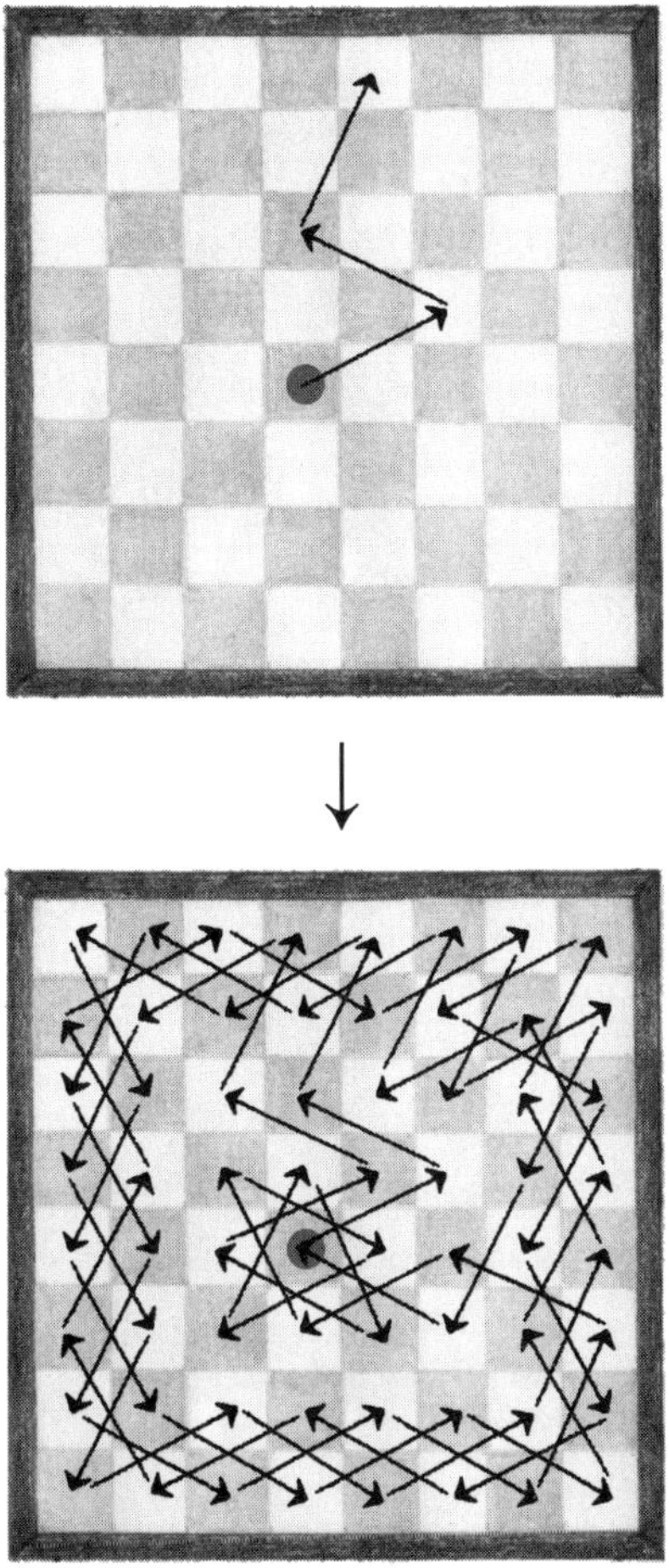

ちいさなぷくぷくの手で駒を動かすたび、音も続く。音とともにマスが沈む。

やがて最初に女神が置かれていたマスに向かって、

「ここ！　ほら、全部回って女神とともに――いま旅を終える！」

…………カチッ！

最後のマスが音を立て、ぐいっと沈んだ。

ヴィクトリカが女神の駒から手を離した。すこし得意そうに一弥を見た。褒めてもらえると思いこんで、華奢《きゃしゃ》な肩をむりにそびやかす。一弥は素直に感心してうなずく。するとヴィクトリカはかすかに頬をゆるめた。が……。

その変化をかたくなに隠すようにすぐ深くうつむいた。

また風が吹いた。

一弥が顔を上げた。漆黒の前髪が夏の朝の風にふわっと揺れる。木々の花の匂いが立ちこめてくる。

と、二人の前の玄関扉が、ゴ、ゴ、ゴゴゴッ……と鈍い音を立て、左右に震えながら開き始めた。

一弥はびっくりし、

「わぁ、ほんとに扉が開いた！」

「こんなの退屈しのぎにもならんなぁ」

「まぁまぁ。ともかく、これで中に入れるようになったよ。お手柄だねヴィクトリカ。ブルックリン一の毒舌家さん？　さて、住人の方に家財道具を分けてもらえるか聞いてみよう……」

と言いあいながら、並んで扉の前に立つ。

重たい扉がゆっくり開く。

奥に、薄暗いシンプルな廊下があり……。

と、廊下の真ん中に……。

漆黒の昔風ロングドレスを身に着けた老婦人が突っ立っていた。目が細くて鼻が高い独特の顔つきで、年老いてはいるが、玄関の女神像の顔とよく似ていた。黒い鳥の羽根のハタキを振りあげたポーズで、唖然《あぜん》としてこっちを見ている。

口を開け、かすれ声で、

「えっ、その扉って……〝開く〟の……?」

とつぶやいた。ハタキを下ろしながら、

「五十年もここに住んでるけど……今日の今日まで……し、ししし、知らなかった⁉」

ヴィクトリカと一弥は「むむ?」「えっ」と顔を見合わせた。

それから二人同時に、同じ方向に首をかしげた。

夏の朝の風がさーっと気持ちよく吹いて、そんな二人の白銀と漆黒の髪をふわふわと揺らしていく……。

「まさかあの玄関扉が……〝開く〟なんてねぇ……長生きしてみるものだわねぇ……。ずっと裏口から出入りしてたのよ……。そう、この家は……亡き夫が造ったものでしてねぇ……。建築家にして造園師で……」

黒衣の老婦人はキング夫人と名乗った。ブルックリンで暮らして五十年。夫が昨年亡くなり、未亡人になったばかりらしい。腰を曲げてそろそろと廊下を歩きながら二人と話している。

「なるほど。建築家にして造園師にして、いたずら者、か。しかしもういないのだな」

とヴィクトリカがささやく。老婦人が「そうなの……」とささやく。

それから一弥に向き直って、

「椅子なら……たくさんあるの……。お二人にひとつずつ差しあげますよ……。ところで……最近……とんと外のことにうとくて……。あとはお迎えを待つばかりで……。ねぇなにかニュースなど……あったかしら……」

「ニュースですか。えっと」

と一弥が足を止め、真剣に考える。

それから……超高層タワー〈アポカリプス〉での爆破事件や、ブルックリン橋を貸し切ってのボクシングチャンピオン戦、それと〈デイリーロード〉編集部で聞きかじった幽霊目撃談などについて話してみた。黒衣の老婦人は楽しそうに聞いている。

今朝のラジオニュースのことも思いだして、「あと、KID&なんとかという銀行強盗団が……」と口に出すと、老婦人は「あらっ！」と飛びあがった。

「〈KID&ダルタニャン・ブラザーズ〉！　なつかしい名前だわ……」

「じゃ、マダムも強盗団のことをご存じなんですか」

「そりゃあもう……！　当時の女の子に大人気でねぇ……。ぱぶ、ぱぶりっく、え……なんだったかしら……？　わたしのお友達もグルーピーになって……学校をさぼって毎日銀行で待ってたの……。いつか有名な銀行強盗団がくるかも、一目でいいから逢《あ》いたいわって……。そんなの信じられるぅ……？」

「い、いえ」

「童顔の白人ＫＩＤとハンサムな黒人ダルタニャンのコンビだったわ……。女のメンバーもいたかしら……？　あのね、お友達が説明するにはねぇ……ワイルドなダルタニャンが機関銃をぶっ放す横で……」

とハタキを銃みたいに構えてみせた。でも腰が曲がっているのでよろけて、「いたた……」とすぐやめ、

「紳士的なＫＩＤのほうは……女の子や子供を隅に誘導してくれたって。えーと、ミネソタの銀行ではねぇ……『ここに隠れてなよ。うさぎちゃんたち』とウインクしたら……女の子たちが『キャーッ！』……と、バタバタ気絶したんですって……」

「ウ、ウインク？」

と一弥がびっくりする。

老婦人は微笑んでうなずいて、

「ええ。なんでも複雑な生い立ちの子たちらしかったわ……。中西部の田舎町の……幼なじみだったはず……あっ、そこは窓よ！　お兄さん気をつけて。おぼれるっ！」

「へっ？　窓？　おぼれる？」

一弥は廊下の奥にあったドアを開け、一歩入ろうとしたところだった。あわてて足を止める。鬱蒼《うっそう》とした裏庭が見えた。足元にはちいさいが深そうな池がある。そのまま踏みだしたら池

に落っこちていただろう、とひやっとする。

「この家ではねぇ……ドアの形をしているのが、窓なの……。で、窓のふりをしているいたずら者が……」

「本物のドア、というわけか」

とヴィクトリカがわくわくしたような小声でつぶやく。

「もういないとはいえ、油断ならん建築家である」

一弥は半信半疑のまま、ドアの右横にある五十センチ四方の窓をエイッと開けてみた。

すると……ほんとうに隣の部屋が現れた。

老婦人が「よい、しょ……」と窓枠によじ登り、「こうやって……入るの……。これが毎日なのよ……。こんなへんな家信じられるぅ……？」とぼやきながらも、慣れた様子で隣の部屋に消えていく。

ヴィクトリカと一弥は顔を見合わせ、まずヴィクトリカから、ついで一弥が窓枠によじ登る。

「お、おっと」

隣の部屋も一風変わった造りだった。

天井から逆さの木やベンチがたくさん吊り下がって、床には上下逆のシャンデリアが置かれている。左の壁は全体が書棚だが、本も上下逆に並べられている。天地をひっくりかえしたデザインの部屋である。

一弥はびっくりしてきょろきょろする。ヴィクトリカは全体をおおきく見回してから、右の壁にとことこ寄っていった。一弥もついていく。

モノクロの写真が何枚かピンで貼ってあった。老婦人が「その写真は……わたしが貼ったのよ……」と説明する。

三人でモノクロの過去の写真にじっと見入る。

一枚目には森の中にいる黒髪の少女と金髪の青年が写っていた。少女は旧式の素敵なドレスを着ている。青年は移民したてのような粗末な服を着、自転車にまたがっている。背後には鬱蒼とした緑があり、深く濃く立ちこめている。

老婦人が目を細めて、

「これは……若いころの夫アーサーとわたしよ……。夫は……いまのあなたたちぐらいの齢《とし》でねぇ……。わたしはまだ子供で……。貧しいアーサーに初恋を……。うちを追いだされて、結婚してねぇ……。まぁ昔の話よ……」

「この場所はどこだね」

「マンハッタン島の真ん中にある巨大都市型公園——セントラルパークよ！」

ヴィクトリカは少女の顔を指さして、

「ふむ。玄関にあった戦女神の顔と似ている。あなたがモデルなのかね」

「ええ。あの顔は……若いころのわたし……。セントラルパークにも……同じ女神像のもっとおおきいのがあるの……」

ヴィクトリカがつぎの写真を指さすと、

「そしてこっちは息子さんかね……？」

さっきの少女が大人になり、幼い子供を抱いている。

「そう……。一人息子のエドガー……。夫に似て……ちょっと変わった子でね……」

ヴィクトリカは「ふーむ」とうなずいた。

それから部屋を見回した。

左側の壁一面の書棚をじっと見上げ、考えこむ。

古い書物が逆さにされて並べられている。どれも背表紙に『ケルト・プロジェクト』と題名が書かれ、巻数の数字が並んでいる。隅に一冊だけ抜いて持ち去られたように、数センチ分の空洞がある。ヴィクトリカはその空洞部分をみつめている。

老婦人が気づいて、

「そこには分厚い本があったんだけど、息子が去年帰ってきて、持ちだしたの……。えぇと……THE BOOK OF……なんて題名だったかしらねぇ……」

と首をかしげる。

ヴィクトリカは本棚を眺め回しながら、難しい顔つきをしてパイプを吹かし、

「この棚には古代ケルトに関わる書物が並んでいる。そして家の名は〈ドルイドハウス〉か」

「えぇ……」

「察するに旦那《だんな》さんはアイルランド移民なのだね」

「そう……。アイルランドの古代ケルト人の末裔《まつえい》だと自慢していたわ……。古風で……ユニークな男でねぇ……。人が思いつかないようなアイデアが自慢で……」

ヴィクトリカがかすかに微笑み、

「それはこの家を見ればわかる」

老婦人は「でしょう……！」とうれしそうにうなずく。

「夫は……建築と造園の仕事をしていたの……。夫の作品はいまでも……ニューヨークの摩天楼のあちこちに残っているわ……。死者の気配とともに……。駅、公園、ホテル、図書館……。夫の建築は人気があってねぇ……」

とつぶやいてから、急に思いだして、

「あら？　あなたたち……なにが必要だったかしら……？」

「えぇと、椅子です」

「それなら隣の部屋にたくさんあるわ……！」

とうなずくと、書棚の横についているボタンを押す。

書棚がゴゴゴ……と鈍い音を立てて左右に開いていった。一弥が「わっ！」と飛びあがる。

書棚の奥からつぎの部屋が現れた。こちらはごく普通のインテリアの小部屋である。だがあちこちにいろんなデザインの椅子や机、チェストなどの家具が積まれている。

「わたしのコレクションよ……。世界中の家具を集めて、旅した気分になってたの……。でももうこの齢でしょ……？　必要としてる人たちにわけてあげたくなって……」

「……これがいい！」

とヴィクトリカが急につぶやいた。お尻《しり》の部分も背もたれも三角の古い木椅子を指さしている。そっと近づいて腰かける。たっぷりしたフリルの裾が椅子の上でふわっとふくらむ。ヴィクトリカはうつむいて、こっそりうれしそうにする。

老婦人はにっこりして、

「それはアフリカの女王の椅子よ……。素敵でしょ……？　お兄さん、あなたは……？」

「あ、はい！」

一弥はさんざん迷ったものの、背もたれがズボンプレッサーを兼ねているシンプルで機能的な椅子を選んだ。

一弥が両手に椅子を一つずつ抱えて、お礼を言い、「ありがとうございました……」と辞そうとする。老婦人はおしゃべりしながら歩きだす。

そのとき部屋の隅で……。なにかがカサリと音を立てた。


……一弥が足を止め、振りかえる。

古いおおきなチェストの上に牛乳ビンが三十本以上並んでいた。よく見るとどれも中にお札が入っている。

一弥がいちばん手前のビンを覗きこんだ。

「一ドル札が入ってるよ」

その声にヴィクトリカも足を止めてちらりと見た。ビンの中に古いお札が一枚入れられている。

「うむ。なんでもこの札の裏が緑色だから、新大陸ではお金のことをグリーンという通称で呼ぶようになったらしいな」

ヴィクトリカはつぶやくと、またとことこ歩きだした。と……。足を止め、いまにも転びそうに不器用な後ろ歩きをしてすすーっともどってきた。

隣の牛乳ビンをびしっと指して、

「一ドル札の表は初代大統領のジョージ・ワシントンの顔だが、隣に入っているお札のほうは誰の顔だろう」

一弥も「えっ」とつられて覗きこむ。

左隣のビンには一ドル札とデザインがそっくりのお札が入っていた。裏も同じく緑の幾何学模様である。だが表に描かれている顔は……。シルクハットをかぶった、顎髭《あごひげ》とおおきな鉤鼻《かぎばな》が目立つ男だった。肩幅の広いがっちりした体型で、口元をにやにやさせていて……。

と、老婦人が近寄ってきて、

「それは〈植民地紙幣〉よ……！」

ヴィクトリカが「なるほど、これがか！」とうなずく。一弥がきょとんとしていると、パイプをくゆらしながら、

「大昔、前世紀半ばのことだ、久城。旧大陸の列強がアフリカやアジアの植民地化を進めた。続いて新大陸も、東南アジアに植民地を増やしたり、ハワイを手に入れたり……。そして各国は、植民地となった土地でだけ通用する紙幣をつぎつぎ作った。それが〈植民地紙幣〉――。一時はさまざまな種類が発行されたのだが、次第にすたれて……いまではただの紙切れなのである」

老婦人も牛乳ビンを覗きこんで、

「そうなのよねぇ……。わたし、お札を集めるのも趣味で……。普通のお金も、いまは使えないお金も、こうやってガラスビンに入れて飾っているの……」

ヴィクトリカは「ふむ……」とパイプを口から離し、

「しかし、このシルクハットのにやにや男は誰だろう。見覚えのない顔である。まぁ〈植民地紙幣〉の柄には当時の金融界や政財界のお偉いさんの似顔絵を使うことも多かったと聞くので、おそらくその中の誰かだろうと推測できるがな」

「誰かしらねぇ……」

と老婦人は首をかしげたが、ポンと手を叩いて、

「あぁ！　この紳士は……確か……金融王ロスチャイルド家の三世よ……。ほら、十八世紀のドイツで、世界で初めて銀行を始めたロスチャイルド一家。旧大陸の金融界を牛耳った……。後に新大陸に渡り、こちらの金融界にも君臨して……。いまの当主が確か五世よ……」

そう言うと、ビンをしみじみ覗きこみ、

「〈植民地紙幣〉とはいえ……お札の顔になれて……ロスチャイルド三世は得意満面かしらねぇ。でも、いまの五世はけっして表には出てこないの……。新大陸では知らない人のいない金融王なのに、顔を見た人はほとんどいない。それなのに、二代前の顔は堂々とお札になって……」

と、一弥が急に「あっ、そうだ！」と叫んだ。懐に手を入れ、財布から紙切れを取りだすと、

「マダム。もしも興味がおありでしたら、これを差しあげます……」

今朝、からくり箱から出した東洋の島国のお札である。黒い烏帽子《えぼし》に顎髭姿の真面目な顔をした東洋人男性の顔が刷られている。老婦人は目をきらきら輝かせ、「まぁっ、素敵っ……。ほしいっ、ほしいっ……。ほしいーっ。えーっくれるの……？　ほんとにぃ？」と大喜びした。

お礼にもっとなにかあげると、若いころ着ていたグリーンの素敵なミニドレス一式と、夫が乗っていた古い黒い自転車をくれた。

それから、最初にみつけたビンの一ドル札も、

「めずらしいお札より……いまはこっちのほうが入用でしょうしねぇ……」

と一弥にもたせてくれた。

（初めはどうなることかと思ったけど、親切な住人と出逢えてよかったな）

と一弥は何度もお礼を言い、ヴィクトリカを連れて、大荷物を抱えて〈ドルイドハウス〉を出た。

3

晴れた夏の朝。

さてこちらはブルックリン、クランベリーストリートの入り口の角。

通りを見ると、可愛らしいミニチュアのようなアパートメントとピンクの花を咲かせる街路樹が左右にちょこまかと続いている。入り口からマンハッタン島のほうを見ると、すぐそこにおおきなブルックリン橋がある。イースト川のきらめく穏やかな流れが広がっている。橋を渡った向こうには、マンハッタン島の巨大な摩天楼が夢のように遠くそびえている。

通りの入り口の角に黒と白のシックなカフェがあった。

この時間は朝ごはんを食べる近所の客で大賑《にぎ》わいである。黒と白の分厚いユダヤの民族衣装と黒い帽子。もみあげと顎髭の長い伝統的な格好の男たち。女たちも重そうな真っ黒の服を着ている。

使いこまれた丸テーブルと椅子が通りまではみだしている。テーブルの上にはタイヤパンと牛乳、卵料理にカブの煮物にジャムに、バター。

新聞を広げて、年配の客が、

「おやおや、ＫＩＤのやつが刑務所を脱走したぞ」

と言うと、ほかのテーブルの年配客たちが一斉に振りむいた。我先にと話しだす。「えっ、まだ生きてたのか？　四十年前に死んだとばかり！」「最後どうなったんだっけな？」「ほら、いつも通り派手な予告をして。飛行機雲で空に『連邦準備銀行よ、待ってろ‼　ＫＩＤ』と宣戦布告の文字を書いて……銀行で銃撃戦になって床を血の海にして……」「いやいや、首謀者のＫＩＤだけ生き残ったンだよ。で、禁錮《きんこ》百五十年の刑だろ？」「ダルタニャンは野性的で素敵だったわぁ。死んじゃったなんて……」「わたしはＫＩＤ派だったわ。笑顔がキュートでね」「でもさ、どうしてあのときだけとつぜん失敗したの？　なにか変よね？」「そうだな……」「マリアも美人だった。女のメンバーのさ。セクシーなドレスでキメてて」「女がもう一人いたわよね。キューピッド。可愛い子だったわ……」「いたいた！」「ねぇ……でも、ＫＩＤはいまごろ脱走していったいどうするつもりなの？」「そんなの決まってる。きっとまた……」

ふわっと風が吹いた。

一人が新聞をくしゃっと閉じて、わくわくして、

「銀行強盗団《バウギャング》をやるためさ。〈Public Enemy No.7〉がとうとうニューヨークにもどってきたんだ！」

「えーっ？」

「でもひとりぼっちで？　ダルタニャンもマリアもキューピッドももういないのに？」

「新しい仲間がいるとか……？」

とわぁわぁ喋《しゃべ》りながら、テーブル席で押し合いへし合いしていた客が、一斉に口を閉じた。

「……おやっ？」

「おぉ？」

「あら！」

シャーッと涼しい音を立てて、クランベリーストリートから、グリーンと黒のなにかが飛びだしてきた。

深い森を思わせるグリーンのミニドレス。襟にピンクの花の蕾が飾られ、緑のサテン地にピンクのオーガンジーが混ざる豪奢な五段フリルでふっくらとふくらんでいる。ピンクのハイヒールはぴかぴか。細い脚を薔薇《ばら》の刺繍《ししゅう》付きの絹のストッキングで包んでいる。

身長百四十センチメートル台の小柄な、見事な白銀の髪を風に舞いあげる、うつくしい人形のような生き物である。切れ長のエメラルドグリーンの瞳が瞬く。ちいさな形のいい鼻と、つやつやの唇。頭にのせられたピンクのリボン付きミニハットも、お菓子のようにきらめいている。

その見たことないほどうつくしい人物は、黒い古い自転車の後ろに、お行儀よくちょこんと腰かけていた。

漕《こ》いでいるのは東洋人の青年である。漆黒の髪が風に揺れる。同じ色の瞳は生真面目そうである。年代物の帽子。古いがよく手入れされた靴。左手には留学生のころから使っている革鞄《かわかばん》をしっかり持ち、右手だけで片手運転している。

シャーッ……。

と、涼やかな音を立て、二人乗りの黒い古い自転車がカフェの前を通り過ぎていく。ブルックリン橋に向かって……。

「……あんな住人、このクランベリーストリートにいたかしら？」

一人がようやく口をきけるようになり、代表して問う。

でも返事はない。みんなびっくりして自転車を見送るばかりである。

と、カフェの奥から首だけ伸ばし、赤毛のショートヘアにそばかすほっぺの管理人の女の子が口をはさんだ。

「うちの……もぐもぐ……アパートメントの四階に……越してきたよ。昨日の、夜！」

「まぁ……。いったいどこからきた子たち？　変な移民ねぇ？」

とほかの客が不気味そうに顔を見合わせる。

管理人さんのいる丸テーブルのほうには、さっきの黒髪の牛乳屋さんと、管理人さんとよく似た赤毛のボブヘアのパン屋さんがいる。二人もうなずいて、わぁわぁと、

「女の人のほうはソヴュール王国の生まれらしいって。てかさー、ぜったい貴族だよねーたぶ

ん。あんな誇り高そうな子、見たこともないもん」

「そんで、男の子のほうは東洋のちいさな島からきたんだっけ。あの子さ〜、けっこう可愛いよ、ね」

ほかの客は顔を見合わせる。

「へぇ……」

「ふーん……?」

管理人さんがゆで卵をもぐもぐ食べながら、

「とにかくさ、うちの住人だからよろしく。なんか気になることあったら、あたしらに言って」

客たちは納得して「ま、あんたらがそう言うなら」「あんたんとこの住人なら、たぶん安心よ、ね……?」「……ん」とうなずきあった。そうしてまた、タイヤパン、ゆで卵、ふわふわのユダヤ風クリームチーズケーキなどに舌鼓を打ち始めた。

George Washington says…2

へーくしっ!!

久しぶりの外じゃ。だからお札といえども鼻がムズムズするのじゃ。へーくしっ、へーくしっ、しっ……!!

おっ、こりゃイースト川か？　ブルックリン橋を渡って、久方ぶりのマンハッタン島というわけじゃな。

いいぞ、もっと漕《こ》げ、漕げ。自転車の東洋人青年よ。どんどんスピードを上げぃ。

ひゃっほーう。

ブルックリン橋じゃぞ！

おや……。

後ろに乗っとるちいさな女人が……苦しそうに唸《うな》りだし……いやちがうぞ、機嫌よく歌い始めたようじゃ。「フンフン……。フフー、ン……。はし〜」と聞こえる。

すこぶるへたくそじゃなぁ。

それにしても、じゃが。人間なのか獣なのか、神なのか亡霊なのか、よくわからん生き物である。……むっ？　いや、このちいさな銀色の女人のことじゃ。わしが見てきたニューヨーカーとはちがう妙な気配がするのじゃ……。

まっ、顔は立派なジョージ・ワシントンとはいえ、わしゃただのお札。難しいことはわからんがのぅ。

男のほうがなにか言っておるぞ。

「この自転車、前カゴもつけたら便利になるのにな」

「カ〜ゴ〜?」

「うん。ほら、鞄《かばん》とか荷物を入れられるからさ」

「か〜ばん〜?」

「そう……」

ふーむ、まぁ仲のよさそうな二人じゃな……。

おっ、橋を渡っていよいよマンハッタン島に着いたぞ。

で、右に曲がったな……?

つぎつぎ町を抜けて……。おやおや。泥くさい埃《ほこり》っぽい空気じゃ。へーくしっ!! どうやら下町にきたようじゃが……。

……きょろきょろ。きょろ。

わかったぞ。ここはな、東欧系住民の多いイーストビレッジじゃ。昔ながらの活気のある下町。

どこで見分けるかって? えへん! わしの話をよーく聞くがよいぞ。まず建物を見てみぃ。郊外よりアパートメントの背が高いじゃろ? 十階建て以上のおおきなビルばかりじゃ。どれも茶色いのも特徴じゃな。道路も幅広じゃ。食べ物の屋台、古着屋のワゴン、停めっぱなしの車やら馬車やらが溢《あふ》れ、どえらくゴミゴミしておる。最後にな、こーして耳を澄ますのじゃ……。こーして……。

騒音、子供の泣き声、クラクション。上空で木綿の洗濯物の山がはためく音。これぞ活気のある下町、イーストビレッジじゃ。

おっ、自転車がキキーッと停まったぞ。

売店の前じゃ。

東洋人青年が……なにか言っておる。ふむふむ？

「……〈デイリーロード〉を一部！」

なんだ買い物か。ふむ。

おっ……。

風がひやっとするな。

わしが東洋人青年の懐から出され、差しだされる。新聞とお釣りの硬貨と交換されとるぞ。

バサバサと新聞を開く音……。

「へぇ……。ヴィクトリカ、〈デイリーロード〉の一面にも、KIDの記事がいっぱいだよ」

「ふむ。朝から、大昔の銀行強盗団の話題で町は持ちきりであるなぁ……」

という話し声が、売店からどんどん遠ざかっていく。

この二人とも早くもお別れじゃな。

グッドラック、お二人さん。あー、もう後ろ姿が人波の向こうに見えなくなったぞ……。

さ、さよな、ら……。ム、ムズムズ……。

……へーくしっ‼　くしっ‼

二章　〈グレイウルフ探偵社〉の依頼人たち

1

朝の日射しを浴びて、ピーチチチ……とピンクの小鳥が鳴いている。

東欧系住民の多い下町、イーストビレッジの外れ。左手にはちいさな教会がある。右手には鬱蒼《うっそう》とした緑があふれている。鉄柵《てっさく》で覆われた公園のような庭のような空間があり、鋼鉄のプレートに〈Miracle Garden〉と書かれている。

庭には緑でできた迷路のような螺旋《らせん》状の小路《こみち》がある。そこを一弥の漕《こ》ぐ黒い自転車がくるくると進んでいく……。

くるくる、くる……。

やがて、緑と青のタイルが半ばはげかけた、廃墟《はいきょ》のような、貝の形の不思議な建物〈回転木馬《カルーセル》〉の前に着く。

「さぁ、ヴィクトリカを送ってきて、と。すぐ〈デイリーロード〉の初仕事に行かなきゃ……」

と一弥は自転車を降りる。荷台からヴィクトリカが飛び降りようとして、ひらり……べちゃっ、と地面に落ちる。緑のサテンとピンクのオーガンジーのフリルがふわりとふくらんで、蓮《はす》の花がぱっと咲いたように見える。

一弥があわてて手を差し伸べると、ヴィクトリカは両手で膝《ひざ》をさすりながらゆっくり起きあがった。すこし恥ずかしそうである。

一弥が買ったばかりの〈デイリーロード〉を開く。はりきってとことこ歩きだしたヴィクトリカの後ろに続きながら、背筋を伸ばし、生真面目そうに記事を読みあげる。

「えっとね、ＫＩＤ……の前に、あっ！　昨日編集部で先輩記者が取材に行かされた記事も載ってる。ねぇヴィクトリカ。ダコタハウスっていう高級アパートメントで、大人数のおばあさんの幽霊が目撃されたんだよ」

「……ふむ？」

「じつは中西部のカンザスにある〈シスターズ女学院〉出身者だったんだって。同窓会を兼ねて旅行にきてただけでね。ところが……フムフム……お年寄りにしては元気すぎてね。大都会が珍しくて騒いでたら、逆に幽霊だと思われちゃった、って」

「ふーむ……」

ヴィクトリカが〈回転木馬〉の扉に手を伸ばした。一弥が腕に力を込めて開けてやる。

建物の内部は緑に満ちていた。吹き抜けの天井からきらきらと陽光が落ちてくる。南国の木々のおおきな葉が夏の風に涼しげに揺れる。

嘴《くちばし》が真っ赤な巨大な鳥、球体に近いほど丸いカメ、二足歩行するアリクイ、手のひらサイズのちいさなちいさな梟《ふくろう》……珍しい動物がうろうろしたり、目の前を飛びすぎたりする。よく見ると青いタイルの床は動物のフンだらけである。

真ん中になだらかな傾斜の螺旋階段がある。左右に、扉がなくて中が丸見えの小部屋がたくさん並んでいる。その小部屋で、今日も朝から、若い靴職人は革を切って縫って靴を作り、新米ビジネスマンは商用の電話にかじりつき、その横の部屋では、痩《や》せ細った半裸の老人が坐禅《ざぜん》を組んで修行をし……。おかしな住人たちが、それぞれのオフィスで作業に没頭している。

ヴィクトリカと一弥は、三階の〈仔馬の部屋《ポニールーム》〉に向かって、おしゃべりしながら螺旋階段を上り始めた。ここの住人たちは、新しいお仲間に興味を示したりじろじろ見たりすることもなく静かである。

一弥がまた新聞をバサバサと広げ、「あと、えーとね……」とつぶやいた。

「一面から三面までKID脱走事件に関する記事だね。おや。看守はKIDに頭を殴られて……気絶してるあいだに通気口から逃げられちゃったらしい……。あ、あと〈KID&ダルタニャン・ブラザーズ〉のメンバーの生い立ちも書いてあるよ」

ヴィクトリカが「ふむ」と相槌《あいづち》を打つ。

「あのね、通称KIDはフィリップ・ブラザー。一八六八年〈ブラザーズ牧場〉の牧場主の長男として生まれた。妹のマリア・ブラザーは三歳年下。この兄妹が白人。相棒のダルタニャン・ギーはKIDの二つ年上。妹のキューピッド・ギーは兄の四つ下。この兄妹は黒人で、牧場主の片腕として働く夫婦の子供。つまり四人は幼なじみだったんだね。ところが……」

ヴィクトリカがパイプをくゆらしながら「なんだね」と聞く。一弥は階段を上りつつ、

「KIDが十七歳のとき。つまり妹のマリアは十四歳、ダルタニャンは十九歳、キューピッド

は十五歳だね。……えっ！」

と急に足を止める。

「牧場主夫婦が惨殺された！　親戚《しんせき》の男と仲間にだまされて……傷だらけで水樽《みずたる》に沈められて失血死させられたって……。ダルタニャンとキューピッドの両親も捕まって、四頭の馬に手足を繋《つな》いでから馬を走らせ、体を裂かれて殺されて……。下品なジョークを飛ばされて囃《はや》し立てられながら……」

「む……」

「でもカンザス警察は犯人たちに買収されてて動かなかった。〈ブラザーズ牧場〉は乗っ取られ、ＫＩＤとダルタニャンは無一文で追いだされた。マリアは厳しい女学校に、キューピッドは劣悪な孤児院に放りこまれて……」

「ふむ」

一弥が「いてっ」と躓《つまず》く。体勢を立て直し、また階段を上る。

新聞をバサッとめくって、

「そして事件から七か月後。兄二人が行動を起こした。頭脳派のＫＩＤが立てた計画をもとに、ダルタニャンが機関銃を撃ちまくって大暴れし、〈ブラザーズ牧場〉を襲って親たちの敵を討った。たった二人で二十人近くを血祭りにあげたって……。返す刀で女学校と孤児院も襲撃し、妹たちも奪還。この夜、二組の兄妹は『これきり死ぬまで四人離れまい』『一人は皆のために、皆は一人のために』と固く誓い合った。そして黒い箱型フォード車に飛び乗り、血塗られた思い出しかない故郷カンザスを出て……それから……ほら、この地図？」

新聞に、約五年間で〈KID&ダルタニャン・ブラザーズ〉に襲撃された銀行をマッピングした新大陸の地図が載っている。ヴィクトリカが覗《のぞ》きこみ、「四人はアメリカ中で機関銃を連射し、ダイナマイトで吹っ飛ばし、暴れ回ったのだな……」とつぶやく。

「そう。中西部から始まって、東へ、そして北へ……」

と一弥がうなずく。記事の続きを読んで、

「KIDが綿密な計画を立て、ダルタニャンが機関銃を撃ちまくって突っこむ。いちばん年下のマリアはダイナマイト専門家。気が短くて、火をつけてポンポン投げちゃ、扉という扉を爆破したって。キューピッドは逆におとなしい質《たち》でね。孤児院で不良たちから習った金庫破りを得意として……」

「ふむ」

「当時は全国的バウギャングブーム。若者の強盗団も多かったけど、〈KID&ダルタニャン・ブラザーズ〉は特別だった。法治国家の敵たる特別な犯罪者にだけ振るナンバーを戴《いただ》き、政府から〈Public Enemy No.7〉と呼ばれるようになった、って」

「その写真が彼らかね？」

とヴィクトリカが指さす。

一弥が足を止めて見入る。

新聞の左隅に昔の写真が載っている。古びた一枚のモノクロームの写真——。

旧式だがぴかぴかの箱型フォード車の前で、四人の若者が思い思いのポーズで立っている。スーツにパナマ帽、葉巻片手のお洒落《しゃれ》な白人青年は、隣の黒人青年の肩によりかかって、カメラに愛想よく笑いかけている。黒人の青年はテンガロンハットを斜めに被《かぶ》り、両手で機関銃を構え、危険な目つきでこっちを睨《にら》みつけている。

女二人もポーズをキメている。白人の女は胸元も露《あら》わなロングドレスにハイヒール。右手で黒いダイナマイトをぎゅっと握りしめ、もう片方の手を隣の女と繋いでいる。黒人の女はまだ少女のようにあどけない。麦わら帽子に木綿のミニスカート。細くて筋肉質の脚。片手で工具のスパナを振りあげ、ふざけて舌を出してみせている。

「そう。このスーツの青年がＫＩＤ。機関銃の青年が相棒のダルタニャン。女の人がマリアとキューピッド」

「ふむ」

「四人は、新聞広告や空に書く飛行機雲で犯行予告をしてから銀行を襲うという人目を引くやり方で全国的に名を売った。アメリカ中を荒らし回ってスターになった。でも……最後にたどり着いた大都会ニューヨークで……飛行機雲で『連邦準備銀行よ、待ってろ!!　ＫＩＤ』と予告して、いつものように箱型フォード車で突っこみ……でも計画は大失敗し……」

「ふむ……」

「ダルタニャンとキューピッドとマリアは死亡……ＫＩＤだけ生け捕りにされて収監された」

「そして、それから早四十年、というわけか」

ヴィクトリカがつぶやく。

写真の中でマリアが握っているダイナマイトを指さして「マークがついているぞ」と言う。

一弥はうなずいて、

「写真だとちいさくてわからないけど、これじゃないかな。〈KID&ダルタニャン・ブラザーズ〉のマーク」

バサバサと開いて、べつの写真を見せる。

ペン、機関銃、ダイナマイト、スパナを四方向から合わせた黒いマークで、下に〈一人は皆のために、皆は一人のために〉と書かれている。

一弥は螺旋階段を上がりながら、「四人の結束を表すマークらしい……」と言う。

静かな中、二人の靴音が響く。

一弥はまた新聞をバサバサ広げて、

「おっと！」

ヴィクトリカが隣でパイプをくゆらしつつ「どうしたね？」と聞く。

一弥は目を白黒させて、

「いや、こっちの記事。ほら……。一転して現代の、えーとその、愉快な犯罪者のニュースだよ。〈ウォール街にターザン男現る！　ビジネスマン、ビジネスウーマンから『楽しそうでじつにうらやましい』『俺だって仕事さえなきゃ一緒に登りたい』『わたしも野生に戻りたい～』などの声〉！」

と記事を見せる。上半身裸の若い男が高層ビルの外壁をよじ登る写真が載っている。

「これも昨日、先輩記者が編集長から取材を命じられてた事件だ……。なになに……〈話題のターザン男曰《いわ》く『明日はセントラルパークであるモノによじ登る予定！　ひまな人は見にきてね！』〉でも、セントラルパークでなにに登るんだろう。公園に高い建物なんてあるのかな…

……〈壁登り男の名はスパーキー！　役者業の傍ら、イーストビレッジでビルの管理人を務める勤労青年〉か。ねぇ、この人って、あの……」

「……うむ。あきらかにな」

と、ヴィクトリカが足を止め、つぶやいた。

なだらかにぐるぐると続く螺旋階段を上り終わり、最上階である三階に着いた。三角窓から夏の風が吹きこみ、棕櫚《しゅろ》の葉がやわらかく揺れている。小鳥がピーチチ……と木の枝で鳴く。

トンテ、ン……。

「いてっ」

カンテン……。

天井が低く、屋根裏部屋じみた一角。〈仔馬の部屋《ポニールーム》〉――。

トンテン、カン……テ……。

と、トンカチでなにかする音が響いてくる。しかし使いこなせていないようだ。ときどき
「いてっ」と若い男の声がする。

ヴィクトリカの視線を追って一弥もそっちを見て、「噂をすれば、ターザン男こと管理人スパーキーさんだよ」とつぶやいた。

トンテン、カン、テ……。

「いてっ！」

カン、テン……。

「いっ！」

トン……。

「ぎゃっ！」

三階角の〈仔馬の部屋〉には三角窓からの陽光がまぶしく射していた。天井の低いちいさな空間。床はきれいに拭《ふ》いてあるが、家具といえばぼろぼろの古いチェストとピンクの猫足の寝椅子だけでガランとしている。

部屋の外の廊下部分に、誰の部屋の客なのか、労働者風の子供が三人と、大人の男と女が立っている……。

部屋の中では、茶色い髪と青い目をしたハンサムな青年——管理人スパーキーが、なにかの作業に熱中している。上半身裸で腰に白い布を巻いたターザンそっくりの扮装《ふんそう》である。

「おはようございます……。スパーキーさん？」

と一弥が覗きこむ。

スパーキーは猫足の寝椅子と二本の鉄の鎖と幾つもの捩子《ねじ》を前にし、トンカチを振り回して大工仕事をしていた。ヴィクトリカたちに気づくと顔を上げ、笑顔で、

「あぁ、おはようございます！　独創的かつ哲学的な探偵さんとオリエンタルな助手くん！」

「た、探偵さん？　助手……？」

と一弥がきょとんとして聞きかえす。

ヴィクトリカがパイプを吹かしながら首をかしげ、

「君、朝からなにをしてるのだね？」

管理人スパーキーは張り切って、まず寝椅子、つぎに二本の鎖、最後に天井に残る二つの穴を指さしてみせた。

「あの穴から鎖をぶらさげて、寝椅子を特製ブランコにしようと、明け方思いつきまして。お店が開くと同時に飛びこんで材料を買い、張り切って出勤したんです。……ね、独創的かつ哲学的なアイデアでしょう？　ね」

「うむ……。う、うむ？」

と、ヴィクトリカが戸惑ってうつむく。

一弥が天井を見上げて「あの穴って、前の前の前にここで探偵をやってた人たちが、アイリッシュギャングを怒らせたときの？　ほら、二人とも天井から吊《つ》るされて無残に殺されたという……。だから探偵という仕事は危険だ、って……」と聞く。

だがスパーキーは大工仕事に熱中していて聞いていない。

と、手を滑らせて、トンカチで自分の足の甲を叩《たた》き、

「いてーっ！」

「あ、あの……。よかったら手伝います」

「頼むよっ！　これじゃ怪我して腕がなくなっちゃう！」

スパーキーが怒りながら言う。一弥がトンカチを受け取る。寝椅子の前にしゃがんでさっそく作業をしだす。

トンテンカンテン！　トンテンカンテン！

と、一弥の振り下ろすトンカチが小気味いい音を立て始める。

管理人スパーキーはしばらく満足そうに見下ろしていたが、急にはっと思いだして、

「そうだ、探偵さん。〈グレイウルフ探偵社〉にさっそく依頼人のみなさんがきていますよ。朝からお待ちです」

「依頼人？　みなさん……？　お待ち？」

と、ヴィクトリカがびっくりする。一弥も不思議そうに顔を上げる。

管理人スパーキーが一弥の持ってきた〈デイリーロード〉をみつけて、「これこれ！　オーナーからの引っ越し祝いの新聞広告を載せたんですよ」と手に取る。バサバサッと音を立てて広げ、後ろのほうの広告欄を指さしてみせる。

ヴィクトリカと一弥は覗きこんで「む？」「あっ！」と声を上げた。


〈グレイウルフ探偵社　本日開業！

イーストビレッジの〈回転木馬〉最上階〈仔馬の部屋〉にて。独創的かつ哲学的な名探偵とオリエンタルな助手が依頼人を募集中。料金格安、迅速解決。

――「我々に、解けない謎はありません！」〉

一弥が（あーっ……！）という顔をする。ヴィクトリカもびっくりして黙りこくる。

管理人スパーキーが、ご機嫌な様子で、

「おーい、入ってきて！」

その声に、どやどやと入ってきたのは、部屋の外にいた五人だった。子供が三人と大人の男女。服装もばらばらである。

子供三人は、短い金髪に灰色のエプロン姿の十歳ぐらいの白人の男の子。つぎに同じぐらいの齢《とし》で、牛の絵と〈MEAT《肉》〉と書かれた帽子をかぶったヒスパニック系のちりちりヘアの女の子。〈cigarette《煙草》〉と書かれたエプロンをつけた浅黒い肌の女の子。

大人のほうは、頭に巻いた包帯から赤い血が滲《にじ》んでいる、二十代半ばのチョコレート色の肌の男。腰まで届く茶色いおさげ髪に眼鏡、黄色い水玉のワンピース姿の若い白人の女。小柄でぽっちゃりしている。左足首に包帯を巻いて松葉杖《まつばづえ》をついている。

大人二人がヴィクトリカと一弥を見比べ、「あのぅ〜……」「探偵はどっち……？」と聞いたとき、子供三人が飛びだしてきて、恐れを知らぬ様子でヴィクトリカに飛びついた。さらにヴィクトリカの細い腕を引っ張ったり、ところどころ金色にとろける長い髪をつかんだり、たっぷりした何重ものフリルの裾《すそ》を物珍しそうにめくったりしながら、口々に、

「うちの店の売上金がごっそり盗まれた！　そしたらスカートを穿《は》いた猫が飛びだしてきて、母ちゃんに怒られた！」

「肉がなくなったの！　警官も消えたの！　それで、おでこのホクロが大きかったの！」

「煙草のお釣りが、どうしても、足りなっ……。う、うぅ……。〈ミス・シガレット〉は一箱十セントなのに、レジには六セントしか……」

ヴィクトリカは子供たちにむちゃくちゃに引き倒されて転びそうになり、「やめっ……やめ

ろ、こら、やめたまえ……。や、やめっ……」と低い唸《うな》り声を上げた。

助けを求めるように一弥のほうを見る。でも一弥はちいさな依頼人さんたちを見て安心し、大工仕事にもどっていた。「久城ぅ……」と呼ばれて、トンカチを振るいながら「えっ」と顔を上げる。

子供たちに引っ張られているヴィクトリカを見上げると、笑顔で「うん」とうなずいて、また大工仕事に没頭しだす。

ヴィクトリカが激怒して、

「うん、じゃないだろう。……いますぐ助けたまえ、黒うさぎクン！」

「助けるって？　その可愛いちいさな子供たちから……？　恐ろしい君を？　助ける？　……ヴィクトリカ、いいから相談を受けてあげなよ」

ヴィクトリカが「久城……。き、貴様ぁ！」とちいさな両拳《こぶし》をフルフル震わせる。

だが一弥は大工仕事が性に合うらしく、「うん……」と生返事をするばかりで、熱心にトンカチを振るったり、鎖の長さを測ったりしている。とても楽しそうである。

ヴィクトリカは仕方なく、渋々、いやいや、子供たちに向き直った。威厳を保とうとまず腕を組む。緑のサテンの五段フリルをふんわりとやわらかくふくらませて、古いチェストに腰かけると、

「なんだね。騒がしい子豚ちゃんたち。なんなりと……。って、脚を踏むな！　甘噛《あまが》みするな！　痛い、痛い。やめたまえー！」

子供たちが飛びついてきて、二人は隣に座り、一人はヴィクトリカのちいさな両足の甲に座

りこんで、同時にわぁわぁとヴィクトリカに話しかけ始めた……。

「……この新聞、もっと読んでいいですか。オリエンタルな助手くん」

子供たちと戯れるヴィクトリカの横で、一弥がトンテンカンテン……と大工仕事に精を出していると、管理人スパーキーがすすすっ……と寄ってきた。

「えぇ、いいですよ」

「では失礼」

「ぼくね、今日からこの編集部で仕事をするので買ったんです……」

「へぇ？　じゃ助手くんは新聞記者かぁ」

と管理人スパーキーが興味を持つ。

「はい。……あっ、そうだ！　ぼく〈グレイウルフ探偵社〉の広告には気づかなかったけど、スパーキーさんが出てるのはわかりましたよ。五面に……ほらここ」

と新聞をめくってやると、管理人スパーキーは大喜びして、

「ほんとだ！　ターザン男の記事！　何を隠そうこれはぼくです！」

一弥も「ええ」とうなずく。「命綱なしでずいぶん高いところに登れるんですね。すごいな……」「フフ」と管理人スパーキーは得意満面になり、しばらく自分の載る記事を読み耽《ふけ》っていた。

やがて「……フーン」と顔を上げ、

「助手くんのほうも今日から仕事ですか？」

一弥は顔を上げ、不安そうに、

「はい。〈セントラルパークにライオンにまたがった少年現る！〉という噂を記事にするんです。カメラマンと合流して、このあと取材に行くんですけど。こんな大都会にライオンがいるとも思えないし、難題だなぁ……」

「セントラルパーク？　じゃ、あとで向こうで会うかもしれないな。ぼくもライオンがいないか探しながら行くことにしますよ」

「向こうで……？」

「ええ。ぼくも今日セントラルパークに行くんです。またもやあるモノによじ登る予定でしてねぇ」

「公園の中にも高い建物があるんですか？」

管理人スパーキーは自信ありげにうなずいてみせた。そして右手に持ったなにかを掲げるようなポーズをし、勇ましい顔つきで「プロチェド！」と言った。一弥がきょとんとしていると、あきてすぐ手を下ろした。

また新聞をバサバサとめくりだし、「あ！」と叫ぶ。

「ＫＩＤの記事だ。ほんとうに脱走したんだなぁ！」

「じゃ、スパーキーさんも知ってるんですね。そうとう有名だったんだな。今朝から会う人会う人とこの話題で……」

「祖母からよく聞きましたねぇ。ＫＩＤのおかげでずいぶん助かったもんだ、って」

と管理人スパーキーは真剣な顔で、

「全米に数多《あまた》いた銀行強盗団《バウギャング》の中でも、〈KID&ダルタニャン・ブラザーズ〉が人気だったのは、見た目のかっこよさや洒落た台詞《せりふ》のせいだけじゃなかったらしいんです。彼らは国中の銀行を襲って大金を盗んでは、貧民街の建物の屋上からばらまいてくれた、って。毎度おなじみ〈グリーンシャワー《緑の洪水》〉！　いまよりも貧しい時代で、ばーちゃんもKIDのおかげで家賃を払えた月もあったって……」

「へぇ……」

「あとね、故郷に〈ブラザーズ孤児院〉ってのも作って。ほら、女メンバーのキューピッドが孤児院で大変な思いをしたからって。それからなんとかっていう女学校も作ったんですよ。マリアも苦労したからって。ばーちゃんはそこも褒めてましたねぇ」

「そうか……。それでいまも人気があって、大騒ぎになってるんだな」

と一弥はうなずいた。

それから手を止め、満足げに、

「できました！」

管理人スパーキーがブランコを見上げて「ほんとだ。ちゃんとした寝椅子型ブランコじゃないですか！」とうれしそうに言った。

そして急に立ちあがって、「じゃ、あとでまた。あーああー！」とターザンよろしく飛んでいってしまった。

……と一弥が大工仕事をしながら管理人スパーキーと世間話をしていたとき。

ヴィクトリカはというと、すぐそばで、子供たちに髪を引っ張られたり、フリルたっぷりの膝にむりやりよじ登られたり、また豪奢《ごうしゃ》なたっぷりしたドレスの裾をむりやりめくられたりしていた。

低い唸り声を上げ、

「やめたまえ！　……引っ張るなっ、めくるなっ、噛むなーっ。この子豚ちゃんたち！　おとなしくしたまえー！」

子供は三人とも同時にヴィクトリカに話しかけてくる。声もものすごくおおきい。三人分の声が〈回転木馬〉中に響き渡る。

「探偵さん、探偵さん！　ちっちゃい銀色の探偵さん！　あのねっ、俺んちは雑貨屋なんだけど、こっそり売上金を盗む男の子供がいるんだ。見たことない顔で、どこのやつかわかんなくてさー。つぎにきたら捕まえようって母ちゃんと話してたら、今朝またきてさ。捕まえようと、母ちゃんと俺が右と左から寄っていったら……どうなったと思う？　……猫が！　スカートを！　穿いた！」

「うちは肉屋よ！　あたしが店番してるとき、目を離した隙に売り物の羊肉の塊が盗まれたの。ちょうど店内に警官がいたから、頼ったら、『わかった捜査してやるぞ！』って。でも店を出ていったきりもどってこなくて。あとで父ちゃんが調べたら、この地域にそんな警官はいないって。おでこにおおきなホクロがあったんだけど、そういう特徴の警官はいなかったの……」

「あたしんちは煙草屋なの。で、毎晩七時に〈ミス・シガレット〉を買いにくるお姉さんがいるんだけどね。あたし一人でレジをやってる夜、その人がくると、必ず売り上げが四セント足りないの。そのたび父ちゃんに殴られて……母ちゃんも泣くし……」

「おい、俺が先だろ！　探偵さん、だから、母ちゃんと俺が売上金泥棒の男の子に寄ってってたら、スカートを穿いて頭にリボンを巻いた猫が飛びこんできてさ。俺と母ちゃんもびっくりしたけど、泥棒の男の子もぎょっとしてた。そのどさくさで男の子は逃げちゃって……売上金も取りもどせなくて……」

「ちょっと、レディファーストでしょ！　ねぇ、肉屋にきたおでこにホクロのある警官はどうしていたのにいないのっ？」

「あたしも女だしぃ！　ねぇ、ねぇ、うちの煙草屋で一箱十セントの煙草を売ると四セント足りなくなるのはどうして？　どうして？　どうしてですかっ？」

ヴィクトリカは渋い顔をし、両手のひらで耳を押さえていたが、ため息交じりに、

「〈知恵の泉〉が……」

「レディファースト！」

「告げている……」

「そんなのずるいぞ！」

「犯人は……。犯人は……。はん……。えーい、わかったわかった！　ではレディファーストだ。とにかく静かにしたまえ。……噛みつくなっ！　では……」

とヴィクトリカが子供たちから逃げてチェストの上によじ登り、すっくと立った。緑とピンクのフリルの裾が、女王のドレスのように重たげにきらめいた。

自分たちも登ろうとする子供たちを制し、「君たちは下で聞きたまえっ」と言う。

子供たちは授業よろしく、チェストの前の床に三人並んで座った。牽制《けんせい》し合うように肘《ひじ》でつっつきあったり嚙みついたりもしている。だが次第に静かになり、先生然としたヴィクトリカを期待たっぷりに見上げた。

ヴィクトリカが威厳を以《もっ》て、

「まず肉屋の女の子。立ちたまえ」

〈MEAT〉と書かれた帽子姿の女の子が「はーい」と元気よく立つ。雑貨屋の男の子につっつかれて、「もう、うるさいっ」と蹴飛《けと》ばす。

「羊肉の塊を盗んだ犯人は郵便屋さんだ。額におおきなホクロがある郵便屋さんを、お父さんとお母さんに捜してもらいたまえ」

「……郵便屋さん？」

「うむ。つぎに雑貨屋の男の子、立ちたまえ」

短い金髪のエプロン姿の男の子が元気よく立つ。その横で、肉屋の女の子が「えー。ゆうびん……？　どうして？」とつぶやいている。

「よく思いだしたまえ、君。雑貨屋に売上金泥棒の男の子が現れ、続いてスカートを穿いて頭にリボンをつけた猫が飛びこんできたとき……。外からちいさな女の子が覗いていなかったかね？」

雑貨屋の男の子は「えー？　……ん？」と首をかしげてから、

「あ！　そうだよ。五歳ぐらいのちっさい女の子が覗いてた」

「窓かドアから首だけ出して覗いていて、腰から下は見えなかったろう？」

「うん、そう！　どうしてわかるの？」

「知ってる子かね？」

「近所の子で……。どこに住んでるかはわかるよ」

「うむ。おそらくその子の兄か親戚か友達、ともかく近しい交友関係の中に、売上金を盗んだ男の子がいるはずだ。女の子の周辺を捜したまえ」

「う、うん……」

「最後に、煙草屋の女の子、立ちたまえ」

〈cigarette〉と書かれたエプロン姿の女の子が「はーい」と立つ。

ヴィクトリカはしゃがみ、女の子の顔を覗きこんで、すこし優しく、

「七時にやってくるお姉さんが、十セントの煙草を買うと、売上金が必ず四セント減るのだったね？　うむ、わたしがその極悪お姉さん役をやるので、再現してみよう。こうではないかね、君？」

ヴィクトリカはむりに甲高い作り声を出して、威張って顎《あご》も上げて、

「『〈ミス・シガレット〉を一箱ちょうだい。十セントだったわね。じゃ……一セント、二セント、三セント……』」

と、硬貨を一枚ずつ数えるふりをする。すると女の子は目を丸くして「すごーい。どうしてわかったの？　あのお姉さんそうやって買うの」と叫ぶ。

ヴィクトリカは作り声で続ける。

「『ところでいま何時？　お嬢ちゃん』」

女の子はますます目を丸くし、

「そう、ぜったい時間を聞かれる。どうしてわかるのぉ？」

「で、君はなんて答える？」

「『七時』って」

「『七時ね。わかったわ。ありがと。さぁて……八セント、九セント、十セント……。ほら十セント払ったわ』」

「『毎度ありがとうございまーす！』」

と、女の子が元気よく返事をする。

その顔を、隣にいる雑貨屋の男の子と肉屋の女の子が、あきれたようにじとーっと見ている。煙草屋の女の子は割と長いあいだきょとんとしていたが、じわじわと気づくと、怒りで首まで真っ赤に染め、

「あああー！」

「わかったかね、君？」

「し、し、七時、って言った後、四セントと五セントと六セントと七セントを、とっ、飛ばされてる。ひどーい、ご、極悪お姉さんだっ……」

「おまえもすぐ気づけよな。そんなんじゃマンハッタンでやってけないぜ。商売ってのは厳しいんだからさ」

とからかわれ、煙草屋の女の子が泣きそうになる。ヴィクトリカは「まぁまぁ……。つぎにきたときギャフンと言わせてやればよい。時間を聞かれたら『三時！』と答えてやるのだ。君、

わかったかね？」と言う。

一弥も、ブランコを作り終わってこっちにやってきた。

ヴィクトリカは謎を解いたと言わんばかりにのんびりパイプを吹かしているが、肉屋の女の子と雑貨屋の男の子は不満そうである。一弥が子供たちから事情を聞き、「ヴィクトリカ、こっちの二人にも説明をしてあげなよ。肉泥棒の郵便屋さんと、雑貨屋のスカート猫と女の子のことも さ……」と言う。

ヴィクトリカは飽きてしまったのか、ちょっと面倒くさそうにパイプをくゆらしていたが、一弥に言われて、仕方なくもそもそと、

「そ、そんなの、簡単である……」

「うんうん」

「うーむ、つまり……。まず肉屋で起こったホクロの警官の事件だが」

「うん」

「君、なぜそのおでこにホクロのある男を警官だと思ったのかね？」

「え？　だから……」

「制服のせいではないかね」

「あ、うん。そう」

「しかし、お父さんが調べたところ、そいつは警官ではなかったのだな。それなのに警官と間違えられ、肉が盗まれたと頼られると、警官のふりをして『捜査してやるぞ』と言った。いかにもあやしい大人だ。しかしである。わざわざ警官の扮装をして肉屋で泥棒するというのも考

えがたい」

「ん……」

「おそらくだが、君は制服を見間違えたのではないかね？　黒っぽい帽子とジャケット。このアメリカ合衆国で、警官と似た制服の職業といえば、まず郵便屋を思い浮かべる。郵便屋が肉屋に入って、子供が一人で店番をしているからと肉を盗んだ。すると警官と間違えられて頼られたので、とっさに話を合わせた。だって、その人物が犯人ではないなら、『警官じゃないぜ』と正直に言うはずである」

一弥が「なるほど。それで『おでこにホクロのある郵便屋を捜せ』というんだね」とうなずいた。

女の子に向き直って、

「君、覚えられた？　うちに帰って、お父さんとお母さんに言えるかい」

「言える、言える！」

と肉屋の女の子はうなずいた。そして「探偵料あげる！」と叫び、エプロンのポケットからきれいな緑色の動物型棒付きキャンディが入った袋を取りだした。ヴィクトリカのちいさな手に押しつけると、あわてて飛びだしていく。

「お？　おぉ……？」

と、ヴィクトリカが戸惑いながらも、袋から棒キャンディを一本取りだした。尻尾《しっぽ》の長い猫型である。

おそるおそるぺろりと舐《な》める。

と、気に入ったようで、袋にちいさな手を入れては、うさぎ、猿、クマを熱心に食べ始める。

「もご、もご……。それからな、スカート猫と女の子だが」

雑貨屋の男の子が「うん」と身を乗りだす。

「猫が自らスカートを穿くことはおそらくないだろう。それなら、誰かがわざと穿かせて店に放ったのだ。だがなぜわざわざそんなことをする？　一つしか考えられない。レジから売上金を盗んだ男の子が店員に捕まりそうになっていたからだ。おそらくべつの派手なもので目を引き、その隙に逃がそうとしたのだろう」

一弥が「共犯者がいたってこと？」と聞く。だがヴィクトリカは首を振って、

「犯人の男の子も、スカート猫を見てびっくりしていたのだろう？　それなら共犯者ではなかろう。おそらく犯人と親しい人物が、偶然犯行現場を見て、助けるためにとっさにやったことと推測される」

「親しい人物かぁ……。それが店を覗いていた女の子ってこと？　ヴィクトリカ」

「そうである」

「じゃ、その子の上半身だけが見えたと当てたのはどうして？」

「おそらくその女の子は、目立つもので目を引いて助けてやろうと、通りがかりの猫の頭に自分のリボンをつけ、スカートも脱いで穿かせ、店に放ったのだ。だから上半身だけ見たら普通だが、もし腰から下も見えたとしたら……」

雑貨屋の男の子がうなずき、真剣な声で、

「スカート穿いてなかったのか？　まぬけだな」

ヴィクトリカはアヒル型のキャンディを舐めながら、立派な探偵らしい重々しさで、

「そうとも。さてこれですべてわかったかね？」

子供たちはうんとうなずき、煙草屋の女の子は顔ぐらいのおおきさの特製リーフパイを六枚、雑貨屋の男の子はつやつやした飴《あめ》がけグリーンアップルを二つくれた。そして仲良くばたばたと螺旋階段へ消えていった。


子供たちがいなくなると、ヴィクトリカと一弥は「ふぅ……」「君、すごい騒ぎだったね」と顔を見合わせた。

三角窓からやわらかな風が吹いて、ヴィクトリカの白銀の髪を揺らしていく。

「……あ、そうだ。これはね」

と一弥が指差すので、ヴィクトリカは「ん？」と寝椅子型ブランコを見上げた。

背もたれが波形になったピンクの横長の椅子。リアルな彫刻の猫足で、ボタンは団栗《どんぐり》の形に彫られた茶色い木製である。屋根裏部屋じみた低い天井から、丈夫そうな銀色の二本の鎖で吊り下がっている。

ヴィクトリカが両手でリーフパイを持って、端っこを熱心に齧《かじ》りながら、古いチェストから降りた。とことこと近づいてくる。

おそるおそるブランコに乗ったが、折れそうに細くちいさな背中を一弥がそっと押してくれた途端、かすかにうれしそうにほっぺたをゆるませた。

ブランコが、キィ、キィ……と音を立て、ゆっくり動きだした。

一弥がヴィクトリカの後ろから顔を覗きこんで、

「うん。独創的かつ哲学的……だよね……？　探偵社にブランコがあるなんて……」

「ふーむ？」

とヴィクトリカはちいさな口をいっぱいに開けて、リーフパイを齧りつつ、

「しかし、わたしはな……」

夏の風がゆったりと吹いてくる。棕櫚の葉を揺らし、カラフルな南国の花々もさらさらとさざめく。緑とピンクの五段フリルの裾が風をはらみ、ふわりふわりとやわらかくふくらむ。

「わたしは普通の人間になりたいのだ。いつの日か、このわたしも普通になれたらそれが幸福だ。しかし遠い道のりである」

「……でも君は君だよ」

「む……？」

とヴィクトリカが片眉《かたまゆ》を上げた……。

三角窓から、風に乗って外の騒音が聞こえてくる。車のクラクション、馬車の闊歩《かっぽ》する音、屋台の売り子の声……。

〈回転木馬〉の小部屋のあちこちからも、カタカタとミシンを踏む音や、リーンリーンと電話の呼び出し音、人の話し声などが聞こえる。

鮮やかな色の南国の鳥が何羽も、天井近くをゆっくりと旋回している。

一弥は「あ！　ぼく、そろそろ行かなきゃ」と立ちあがった。

ヴィクトリカがパイプをくゆらしながら、

「〈デイリーロード〉かね。物質的課題《マテリアル・タスク》でいっぱいの久城の新しき職場である」

「うん。今日はセントラルパークに行くんだよ。昨日、編集部に『ライオンにまたがった少年を目撃した』という電話があったんだって。で、その取材に行くんだ」

「ライオンだと？」

「う、うん……。って、いるわけないけどね……。で、でもなんとかしなきゃ。さてまずはカメラマンを迎えに……」

と一弥がばたばた用意しだす。

急いで螺旋階段を降りていこうとして、振りむいた。

名残り惜しそうに「……も、もう行かなくちゃ」とつぶやいて、

「じゃあね。おとなしくしてるんだよ、ヴィクトリカ。夕方迎えにくるからね」

と階段を降り、姿を消した。


ふわふわと優しい風が吹く。

ヴィクトリカはパイプをくゆらしながら、ピンクの寝椅子型ブランコをゆっくりと揺らしていた。

キー、キー……とブランコだけが風に揺られる。

従者の一弥がいなくなった途端、ヴィクトリカは磁器や石のように冷え、生気をなくしていった。不器用で歪《いびつ》ながらもかろうじて生きるちいさな人間から、長きの時を捨て置かれ、風雨にさらされた古いビスクドールに変わっていく。

キー、キー、キー……。

ブランコだけが動いている。人形の絹の髪もかすかに震える。フリルがゆったりとふくらんでヴィクトリカを包んでいる。

と、唇をパカリと開き、低くしわがれた老女のような声で、

「〝戦女神《ブリタニカ》とともに……旅を終えたとき……未来への扉は開かん……〟か？」

その声も、時の狭間《はざま》から漏れ聞こえた過去のさざ波のようにかすかで、凍えながら震えている。

と……。

「んん？」

小部屋を覗いている大人の男女の姿に気づいた。ヴィクトリカの金の睫毛《まつげ》やおおきな緑の瞳《ひとみ》が人間のそれのようにまた動きだす。

さきほど、子供三人と一緒に入ってきた男女である。一人は腰まで届く茶色いおさげ髪で眼鏡をかけた若い白人の女。木綿の黄色い水玉のワンピースを着ている。ヴィクトリカと同じぐらいの齢と見える。左足首に包帯を巻いて松葉杖をつき、もう片方の手には陶器の貯金箱を握るという謎めいた格好をしている。

もう一人は二十代半ばの浅黒い肌をした南米系の男で、頭にぐるぐる巻いた包帯からうっすら血が滲んでいる。

ヴィクトリカはしばし黙って二人を見ていた。

頭痛がするのか、こめかみを片手で押さえ始める。

「……だ、誰だね、君たち？」

その響きは氷のようにつめたく、人間らしさがあまりなかった。

男女は戸惑って顔を見合わせた。と、女がおそるおそる「……あの、えっと」と言う。男が割って入るように「俺も依頼人でね」と言う。女「あっ、あたしもよ。でも子供たちに押されて話題に入れなくって」と首を振ってみせる。

ヴィクトリカはしばらくぼーっとしていたが、やがてゆっくりと首をかしげた。

機械仕掛けのように不自然に動き、カクカクと立ちあがって歩いて、三角窓から外を覗き、

「く、久城？」

でも一弥の姿も古い黒い自転車も、敷地のどこにももう見えない。

「あ、あー……」

とヴィクトリカは弱って振りかえる。

「依頼人かね……!?　依頼人？　大人の……？」

男女ともせわしなく何度もうなずいてみせる。ヴィクトリカは不審そうに二人を見比べて、

「君は頭を、そっちの君は足を怪我しているが、知り合いではないのかね？」

と聞くと、「ちがうわ」「ちっがう」と二人とも首を振る。

ヴィクトリカはパイプをくわえて妙に遠い目をした。

ワンピース姿の若い女が黄色の水玉柄のノートを取りだして、「あのね探偵さん。これはセントラルパークの写真よ。でね、でねっ……聞いてっ」と言いかけると、「待った、こっちが先だぞ」と頭に包帯を巻いた男が割って入る。

ヴィクトリカは困って固まっている。

男のほうは血まみれの死体の写真が載った古い新聞をバサッと広げてみせた。〈噂の銀行強盗団現る！〉〈ＫＩＤ参上！〉の文字が躍っている。女も「あら、あなたの相談はＫＩＤがらみ？　それにしても大昔の新聞ね」と覗きこむ。

それから二人はヴィクトリカを見た。

と、男は古い新聞を振りあげ、女は片手で黄色い水玉柄のノートを広げて、「じつは昨夜脱走した〈Public Enemy No.7〉が……」「あの、そのっ……あたしセントラルパークで……」と同時に話しだした。

ムムッ、と互いの顔を睨む。

男が急いで、

「――ＫＩＤが連邦準備銀行を再襲撃するのを止めてほしいんだ！」

と叫ぶと、女も負けじと大声で、

「――パ、パーナムツーンム《おまえの足を食べる》！」

ヴィクトリカは寝椅子型ブランコの上で、そっと顔を上げた。

怯《おび》えたように横顔を固くし、「ＫＩＤ？　連邦準備銀行再襲撃……？　セントラルパーク？　パ、パーナムツーンム……⁉　君たちは何者だね……？」と、低いしわがれ声で聞きかえした……。

George Washington says…3

わしはのぅ……風邪を引いたようじゃ。

へーくしっ、しっ!!

いやー、面目ない。でもなにしろ外は久しぶりでなぁ。

おやっ、でもそんなことより、あれを見るがよい。イーストビレッジの路上を、上半身裸の若い男が歩いてくるぞ。え？　いや、ほんとじゃ。ほら、あそこじゃよー。

腰に白い布を巻き、裸足《はだし》でやってくるじゃろう。

いったい何者じゃ？

この売店の前に足を止め、なにか買おうとしておるぞ。

なになに？

「麻のロープを三十メートル分ちょうだい！」

わっからんやつだなー。そんな格好で、長いロープをなんに使うつもりじゃ？　首吊《つ》りするにも長すぎるったら長すぎるぞい。って、おーっと、その男が十ドル札を出し……お釣りとして、よりによってわしが差しだされたぞい……。

裸の男に握られるのは、お札といえどもとってもいやなことなのじゃ。はぁ、やれやれ。いかにもぞーっとするぞ。

うわー、いやじゃ！　男がわしを腰にはさんだぞ……。うわー、生あったかくてぺたっとしておるー。お札といえどもいやじゃーいやじゃー。ほんとにいやじゃー。やめちくりー！

……って、ロープを肩に背負い、のしのし歩きだすぞ。こやつ、どこに行くのじゃ？

おかしな格好で堂々と、喧騒《けんそう》にまみれた都市の歩道を歩き、セントラルパーク前の大通りに着いたぞい。

ほぅ。この辺りも昔とそう変わらんなぁ。緑がいっぱいできれいじゃのう。それに空気もよいな。

マンハッタン島のど真ん中にあるおおきな公園セントラルパーク。なんでもマンハッタンとは先住民族の言葉で〝丘の島〟という意味らしくてな。この公園には、古代からの野生の森や野原が広々と続き、渓谷やちょっとした湖まで残っておるのじゃ。

「赤すぐりジュースとリンゴちょうだい！」

む？　裸の男が公園前の売店で買い物をしだす。朝ごはんかのぅ。

むむ？　またわしが差しだされるぞ。このおかしな格好をした男ともここでお別れじゃ。……へっ、へーくしっ、しっ！　ジュースとリンゴを受け取り、男が歩き去っていく。あの長いロープをなんに使うのかはわからぬままじゃ。これもお札の宿命。いつものことじゃ。

売店の中でウーンと伸びをする。

ほかのお札どもが騒がしいの。「ねぇ、いまのはだかんぼうは何ィ？」とピチピチの若い五ドル札に聞かれる。「わしにもわからんのじゃ」と答えると、ほかのお札たちも「都会はへんなの多いね〜」「暑いし〜」「へーくしっ!!」「じいさん、俺に風邪をうつすなよ」「すまんの、お若いの」「ねぇおじいさん、私こないだ半日ぐらいリバー・ヴァレンタインのお財布にいたの。いいでしょ?」「誰だねそりゃ?」「やだ、知らないのぉ? 遅れてるぅ。ハリウッド一の美男子よ」「静かにしてくれる? ぼく寝てたんだよ」「おぉすまんの、お若いの」とわしは口を閉じる。

辺りの景色をしみじみと見る。

セントラルパークと大通りをはさんだ向こうに、茶色いおおきなビルが建っておる。わしはつい遠い目になる。

そうかそうか。思いだしたぞ。このビルは確か……。

へ、へ、へーくしっ!!

三章　セントラルパークと小型飛行機

1

巻貝のような形をした不思議な〈回転木馬《カルーセル》〉。その最上階にある〈仔馬の部屋《ポニールーム》〉では二人の依頼人がちいさな探偵さんと向き合っていた。

三角窓から夏の風がふわふわと優しく吹いてくる。

ヴィクトリカは天井からぶら下がったピンクの寝椅子型ブランコに、誰かにのっけられた子猫のようにちょこんと腰かけていた。見事な白銀の髪の毛先が、金にとろけながら夏の風に柔らかく揺れている。緑とピンクのドレスの裾《すそ》も、まるで花壇の葉と花びらのようにたっぷりとふくらんでいる。

ヴィクトリカはうつむいて、金のトカゲ形パイプをいじいじといじっている。

二人の依頼人はブランコの前に仁王立ちしている。

と、頭に包帯を巻いた男が、懐から財布を出し、チェストの上にお札を三枚バシッと置いた。

「探偵さん、ここに三十ドルある。俺の貯金全部だ。で、依頼の内容はな……」と言いだすと、左足首に包帯を巻いた女も「ま、待って。あたしも」とあわてて前に出た。

貯金箱を床におき、一弥がおいていったトンカチをつかむ。そして「えいっ」と振り下ろす。

パリーン、と音がして陶器の欠片《かけら》が飛び散った。

女はしょんぼりして、

「あー……。十歳の誕生日におばあちゃんに買ってもらった貯金箱、とうとう割っちゃった……」

と泣きだしてしまった。男の依頼人が「おいおい泣くなよ……」とあわててしゃがむ。お札と硬貨を拾って「一、二……。三……」と数えてやるが……。

「って、六ドルしか入ってないじゃないか。貯金箱は立派なのに中身はこれだけか？」

「……あ！　えっと」

「何年貯めてたんだよ？」

「十歳からだから十年……。でもでも、お小遣いやお給料で、お菓子とかスカートとか買うし」

「あ、の、なぁ！　こんなはした金で探偵を雇えるわけないだろ。しかもな、このグレイウルフ探偵社は、知る人ぞ知る……ワンダー……ガー……。い、いやなんでもない。いまのは忘れろ……」

と男の依頼人はあわてて口を閉じた。

ヴィクトリカが人形そのもののつめたさでパイプをくゆらし、無表情に眺めている。

女の依頼人は涙を拭《ふ》き、肩を落とした。

三角窓からの日射しが夏の熱気を帯びてくる。

ヴィクトリカは酷薄な横顔を見せていたが、ふとパイプを口から離し、不思議そうに、

「つまり、君たちの会話をまとめるとこういうことかね？」

「なんだよ」

「六ドルではすくない、と？」

「そりゃそうだろ。ちょっといい晩ごはんを食べたら終わりって額だ。探偵なんて雇えな……」

ヴィクトリカの表情がかすかに動いた。なにかよからぬことを考えているような横顔を見せる。と、人形じみたカクカクした動きでパイプを持ちあげた。ゆっくりと一服吸う。紫煙がゆらめいて天井に昇っていく。

と、男の依頼人をじろりと見て、

「六ドルでたとえばこれは買えるかね、君？」

「ん？」

「……自転車の前カゴである」

「前カゴだけ？　自転車はいらないのかよ？　それに、どうしてあんたがそんなものをほしがるんだ？」

と男がきょとんとして聞きかえす。

その隣で、女の依頼人の顔がぱっと輝いた。涙をふいて、

「探偵さん。前カゴならあたしあげられる！」

ヴィクトリカがひどくうさんくさそうに女を眺める。パイプを口から離し、冷酷そのものの

顔つきで、

「君。黒い自転車にぴったりのかっこいい前カゴだぞ」

「どんなのだってあるわ！　実家が自転車屋だもん。ビーバー通りの〈スースーバイセコー!!〉よ」

ヴィクトリカはしばし考えた。威厳を以《もっ》てうなずき、

「よし、依頼を聞こう」

「って、お、おい、そりゃおかしいだろ。探偵さん。俺は!?　こっちは虎の子の三十ドルを持ってきたんだぞ」

と男の依頼人が両腕を広げてバタバタ振り回し、抗議しだす。

するとヴィクトリカはきょとんとして振りかえった。「え？　えーと？　なぁ……」と呻《うめ》き、またきょろきょろ一弥を探す。

それから、急にわけがわからなくなったようで、困って首をかしげてから、仕方なくまた探偵そのものの立派な威厳を以て、パイプをすこし持ちあげて、

「レディファーストだ、君」

「えーっ？　えーっ？　……わーかったよ！　じゃ、まずお嬢ちゃんから頼め。もうっ……どうなってんだよ。この探偵社は。おっかしなとこだな」

と怒りながらも、男の依頼人がチェストの上にどすんと腰かける。

女の依頼人は茶色い目を輝かせ、「探偵さんと、お兄さん。まずね、あたしの名前はケリー・スーよ。それでね」と自己紹介を始めた……。

屋根裏部屋じみた〈仔馬の部屋〉に吹きつけるやわらかな風が、ますます夏らしい熱を帯びてくる。〈回転木馬〉に咲き誇る南国の原色の花、おおきな棕櫚《しゅろ》の葉、蔦《つた》を重たげに揺らしていく。ヴィクトリカの絹のような長い髪も、そのたびゆったりと揺れて、床に銀河のようなきらめく渦巻きを幾度も作り直す。

部屋の前を、人間のように二足歩行する真っ黒なアリクイ、丸っこい南国のオレンジ色のカメ、ピンクの嘴《くちばし》をしたペリカンなどがのんびり通り過ぎていく。

吹き抜けの天井を小鳥の群れが飛び、その薄い影が床を行き過ぎていく。

「あたしの依頼はね、探偵さん。失われた〝セントラルパークのほんとうの地図〟を探してほしいの」

「失われた地図、だと……？」

「えっと、説明するわ。まず……わたくし、こういうものですっ」

女の依頼人――ケリー・スーがバッグから身分証を取りだした。

チェストの上に座っていた男の依頼人がひょいと飛び降りてきて、覗《のぞ》く。ヴィクトリカはパイプを吹かしながら傍観している。

「〈ニューヨーク市役所地域管理課緑地係〉だって。へぇー、あんた市役所員なのか」

男が意外そうに言うと、ケリー・スーは、「そうなの、去年就職したばかりよ」と胸を張る。

ヴィクトリカがけだるく、

「ケリー・スー。市役所員の君がなぜ公園の地図を探しているのだね？　大事な貯金箱を抱えて探偵のもとに駆けこむほど必死で、だ」

「あ、うん。その説明にはね、まずこの人のことを聞いてほしいの……」

とケリー・スーが黄色い水玉のノートを取りだして、開く。

ヴィクトリカがふむと覗きこむ。

左のページには〝建築家ドルイド！〟〝ニューヨークに残る負の遺産!!〟〝危険人物!!!〟などとおおきな丸っこい字で走り書きがある。

右のページには、背の高い五十がらみの細面の男の写真。つめたそうだが整った顔つきで、長い髪を垂らし、祈禱《きとう》師のローブのような服装をしている。写真の下には〝アーサー・キング！〟〝通称・建築家ドルイド!!〟〝意地悪!!!〟と書いてある。

ヴィクトリカは首をかしげ、

「……ドルイド？　今朝訪ねたオレンジストリートの家も〈ドルイドハウス〉だったな。そして建築家だった夫が死んだと……。未亡人はキング夫人と名乗り……。夫をアーサーと呼んでいた。つまり……？」

「あのね、この人はね」

とケリー・スーが元気よく話しだす。

「建築家にして造園師のアーサー・キング。またの名を建築家ドルイドというの。五十年ぐらい前、アイルランドから渡ってきた移民一世。ニューヨークで建築家になった。古代ケルト風の変わったデザインで大人気だったのよ」

と、つぎのページをめくる。

ページの左側に〝公共施設〟とおおきく書いてある。NY市立図書館、グランドセントラル駅、有名な博物館などの写真が貼ってある。右側には大型ホテル、新聞社など。つぎのページを開くと〝アパートメント〟と書かれており、いろいろな建物の写真が貼ってある。石造りで古代神殿風のものや、いまにも妖精《ようせい》が飛びだしてきそうなデザインなど、目を引くものばかり……。

男の依頼人が興味しんしんで覗きこみ、

「このアパートメント知ってるぞ。近所のガキどもが肝試しに使ってる。こっちはグランドセントラル駅？　フーン、天井が淡い紫色で、いかにも亡霊が出そうな迫力だよな。NY市立図書館もかよ？　確かに神殿みたいなデザインだな。怪談も多いし……」

ケリー・スーはうなずいて、

「個性的な建築家ドルイドは、二十年前まで大人気だったのよ。そのころはね、世界中から移民がやってきては、自分の育った町々を再現するようなデザインのビルを建てまくり、自由に町を作ってたの。たとえばイタリア系は赤と緑のリトルイタリー。その隣で中国系は……」

「金色のチャイナタウン、だろ？」

男の依頼人がノートを見ながら口をはさむ。

「そう！　で、ユダヤ系は黒と白のブルックリン。東欧の小国の人たちは、焦げ茶色のおおきなイーストビレッジ。世界中のエキスを寄せ集めた坩堝《るつぼ》、それがかつてのニューヨークだった」

「かつての、とは？」

とヴィクトリカが物憂げに聞く。

ケリー・スーはノートをめくって、

「二十年前に風向きが変わったのです！」

ふぅ、と息をつき、

「ねぇねぇ、探偵さんもお兄さんも、金融王ロスチャイルド五世って知ってる？　その昔、一世と二世が旧大陸で銀行システムを開発し、巨大な財を成したんですって。後に三世が新大陸に渡った。三世以降は、新大陸の経済だけじゃなく政治や地域の発展にも口を出している、って。政治家や弁護士と一緒に新しい巨大な《アワノーブルアレイズ》国造りに関わってるの」

「ふむ、ふむ」

「そのロスチャイルド五世を中心にして——十九年前に〈一九一一委員会〉という臨時委員会ができたの。彼らは市長や市役所に向け〈都市美運動〉を提案した」

男の依頼人が「とし……び……。新聞で読んだことある。でも難しいからそういう記事は飛ばしちまうけどな」と首を捻《ひね》る。

ヴィクトリカがパイプをくゆらしながら、

「うむ。〈都市美運動〉は旧大陸でも行われている都市計画の一種だな。フランスのパリならパリ、英国のロンドンならロンドン、イタリアのローマならローマと、一目でわかる都市の建築の歴史的個性を保存する運動のことだ。目的は、一に観光資源の確保。二に歴史文化を大切にするため、である」

「うん。そんなこと、課長から聞いた。気が、する……」

とケリー・スーが遠い目でうなずく。

ヴィクトリカはパイプをくゆらしながら考えこんだ。細い白い紫煙がゆったりと天井に上がっていく。

「しかしである。ケリー・スーよ、この街の場合は歴史も浅く、新大陸のニューヨークならニューヨーク、という景観はない……。君の言うとおり、ここは人種の坩堝だからな。その町に〈都市美運動〉を持ちこみ、ばらばらな景観を一定にする目的とは？　おそらくロスチャイルド五世と〈一九一一委員会〉は新大陸を、多民族の個性の寄せ集めの国から、将来的には巨大な統一国家にしたいと狙っているのだろう。国力を飛躍的に上げるためだ。その一環として、景観に一定のカラーを……。ケリー・スー？」

「あ、うん。そんな話も課長がしてたかも……。うん……」

とケリー・スーが目をこする。男の依頼人がここぞとばかりに「おまえ、急に話がわかんなくなったんだろ？」と責める。

ケリー・スーは赤くなり、

「もう！　えっとですね！　……ともかく〈都市美運動〉が推し進められるようになると、ユニークで旧世界的だった建築家ドルイドには頼めなくなっちゃったの。それで彼の仕事は激減……」

「へぇ。そりゃ災難だな」

「さらに、ニューヨーク市役所地域管理課によって彼の自慢の建築物もひとつひとつ取り壊され始めた。え、えっと、シンプルで、どーんとおおきくて……」

「うむ。荘厳で統一性のある建物群。新しき巨大統一国家に相応《ふさわ》しいデザインの、だろう……」

「う、うん、そう……。と、とにかく、お金持ちっぽい立派な、茶色の鉄骨ビルに変わっていったの……」

棕櫚の葉が揺れるたび、ヴィクトリカの白銀の髪も床にさらりと流れ落ちる。

ヴィクトリカはうなずき、

「ふむ。市役所地域管理課とはさっき君が出した身分証にあったな。つまり、君の就職先こそが〈都市美運動〉を進めているのだ」

「そう、そうなの！」

「身分証には続いて緑地係とあったな。ふーむ、どうやら最初に君が話した……」

とヴィクトリカがパイプをゆっくり吹かしながら、

「〝セントラルパークのほんとうの地図を探してほしい〟という依頼と、この話はようやく繋《つな》がりそうである」

「そうなの！」

ケリー・スーがうなずく。男の依頼人が「ん、どういうことだ？」と首を捻った。

ヴィクトリカは黙ってパイプを吹かしている。

黄色い水玉のノートをケリー・スーがまためくる。

緑に覆われた巨大公園、内部のものらしい神殿、崖《がけ》などの写真がたくさん貼られている……。

「緑地係の主な仕事は公園整備なの。その中でもセントラルパークは特別大きくて、すごーく複雑で……。どこになにがあるのか把握しきれないぐらい、めちゃくちゃへんちくりんな森なのです……」

ヴィクトリカが急に身を乗りだす。

「ふむ、ふむ」

「昔はね、マンハッタン島の真ん中に残るワイルドな森林だったんだって。それを活《い》かして巨大都市型公園にしようという計画でね。行政から公園全体のデザインを請け負ったのが、当時大人気の……」

「建築家ドルイド、か」

「そう。彼はもとの自然を使いつつ、公園のあちこちにいろんな仕掛けを作ったの。古めかしい神殿やおどろおどろしい東屋《あずまや》も建ててね。これが当時のニューヨーカーに大受け。面白いから、みんな家族で、恋人と、一人でぶらっと、セントラルパークに出かけたって。お金がなくても公園で遊ぶなら無料だものね。ところが……」

「む？」

「十九年前に始まった〈都市美運動〉によって、公園まで近代的で普通のデザインに造り直されることになって……」

「ふむ」

「そしたらよ？　じつは市役所にはセントラルパークの正確な地図がなかったの。よっぽど建築家ドルイドに任せっきりで造ったのねぇ。で、当時の市役所員があわてて建築家のところに行ったら……。ちょうどあちこちで自分の造った建物が取り壊されてるときで、立腹しちゃってて……」

　とノートに貼った建築家の写真を掲げて、気難しそうな物真似をしてみせ、

「『地図をくれだと？　生憎《あいにく》だがセントラルパークの中に隠してやった。市役所のばーかばーか。わしは知らん』で、市役所員の眼鏡を取りあげて振り回して『こーんな眼鏡かけたってみつからんぞ！』って」

「意地悪だなぁ」

　となぜか妙に弾む声でヴィクトリカが言う。

　ケリー・スーはほっぺたをふくらませて「でしょっ？」とうなずき、

「というわけで……ニューヨークのあちこちにいまも建築家ドルイドの作品は残ってるんだけど、セントラルパークもその一つなの。部分的に、普通の芝生にしたりとかいろいろ直したんだけど。じつはどこになにがあるかはわからないまま。地下に秘密基地があるとか、山の中に人工洞窟《どうくつ》がある、なんて都市伝説もあって……。まぁ、さすがにそんなわけないけどね？」

「そうかね」

　と、ヴィクトリカの相槌《あいづち》がまた不吉なほど弾む。ケリー・スーはちょっと不思議そうにヴィクトリカを見つつ、

「でね。入り口近くは普通の公園だけど、奥のほうはよくわからないしで。あたし、自分で歩いて地図を作ろうとしたの。そしたら奥のほうに……なにがあったと思う？　探偵さん、いくら〈解けない謎はありません〉なんて言ってても、きっとわから……」

　ケリー・スーが包帯を巻いた左足を指さす。

ヴィクトリカはパイプをくゆらし、物思いにふけりながら、しみじみと、

「おおかた、落とし穴があって落っこちたのではないかね。そして這《は》いあがったところに立て看板があり、〝パーナムツーンム《おまえの足を食べる》〟と書いてあったとか」

「えええ！　ど、ど、ど、どうしてわかったの⁉」

ヴィクトリカは物憂げに黙っていたが、はっと我に返り、

「い、いや、いまのは推理ではない。ただ……その、今朝だな……」

「すっごーい！」

とケリー・スーは感心した。

それから「いや、いや……」と首を振るヴィクトリカに気づかず、「探偵さん！」と顔を曇らせて、

「あたし、統一国家とか国力増強ってことは、正直よくわかんないけど。でもね、公園の地面に穴が空いてて落っこちたら危ないと思う。ちいさな子供とかおばあちゃんが落ちたら？　捻《ねん》挫《ざ》ぐらいじゃ済まないでしょ。それは、わかる！」

と拳《こぶし》を突きあげて言う。

するとチェストに座って聞いていた男の依頼人も「そりゃそうだな。ケリー・スーの言うとおりだ」とうなずいた。

「でしょ？　それでね、建築家ドルイドに改めて『地図をください』ってお願いしようとしたの。でもブルックリンにあるおうちを訪ねてみたらもう死んじゃってて……。で、あわてて知恵を絞って、いろいろ提案してみたの。『課長、お巡りさんに頼むとか！　探偵を雇うとか！』

って。でも『ばかなこと言ってないでお茶淹《い》れてくれ』って却下されちゃった……」

「おいおい。だからって貯金箱を抱えて探偵事務所に駆けこんできたのかよ。まるで七、八歳のちいさな女の子みたいに？」

「あ、あのね！　今朝もくよくよ悩んでたら、パパが読んでた新聞でここの広告をみつけて……。住所を見てピンときたの……。だって〝イーストビレッジ〈回転木馬《カルーセル》〉〟って書いてあったから」

「住所？　あ！　おい、それって、あんたもワンダーガー……」

と男の依頼人がなにか言いかけて、「おっと」とまたあわてて口を押さえて黙る。

ケリー・スーはきょとんとして、

「わんだが……？　なぁにそれ？　じゃなくてこれよ。見て……」

と黄色い水玉のノートをばたばたとめくる。

建築家ドルイドのデザインした建物群の写真が貼りつけられている。〝アパートメント〟のページの端っこの写真を指さす。

「⁉」

とヴィクトリカの緑の瞳《ひとみ》がかすかに見開かれる。

男の依頼人も、「あっ⁉　これって……おい」と叫ぶ。

くるくると貝殻のような不思議な形のアパートメント。外壁に貼られたタイルが水の中にいるように輝いている。写真の下に建物の名前が書いてある。

〝イーストビレッジ〈回転木馬〉〟……。

三章
セントラルパークと小型飛行機

ヴィクトリカがパイプを口から離して「なるほどである」とうなずいた。

「この妖怪アパートメントも、じつは……建築家ドルイドことアーサー・キングの作品だったのだ」

と、ゆっくりと辺りを見回した。

吹き抜けの天井から陽光がまぶしく降り注いでいた。南国の赤いおおきな鳥が、幻の炎のような翼を広げてすぐそばを飛びすぎていく。アリクイが前足で腹をかきながらまたノタノタ歩きすぎていく。

青いタイルで輝く螺旋《らせん》階段の左右には、異国情緒のあふれる奇妙な小部屋がびっしり並んでいる。まるで貝殻の中に住んでいるちいさな妖精たちのように。

その小部屋の一つにいま、白銀に輝くヴィクトリカ・ド・ブロワも……。緑のフリルたっぷりのドレスの裾を、ケーキをデコレーションするクリームみたいにふわふわと波打たせ、猫足ブランコにゆったり揺られながら……。

ヴィクトリカはうつくしい人形のように口をパカリと開け、「どうりで、な。はっはー」と無表情のまま言った。

ケリー・スーは赤くなり、うなずいて、

「そうなの。だから、あたし……。ここに探偵社ができたと知って、駆けこんできたの。つまり探偵さん。あなたに縁を感じちゃって……」

2

「さーて、つぎは俺の番だ。探偵さん、それからケリー・スー！」

と、男の依頼人がチェストから飛び降り、二人のあいだに割って入った。寝椅子型ブランコの前に仁王立ちし、鞄《かばん》から〈コミックマンハッタン〉最新号を取りだすと、

「これは今朝の〈デイリーロード〉だぜ！」

「え、ちがうみたいよ？」

「……ま、まちがえた。こっちだ……」

と、あわてて雑誌をしまい、改めて新聞を出してバサバサと開いてみせた。

「それなら知ってる。パパが毎日読んでる新聞だもの」

「うん、さっき言ってたな。このグレイウルフ探偵社の広告が載ってた、って。でも俺がいま見せたいのは広告欄じゃなくて、こっちのほうだぜ……」

と、男が一面を指さす。

ヴィクトリカはパイプをくゆらしながら物憂げに見上げた。細い白い紫煙がゆったりと天井に向かっていく。

〝〈Public Enemy No.7〉ついに脱走！〟〝通気口によじ登り、闇に消えた！〟〝大バカ者の看守

が大ポカ……〃と文字が躍っている……。

　ケリー・スーがまた横から覗いて、「ヒュー！」と陽気な口笛を吹いた。

「ＫＩＤのニュース。今朝からパパもママも大騒ぎだったわ。すごいなーって」

「そうかぁ……。そりゃよかったな……」

「だってもうおじいちゃんなのよ。でも看守を殴り倒して天井の通気口によじ登って逃げたのよね？　ヒュー、ヒュー！」

　男の依頼人はむっつりと黙っている。

　ヴィクトリカがパイプを口から離し、老女を思わせる低いしわがれ声で記事を読みあげだす。

「ふむ、ふむ……。〝看守のダグは大バカ者！　頭に大ケガをして気絶！　気づいたときにはＫＩＤの姿は消えてたと言うわ、制服のお腹に『グッバイ、ダグ！』と落書きされてるわ……〃か」

　男の依頼人の頭にぐるぐる巻かれた包帯をじっと見上げる。

　ケリー・スーも「ふーん？」と記事を熟読し、

「この看守、おばかさんね。どんな顔してるか見てみたいな。どんな……。ど、ん……ん？」

　ケリー・スーもようやく、男の頭に巻かれた血の滲《にじ》む包帯に気づいた。「あ、まさか……」

と手のひらで口を押さえる。

　男はヴィクトリカとケリー・スーを順繰りに睨《にら》むと、

「あぁ、そうだとも！　よーく見ろよ。愉快な探偵さんとのんきなケリー・スー！　まぬけな看守の顔をな。ほら、ほら！　ほーら、ごらん！　ほら見ろってばよ。見たいんだろ？」

「じゃ、あなたがこのまぬけな……あっ、ごめっ……看守のダグ？　……でも、じゃ、どうしてここにいるの？　つまりその、探偵社でなにをしてるの……？」

「話せば長い！」

と男はむくれて床にあぐらをかいてみせた。ケリー・スーが「あ、そこ、貯金箱の破片で危ないわよ……」と言い、小部屋を出て「誰か、箒《ほうき》持ってる人？　そうだ、あと電話貸してくれる人いる？」と叫ぶ。「……箒？　あるわよ」「電話ならうちにありますよ、お嬢さん」と二階と一階のどこかから知らない人の返事が聞こえてくる。

ケリー・スーがまず箒を借りてきて、捻挫している左足を庇《かば》いながらも、せっせと床を掃き始める。

そのあいだに男の依頼人がヴィクトリカに、

「俺の名前はダグ・メンフィス。その記事にある大バカ者の看守のダグだ。で、俺がここにきたのにはな、つまり、いろいろとわけがあって、な……」

三角窓から吹く風が強くなってくる。おおきな棕櫚の葉が音を立てて揺れる。

吹き抜けの天井からやわらかな日射しが降り注ぐ。

ヴィクトリカの座る寝椅子型ブランコが、キィ、キィ……と音を立てる。ドレスの裾飾りも、ピンクのハイヒールを履いて絹のストッキングに包まれた足も、ブランコと一緒にゆっくりと前後に揺れる。

「探偵さん、〈ＫＩＤ＆ダルタニャン・ブラザーズ〉はな。四十年前、ニューヨークの連邦準備銀行で銀行強盗に失敗した。銃撃戦になり、仲間三人は死亡。ＫＩＤだけが捕まった。裁判で禁錮《きんこ》百五十年の刑を受け、そして……収監された」

とダグが目の前に広げられた新聞を見下ろしながら話す。

ヴィクトリカはパイプをくゆらしながらうなずいている。ケリー・スーもせっせと床を掃きながら耳を澄ましている。

「初めの刑務所ではな、そりゃひどい扱いを受けたそうだ。でもＫＩＤは負けず、『俺は連邦準備銀行を待たせてる。いつか必ず強盗しに行く。〝一人は皆のために、皆は一人のために〟』と毎日言ってたって。そしたら……うるさいからって薬物を山盛り投与されちゃって……」

「おや！　薬物……」

「あぁ。で、一時は精神病院に入れられたが、中庭の花壇の世話係を任されてるうちに元気になった。体のあちこちに手製のタトゥで死んだダルタニャンとマリアとキューピッドの名を書きこんだりもした。その後、俺の勤めてる刑務所……ってのは、年配の受刑者ばかり集められた刑務所兼養老院みたいな施設だがな。そこに移送された。三年前のことさ」

「ふむ」

「俺はメキシコからの移民一世。残してきた親父や祖父を思いだすせいか、いつも年寄りの受刑者と仲良くなっちまう。それで所長によく怒られてな。ＫＩＤじいさんともいろいろ話したなぁ。ＫＩＤじいさんはジョークが好きで、『ダグ、マイ《可愛い》、ディア《ダグ》。おまえにチップをはずんでやりたいが、いま持ち合わせがなくてな。わはは』なんて言ってたな。俺が『刑務所じゃチップはいらねぇよ、ＫＩＤ』って答えたら、また笑って。チップ代わりに手作りの押し花をくれたりした。これがまた綺麗《きれい》にできててね。あぁ、KIDじいさん……」

　とまんざらでもなさそうに話す。

　傍らの南国の赤い花びらが風に揺れ、甘い匂いを放っている。ヴィクトリカの白銀の髪が床できらめき、べつの形の渦巻きを作る。

「看守からすりゃ、な。KIDじいさんは手のかからない模範的な受刑者だった。だが先週のこと……。急に吐血したんで、心配で医者を呼んだら、じつは死病にかかってて余命いくばくもないと判明してね。するとKIDはなぜかあわてて手紙を書き始めたのさ……」

「誰にだね？」

「それがな、探偵さん……」

　とダグは不思議そうな顔をして、

「故郷のカンザスにある〈ブラザーズ孤児院〉宛だったんだ。銀行強盗団《バウギャング》をやってたころにKIDが作った孤児院らしい。そんなの知ってたか？」

　ケリー・スーが箒を止めて、「それなら知ってるわ」と話題に入ってくる。

「仲間がそういう施設に入れられて苦労した経験から、環境のいい孤児院と女学校を作ったんでしょ。親がいなくて路上生活してる子を引き取って、勉強と、いろんな仕事の技術を教えてるって」

「ハァ、そうなのか……。ともかくKIDは孤児院宛に手紙を書いた。すると昨日の朝返事が届いた。そしたら昨夜！　KIDはとつぜん俺をブン殴って通気口から逃げだしちゃった。しかもな……」

「ふむ？」

「なぜか通気口の出口に正体不明の車が待ってた。で、それに乗ってKIDは闇に消えたのさ」

「なるほど、な……」

とヴィクトリカがうなずいた。

「つまり君は、手紙を受け取った孤児院の誰かが、KIDの脱走を手引きしたにちがいないと思っているのだな。余命いくばくもないKIDには〝外に出なければならない理由〟があった。そして〝孤児院の誰か〟が協力した、と」

「あぁ、そうさ」

「しかし君は……」

「探偵さん、聞いてくれ！　俺は昨夜気絶から醒《さ》めて、頭から血がドクドク出てて、で……KIDを逃がしちゃったと気づいたとき、やつがどうしても〝外に出なければならない理由〟がピンときた。〝連邦準備銀行の再襲撃〟だよ——！　仲間をなくして一人捕まってから四十年間、KIDはずーっと言ってたし、ずーっと本気で考えてたんだ。死ぬ前に必ず連邦準備銀行をやっつけるって。〈一人は皆のために、皆は一人のために〉——タトゥで皮膚に彫りこんだ仲間との約束を、人生の最後に果たすためにさ」

ヴィクトリカは黙ってパイプをくゆらしている。

ダグの隣にケリー・スーが座りこんで、「そうなの？　でも、病気のおじいちゃんの最後の冒険なんだし、させてあげたら……？　悪い人じゃないでしょ。なーんて」と言いかける。

するとダグが血の滲んだ包帯を指さして、人差し指で叩《たた》いて、

「なに言ってんだよ。だめだっ。ＫＩＤは危険だ！　だいたい、見ろよこのケガ！　頭が割れるほど叩かなくてもいいだろ！　ＫＩＤめ」

「……ぷっ」

「わ、笑うなっ！　えぇい、これを見ろよ、二人ともっ。もうーっ……」

とダグは立ちあがった。鞄からいろんな古新聞を出しては床いっぱいに広げ始める。

ヴィクトリカがブランコを漕《こ》ぎながら覗く。

ケリー・スーもフンフンと床に頬杖《ほおづえ》をついて読み始める。すぐ青い顔になり、「なにこれ……。銀行に死体がいっぱい!!」と震えて指さす。

大昔の〈ボストン・グローブ〉紙である。ヴィクトリカもブランコを止めて見入る。四十年以上前、ＫＩＤの襲撃を受けたボストン市民銀行の現場写真。銀行員らしき男女が頭と胸を撃たれて床に倒れ、目を見開いて無残に息絶え……。

「……そのときは銀行員の犠牲者がたくさん出たんだ」

とダグが肩を落とす。ケリー・スーがびっくりして「犠牲を出さない平和なバウギャングなんだと思ってた。ちがったのね。現実って残酷……」とつぶやく。

ダグはうなずき、続いてべつの新聞を広げてみせて、

「こっちはもっと大変だった。フィラデルフィア共生銀行……。記事によると、銀行員三人がマリアのダイナマイトに吹きとばされ、警備兵一人と客が四人、ダルタニャンのマシンガンに撃たれて……八人も犠牲者が出た」

「あっちゃー……」

　とケリー・スーが声を上げる。

　ヴィクトリカも記事に「ふむ……」と目を凝らす。

　銀行の床に血溜《ちだ》まりがあり、手足を投げだした男女の死体が転がり、辺りにお札が散らばり……。奥の金庫は爆発で吹きとばされている。

　ダグが肩を落として、

「どの銀行強盗団も、都会でおおきな銀行を狙うようになるにつれ、金額とともに犠牲者を増やしていったらしい。このフィラデルフィア共生銀行では、どっかのいいとこのお坊ちゃんも客としてきてて死んだらしくて。金融界でも政治界でも大騒ぎになった……」

「ふむ……？」

「で、ＫＩＤたちがつぎに襲ったのが──ニューヨークの連邦準備銀行だ。ここでは警備兵のほかに警察と軍も待ち伏せしてたらしくてな。まずダルタニャンがＫＩＤを庇って全身蜂の巣にされた。つぎにキューピッドがマリアの前に飛びだし、頭に銃弾を喰《く》らって即死……。マリアは警備兵に囲まれて生け捕りにされそうになって……。男たちから下卑た屈辱的なジョークを浴びせられると、ナイフを取り出して首に当て、自ら頸動脈《けいどうみゃく》を切り裂いたんだ。ＫＩＤは目の前でそれを見て呆然《ぼうぜん》としてるうちに生け捕りにされた……」

　三角窓からゆったりと風が吹いてくる。棕櫚の葉が揺れる音がちいさく響く。

「そして、四十年後のＫＩＤじいさんは、いま、連邦準備銀行を再び襲おうとしている……」

　ダグは首を振り、

「つまりな。ほうっておいたら、また銀行員や客の犠牲者が出るってことさ！」

「なるほど、な……」

「そして、それもこれも、大バカ者の俺が、ぼんやりしてて、病気でいまにも死にそうなじいさんに頭をカチ割られ、気絶したせいだ。あぁ、俺はまぬけな看守さ。ぷっ、って笑えばいいさ。でも……犠牲者を出したくないだろ……。そいつもきっと、誰かの友達で、息子で、母ちゃんで……」

ケリー・スーが新聞をかき集めてたたんでやりながら、「ダグの言うとおりだわ。悩んでるのに笑ってごめんね」と謝る。

ダグは「いいぜ」とうなずき、ヴィクトリカに向き直って、

「つまり、探偵さん。俺の依頼は〝老ＫＩＤが連邦準備銀行を再襲撃するのを阻止してほしい〟ってことだ」

ヴィクトリカは寝椅子型ブランコを漕ぎながら、パイプを口につけ、遠くを見て考えこんでいた。

ケリー・スーがばたばた小部屋を出ていく。下の階から「電話貸してね」という声がする。続いて電話で誰かと話す声が……。「ハローハロー。パパ？　自転車の前カゴをセントラルパークに持ってきて。あのね、黒い自転車にぴったりのかっこいいのを……」と話している。

風がゆったりと吹く。

ヴィクトリカがふと顔を上げた。ドレスの可憐《かれん》な蕾《つぼみ》飾りが木漏れ日を吸って本物のピンクの花のようにきらきら光った。

「君、しかしである。それをなぜわたしになど頼むのだ？」

ダグは包帯を巻いた頭を痛そうに撫《な》でた。それから鞄を開け、〈コミックマンハッタン〉を取りだした。

「あんたがワンダーガールだからに決まってるだろ！」

「…………………は？」

と、ヴィクトリカの口からパイプがぽろりと落ちた。

まちがえて団栗《どんぐり》を呑《の》みこんでしまった栗鼠《りす》のような顔をして、深い湖のようなエメラルドグリーンの瞳をまんまるに開けて、「な、な、なんだと？　き、君？」と相手をみつめる。

ダグは真っ赤になって、真剣に、

「俺はこう見えてコミックが好きなんだ。〈コミックマンハッタン〉も、十六歳で移民してきた最初の週にみつけて以来、愛読してる。もう十年な」

「ふむ……？」

「ところでおとといの夜のことだ。世界最大のタワー〈アポカリプス〉で怪事件が発生した。そこに謎の女がいた。白銀の髪をなびかせて、青いミニドレスを着て……コミック『ワンダーガール』から飛びだしてきたようなちいさなうつくしい女。その女はたちどころに謎をとき、夜空に、消えた！」

「……」

「ワンダーガールは正義の味方！　困ってる子供とか、俺みたいなまぬけな男を、きっと助けてくれる……青い光の中で踊りながらな……。その謎の女をアポカリプスに連れてきたのが、なにを隠そう、コミックの作者ボンヴィアン。そして彼が所有するアパートメントがこのイーストビレッジ〈回転木馬〉。今朝俺は、自分が大バカ者って叩かれてる〈デイリーロード〉を開いて……男なのについぽろぽろ泣いちまって……。つぎに広告欄を見て……〈回転木馬〉に今日から探偵事務所を開く人物がいると気づいた。しかも〝独創的かつ哲学的な名探偵〟には〝オリエンタルな助手〟までいるって……。どうしたってワンダーガールとリンリンを連想するだろ……。俺、涙がピタッと止まったさ。で、半信半疑でやってきたら……」

「……」

「ビンゴ！　白銀の髪をなびかせるちいさな女がいた！　それにリンリンによく似た東洋人の男まで……。こんな偶然があるかよ。いや、ない。あんただ。あんたなんだ。おとといの夜、魔法みたいにみんなを助けて、夜空に消えた、俺たちみんなのワンダーガールは……」

ダグは目尻《めじり》に浮かんだ涙を拭いた。

小声で「俺だって、あの広告をみつけて……運命を感じて、うれしくなってここにきたんだ。あんたが守ってくれるなら、きっと俺も大丈夫だって、な……」とつぶやく。

風がまたさーっと吹いた。

ヴィクトリカは動かない。火の消えたパイプをぎゅっと握ったまま、キィ、キィ……とブランコに揺られている。

ケリー・スーが左足を庇いながら階段を上がり、急いでもどってきた。

「パパが前カゴ持ってきてくれるって。じゃ、三人でさっそく行きましょ？」

ダグが涙を隠して「行きましょってどこにさ？」と聞く。

するとケリー・スーはノートをぱらぱらと開いてみせ、「ほら」と指さす。

セントラルパークの写真。

その公園の横に聳《そび》えているのは、おおきくてそっけないデザインの高層ビル。

――連邦準備銀行！

ダグがポンと手を叩いて「そっか。連邦準備銀行はセントラルパークの真横にドーンと建ってたな」とうなずいた。

ダグとケリー・スーが仲良く並んで、

「よし、行こうぜ！」

「うん。探偵さんに、バウギャングのＫＩＤを捜しながら、セントラルパークの地図もみつけてもらおーう！」

「そうだな！」

「え!? き、君たち、簡単に言うが……しかし、わたしは、その……」

ヴィクトリカは目を白黒させながら答えたが、「前カゴ、うちでいちばんいいやつを持ってくるって」「むっ？」「飛んでいこうぜ。……えっ、あんた飛べないのか？」「飛べるわけない……君！　な、なにを言ってる!?」「なぁにそれ？」とわぁわぁ言いあいながら、ケリー・スーに手を引っ張られ、ダグに後ろから背中を押され、静かな〈仔馬の部屋〉を出ていった……。

3

同じころ。リトルイタリーの町角。

天気のいい夏の朝。日射しが道路を眩《まぶ》しく照らしている。

レストランやカフェの看板がたくさん並んでいた。どれも赤や緑や白でカラフル。辺りには埃《ほこり》と脂、食べ物のおいしそうな匂いが混ざって漂っている。

そこに、久城一弥が角を曲がってさっそうと姿を現した。黒い自転車にまたがって、片手に鞄を持ち、器用に片手運転している。

「新聞記者としての初日だ。よーし、がんばるぞ！」

十字路の角にあるひときわおおきなレストランの前で、キキーッと停まる。

ポケットからメモを出して、「ここだよね。昨夜教えてもらったニコラス・サッコくんの家は……」と言いながら、看板を見上げる。

――〈ローマカフェ〉。

リトルイタリーでもっとも古い店の一つ。三代も続く老舗《しにせ》レストランである。派手で陽気な看板が舗道までせりだしている。店内からおいしそうなピリ辛トマトソースの匂いが漂ってくる。

三章
セントラルパークと小型飛行機

一弥は自転車から降り、店内を覗きこんだ。

朝ごはんどきらしく、客とテーブルと料理でごった返している。おおきなほかほかのピザ、スパゲティの大皿、生野菜たっぷりの巨大なサラダボウル。

一弥は長身のイタリア人青年の姿を探した。見当たらないので「家族は上の階で暮らしてるのかな……」と二階の窓を見上げた。

漆喰《しっくい》の白い外壁。木製のシンプルな四角い窓が四つ並んでいる。二つ開け放されていて白いカーテンが揺れている。

耳を澄ますと……。

若い女の声が聞こえてきた。

「嗚呼《ああ》！　バビロンの畔《ほとり》に我立ち尽くし！　シオンの夢を見ぬ！　君よ知るや、暁の夢ぇ……」

と、どうやら大声で詩を諳《そら》んじているようである。

一弥は首をかしげた。それから「あの、すみません」「おはようございます。こちらにニコくんが……」と声をかけた。

だが、

「煉獄《れんごく》の季節に！　君よその両の乳房の、眩しさよぉ！」

と女の声にたちまちかき消されてしまう。

一弥は困り、一計を案じた。

胸を張って立ち、腰に両手を当てて、

「ニー！　コー！　くんっ！　いーるっ？」

「嗚呼、我の目は炎となりて！　エロースの宵闇を飛びぃー……。ん？」

女の声が止まった。続いて、

「……だー、あー、れっ？」

と窓からにょきっと顔を出した。

バタースコッチ色の長い髪がばさばさっと野性的に垂れてきた。蜂蜜《はちみつ》色の細い目と尖《とが》った鼻、分厚い唇を持つ大柄な若い女が、じぃーっと一弥を見下ろした。

一弥は片手で山高帽を取り、「おはようございます。マドモワゼル……」と丁寧に頭を下げた。

女はちいさな本を片手に窓枠にもたれ、なぜかぽかんと口を開けて一弥を見ている。

「自分は久城一弥といいます。今日から〈デイリーロード〉で……」

女が「ええ!?」と叫んだ。「では、ではあなたが例の……」と詩を読みあげているときと同じ大仰な言い方で、

「未開の地からきた、血に飢えた、危険な、東洋人の、ちょっとえっちな大男だというの!?」

「は、はい？」

「……あ！」

と、女は本をパタンと閉じた。横顔がとても怒っている。

がっちりした腕を組んで「……こら、ニコ。リトルイタリー一の大嘘つきさん、起きなさい」と室内を振りかえった。

「昨夜してた話とちがうじゃない。例のクジョーくん、素敵に文明的な子だわ。それに迎えにもきてくれて、優しいし……」

「俺、俺、嘘ついたことなんてねえよ……」

と、二階の窓から寝ぼけた男の声も聞こえだした。

「ほんとだって、レベッカ……。あ、あ、あいつはな、血に飢えてるんだよ！　昨日だってよ、編集部で猫にピザをやってたら、あいつがやってきて……猫を生のまま丸呑みしたんだぜ？　煮たり焼いたりするならともかく、生だぜ？　俺、やだ……。だからぁ……寝てる!!　むにゃ」

「こら、ニコ？　……ニー、コー？」

「嘘じゃ、ねぇよ……」

という話し声が聞こえてくる。

窓の下で一弥が……フグみたいにほっぺたをまんまるにふくらませ、不機嫌な顔になっていく。

やがて、一階のレストランから、同じぐらいふくれっ面をした長身の青年が出てきた。もじゃもじゃの髪と髭《ひげ》。黄緑の開襟シャツに茶色の水玉ズボン。白い革靴。片手にほかほかのピザを一切れ持ち、舌の先で舐《な》めつつ、

「……ヨォ。もぐ！」

と一弥を横目で睨んだ。

その後ろからレベッカが「カメラ忘れてる！」とあわてて出てきた。ニコの首にカメラをか

けてやる。と、ニコは急に愛嬌《あいきょう》たっぷりの笑顔になって、小声で何かささやきだした。

レベッカが心配そうな表情で一弥に会釈し、店にばたばたもどっていく。振りむいてまた一弥に深く頭を下げる。

その背中を見送って、一弥は「……うん」と気を取り直し、

「おはよう、ニコ。いまの人はお姉さん？　えぇと、ぼくにも姉がいて……」

ニコはまたひねた目つきになり、

「……俺にゃ姉なんていねぇよ。ありゃ従姉《いとこ》のレベッカ。頭がよくて詩と文学が好きな、リトルイタリー一の文豪さ」

とうつむいた。

それから、うつむいたまま長い両腕で伸びをしてみせ、

「あーあ！　相棒が〝不思議な不思議なチャイニーズボーイ〟じゃよ、せっかく決まった仕事も台無しだな」

一弥は「き、君ねぇ！」とまたふくれる。

と、ニコが「オー？　自転車じゃねぇかよ」と叫んで一弥の古い黒い自転車に飛びついた。

「俺が乗っていくぜ」と飛び乗る。

「えーっ!?　こら……」

と一弥があわてて追いかける。

ニコは人や車で混みあうリトルイタリーの車道を右に左に揺れながら進んでいく。通行人たちが怒りながら飛びのく。

ニコはスピードを上げて進んでいき……。

――ガシャーン！

おおきな音を立て、すぐ転んだ。

「あーっ……もうっ……」

と一弥は駆け寄って自転車を起こした。道路に片膝《かたひざ》をついて点検する。

「よかった。壊れてない」

その隣でニコがむくっと起きあがり、長い脚で胡坐《あぐら》をかいて、

「……おまえなぁ。こういうときはまず相棒の心配をするもんだろーが！」

「はぁ？　お言葉ですけど、ぼくの相棒はいまのところこの自転車のほうですよーだ」

「な！　俺、おまえとは仲良くできねぇよ！」

「ぼくだって！　君のことはきらいさ……ぜったい……」

と、ブブーッとクラクションが鳴った。

いつのまにか車や馬車や通行人に囲まれていた。「なにしてんだよ！」「どけ！」「邪魔だっ！」とあちこちから怒声が飛んでくる。「あ、あー、すみまっ……」と一弥はあわてて立ちあがって、「ほら、早く立って。もうーっ！　とにかくセントラルパークに行こ！」とニコの腕を引っ張った……。

4

さて、そのころヴィクトリカは……。

男女の依頼人とともに、セントラルパーク横の大通りの歩道に立っていた。

とつぜんの外出のせいか、すこし顔色が悪いようである。

三人の左側には、都市の真ん中にあるとは信じられないぐらい鬱蒼《うっそう》とした巨大な森が口を開けていた。天気のよい夏の朝なのに、森の中だけは宵闇の如く暗そうである……。

「ふむ、これがセントラルパークか……」

というヴィクトリカの声に、左隣に立ったケリー・スーが「そう、おおきいでしょ」と真剣な顔で返事をした。

大通りをはさんで右側には、茶色い高層ビルが鎮座していた。近代的でシンプルなデザインの建物である。横長の入り口扉が開け放され、その両脇に銃をしょった警備兵が立っている。

扉の上部には〈連邦準備銀行〉のロゴ……。

「こちらが例の政府御用達《ごようたし》の銀行」

と言うと、右隣に立っていた男の依頼人ダグが「あぁ。四十年前に血で染まったビルだ……」と硬い声でうなずいた。

三章
セントラルパークと小型飛行機

夏の日射しが眩しい。

大通りには朝からたくさんの人や車が忙《せわ》しげに行きかっている。裕福そうな紳士淑女の車と、貧しそうな親子が押す荷車がすれちがう。同じ街に暮らしながら貧富の差が歴然とし、互いに目も合わせない。

都市型公園の中からは市民たちののんびりした笑い声や歌声が遠く聞こえてくる。

ヴィクトリカは顔色をさらに青くした。

眉間《みけん》に指を当てる。目眩《めまい》がして足もふらつく。頭を押さえて「うぅ……」と呻く。

と、そのとき——。

馬の蹄《ひづめ》の音が響き渡った。ヴィクトリカは呻きながらもハッと顔を上げた。ドレスの裾がやわらかくひるがえる。ダグとケリー・スーも気づいて振りかえる。

大通りの向こうから、十字路を曲がって、蹄の音も高らかに、派手でおかしな一団が現れた。

真ん中に古くてボロボロの幌《ほろ》馬車が一台。その周りに、馬に乗ったがっちりと大柄なおばあさんが七人。パッカパッカと蹄の音が大通りにこだまする。車道いっぱいに広がって近づいてくる。周りの車が驚いてつぎつぎ避《よ》ける。クラクションが響く。

幌馬車とおばあさんたちを乗せた馬は、なぜか連邦準備銀行の前で停まった。

おばあさんたちはみんな白人だった。揃って白髪の髪をまとめて古めかしく分厚いシャツブラウスを着、ロング丈のキュロットスカートに男物のような作業用ブーツ姿である。

馬からひらりと身軽に飛び降りながら、

「ここが連邦準備銀行かい？」

「銀行より、昼のうちに自由の女神を観にいきたいよ。上まで登れるんだってさ」

「わたしゃ美術館に行きたいねぇ。それと遊覧船も。ハドソン川でクルージングもしたいね」

などと口々に話しだした。

ヴィクトリカがパイプを吹かしながら耳を澄ませる。

おばあさんたちは話しながら銀行前の階段をのしのし上がっていく。警備兵に「見学者用の入り口はどっちだい」と聞く。

ケリー・スーが「観光客みたいね」と言う。ダグもうなずいて「銀行に、自由の女神に、クルージングか。俺たちにゃ見慣れたものが面白いんだろうな」とつぶやいた。

それから急に「あ？」と叫んだ。

おばあさんたちの後ろ姿を指さしながら、

「思いだしたぜ。いまのおばあさんたち、今朝の〈デイリーロード〉に載ってたぞ」

「新聞に？」

「あぁ、昨日ダコタハウスにおばあさんの集団がいてな。元気すぎて動きも速いせいで、お化けだと勘違いされて騒ぎになったんだと。真相は、カンザスの女学校出身者による同窓会で……」

「へぇ。で、今日はニューヨーク観光かぁ。楽しそうでいいな」

ヴィクトリカが「う……」と目眩に耐える。歩道でよろけ、路肩に停められた幌馬車によりかかる。肩で息をし、青くなったほっぺたを馬車に預ける。

と……。

馬車の扉が音もなく開いた。しわしわで痩《や》せ細って妙に長い、ヴィクトリカよりもずっと青白い右手が……にょきっと現れた。そしてヴィクトリカの見事に輝く白銀の長い髪をつかみ、おどろくほどの強さでぐいっと引っ張った。

ヴィクトリカは声も出せず、幌馬車に引きずりこまれた。

外から看守ダグとケリー・スーの「あら探偵さんは？」「どこ行った？」と捜す声が聞こえてくる。

幌馬車の中はガランとしていた。押し花を飾った額が壁から下がっているほかは、荷物らしきものもなかった。床が妙に柔らかい。見下ろすと、赤や紫やオレンジのポプリが敷き詰められていた。甘いような黴《かび》臭いような匂いが充満していた。

ヴィクトリカは目眩と頭痛をこらえながら、目の前に座る人物を見据えた。

「誰だね。君は……」

痩せてしわしわの顔をし、白いボンネットをかぶった人物だった。白人で、皮膚こそ皺《しわ》だらけだが、目鼻立ちは整っていた。さっきのおばあさんたちの仲間だろうが、一人だけきれいな灰色のレースのロングドレス姿である。歩けないらしく四肢を投げだして寝転んでいる。喉《のど》にぐるぐると包帯を巻いている。ボンネットからはみだしたゴワゴワの白髪が両頬を隠している。左手にだけ灰色のレースの手袋をしている。

喉の包帯を指さし、私は声を出せない、とジェスチャーで伝える。それからメモ帳に文字を書き、差しだす。

〈ポプリが効く〉と書かれている。

ヴィクトリカは警戒し、「ポプリ？」と聞いた。

相手は機械仕掛けのようにカクカクとうなずいた。皺の奥に埋もれた二つの目が爛々《らんらん》と光りだした。

「わたしの症状にか？　この目眩の原因がわかるのかね」

と問うと、相手がまたメモを書きだす……。

〈薬物。後遺症〉

「……？」

ヴィクトリカは黙って相手をみつめた。

ポプリを入れたレースの小袋を手のひらに押しつけられた。ヴィクトリカは小袋を持たされて幌馬車からポイッと外に出された。

緑のドレスの裾が風をはらんでふわりとふくらむ。

ヴィクトリカはおたおたと立ちあがり、「いったいなんだね⁉」と振りむいた。だがそのときは扉はもう閉められていた。

ヴィクトリカは赤や紫やオレンジの混じったポプリの小袋をちいさな鼻に押しつけ、「……おや？」と首をかしげた。

「確かに楽になるぞ。〝ポプリが効く〟か……」

とそのとき、ダグとケリー・スーがヴィクトリカをみつけて、「探偵さんがいたぞ」「どこに行ったかと思ったわ」と寄ってきた。

銀行の前で、警備兵たちと、職員らしき男たちがなにか話している。みんなして妙に苛々《いらいら》している様子である。

ヴィクトリカが、警備兵たちを見上げ、ついで幌馬車のほうを振りむき、依頼人たちの顔を、さらに銀行と公園を交互に見て、「ふぅむ。あちこち同時に不穏な空気であるな。どうもおかしな予感がするがな？」と考えこみだした……。

5

リトルイタリーからセントラルパークに向かう大通り。

生真面目そうに自転車を漕ぐ久城一弥の横を、長身のイタリア人青年が「はぁ、はぁ……！」と息を乱して走っている。

両腕の振り方もばらばらで顎《あご》も上がっている。次第に半目になって、

「昨夜の酒が抜けてねぇナァ、まったく！」

一弥が自転車を漕ぎながら、「おや、昨夜はサンドイッチを食べてうちに帰ったのかと思ってたよ」と聞く。漆黒の前髪が風をはらんでふわりと揺れる。

ニコは鼻の穴を膨らませて得意そうになり、

「ありゃ、夜遊び前の腹ごしらえだよ。俺にゃリトルイタリー中に夜遊び仲間がいるからな。毎晩楽しくナイトクルージングさ」

「でも禁酒法は？　この街ではお酒を飲んじゃいけないのかとばかり……」

十字路の向こうに鬱蒼とした緑が見えている。木々の葉が小山のようにこんもり盛り上がり、夏の日射しに輝いている。

よし近いぞ、と一弥がペダルを踏む足に力を込める。

「はぁ、はぁ……。禁酒法？　そんなの表向きだけだぜ。裏ではギャングが密造酒を売っては儲《もう》けてんだ。秘密酒場《スピークイージー》が街のいたるところにある。NY市警も見て見ぬふりさ。葡萄《ぶどう》酒にウイスキーにビール。みんな酒場で飲み放題だよ。はぁ、はぁ……」

「……」

「って、俺の話を聞いてんのか？」

「ん……」

一弥は舗道の先に目を凝らしていた。

銀色に輝くおおきな一輪車が見えた。くるくると車輪を回しながら遠ざかっていく。乗っているのはスーツ姿の身長百四十センチメートルぐらいの小柄な紳士……。

「トロルさん？　おーい、トロル、さ……。もう見えなくなっちゃった」

「なんだよ？」

「いや、知り合いをみかけたんだ。あぁ、そういやその人も『鱒《ます》サンドイッチとイモサラダと黒ビール』が好物だって言ってたな」

「ヘェ？　黒ビールが出るなら、そりゃ秘密酒場のことだろうよ。はぁ、はぁ……」

一弥はスピードをすこしゆるめ、十字路を曲がる。

――ようやくセントラルパークの前に着く。

緑が鬱蒼とし、自然特有の匂いが満ちている。すぐそこの歩道や車道には人や車が溢《あふ》れているのに、まるで古代への入り口が開いたようである。

ニコが足を止め、膝に手をついて、「はぁ、はぁ……。着いた」と言う。

「でもよ、昼間はうちで寝てて、夜は飲みに行きてえって気がしてきたぜ。働くなんて面倒だな……」

一弥はふと笑顔になって、

「おや、ぼく、君と気の合いそうな女の子を一人知ってるよ。その子ったら、『夢は番犬』『日がな一日、空からのお菓子トルネードを待つのである』なんて言うんだ……」

「そりゃなまけものだな。俺が注意してやるよ」

「ええ!? 君って人はどっちなのさ？ ……って、あれ？」

と一弥が自転車を停めた。

「噂をすれば……。空を見上げてお菓子トルネードを待つ、うちのちいさな銀色の番犬さんがいる……。こんなとこでなにしてるんだろう？」

通りの向こうに、遠くからでも人目を引く、ところどころ金色にとろける白銀の髪が風にきらめいてなびくのが見えた。通行人の陰になり、また姿を現し……。ドレスの裾を覆う緑のフリルも、まるで嵐の日の波のように幾重にも重なって揺れている。

ニコも目を凝らして、

「……なんだ。昨夜おまえと一緒にいた子のことか。『What is home?』って言ってたな。こうして見るとすっごくちっちゃいな、はは！　って……。うわ、マジですげぇきれいな顔だな。ちょっとこえぇ……」

「おーい、ヴィクトリカ！」

と一弥が弾む声で呼んだ。

気づかないので、えぇい、と自転車をまた漕ぎだして、もっとおおきな声で、

「ヴィークトリカーっ！」


……という一弥の声が聞こえて、連邦準備銀行の真ん前の歩道で、ヴィクトリカが「むむ？」と振りかえった。

白銀の髪がゆったりと流れ、風をはらんでところどころ金色に光って舞いあがる。緑のドレスの裾も生き物のようなやわらかさで風に躍り、どこまでもふくらんでいく。

一弥が自転車を立ち漕ぎして大急ぎで近寄ってきた。

「久城？　あぁそうか。君もセントラルパークに行くと言っていたな」

「うん。取材に……」

ヴィクトリカは、遅れてだらだら近づいてきたニコをちらりと見て、

「昨夜の『俺はなんにもわかんない』の君かね。『そういうやつが必要になったらこいよ』と言っていたな……」

「また会ったな。あんたに言いたいことがある……。働け!!」

一弥があきれて「もう!?　君ってなんなの……」とニコの横顔を見上げる。ヴィクトリカは

びっくりしてパイプを落としそうになる。

一弥は気を取り直して、

「そ、それより、ヴィクトリカはどうしてここにいるの？」

「じつは、あのあと依頼人が二人きてだな。二つの依頼を受け……」

と男女の依頼人を指さし、言いかける。

そのとき、歩道の人込みを、丈夫そうな麻のエプロン姿の筋骨隆々とした大男が走ってきた。エプロンに自転車の絵と〈スースーバイセコー!!〉という文字が書いてある。小脇には自転車の前カゴを一つ抱えている。

ケリー・スーが「パパ、こっち！」と呼んだ。ヴィクトリカも気づき、一弥の自転車を指さして「パパ御苦労である。前カゴを必要としているのはこの自転車なのだ」と言った。

大男は「よしきた！」とうなずいて、

「探偵ちゃん、この前カゴは象が乗っても壊れないぜ。だから今日はうちの可愛い娘をよろしく頼む」

と、ヴィクトリカの頭を優しく撫でた。

それから一弥の肩を思いっきりドーンと小突いた。一弥が吹っ飛び、街灯に背中をぶつけて目を回す。

「もっとも、自転車の前カゴに象が乗ったら重くて漕げないだろうけどな。わっははは！」

一弥はふらついて転びそうになり、足を踏ん張ってこらえながら、

「あ、ありがとうございま……。ぼ、ぼくの自転車に……わぁ、前カゴがついて便利になっ

た！　ここに鞄を載せたら、両手でハンドルを持てる……。あ、あの、どなたですか？」

ニコが「なに、知り合いじゃねぇの？　どういうことだよ？」と不審そうに聞いてくる。

大男がケリー・スーに「じゃな、ケリー。もう落とし穴に落ちるなよ！」と笑い、また歩道を走って遠ざかっていった。

「……ヴィクトリカ？　いまの人は誰……？」

「えぇと。とある依頼を受けたところ、こうして貴様の自転車が進化した。わたしのおかげである……」

とヴィクトリカはパイプをいじりながら、急に自信なさそうに説明をする。横からダグが「なにしろワンダーガールだから、そんなこともある」と助け舟を出した。

一弥がダグを見て、

「……えっと、で、この方は？」

「彼も依頼人である」

「うーん？　つまりヴィクトリカ。君は探偵としてなにかとなにかを調査するためにここにきた、と……。まさか危険な事件じゃないだろうね？」

一弥が心配そうに聞く。

だが、ヴィクトリカが「うむ！」と弾んでうなずいたのを見て、一弥も幸せそうな笑顔になる。

ヴィクトリカはパイプを右に左に振り回しながら、熱心に、

「あのな、依頼の一つめは市役所員ケリー・スーからのものだ。〝セントラルパークのほんと

う の地図を探す〟のである。建築家本人の手で公園のどこかに隠された。ちなみにその建築家とは、今朝訪ねた〈ドルイドハウス〉を造ったのと同じ人物。建築家ドルイドことアーサー・キングである」

「えーっ。〈ドルイドハウス〉の建築家？　あの人がセントラルパークを造った？　で、地図を隠した……？」

「意地悪をして、な」

「あ、なるほど……」

と一弥が、道路の向こうに生い茂る緑のセントラルパークを眺める。「意地悪かぁー」としみじみつぶやく。

ヴィクトリカは「うむ」と楽しげにうなずいて、

「二人目の依頼人がこちらのダグ・メンフィスである。刑務所の看守でな。依頼の内容は、銀行強盗団のＫＩ……Ｄが……」

と言いかけたとき……。

上空から……。

ゴゴゴゴゴッ……と謎めいた爆音が響き始めた。

歩道を行く人が足を止め、きょろきょろ見回し、ついで空を見上げる。爆音が辺りの空気やビルの窓ガラスを激しく揺らし、次第に不吉な予感が漂いだす。

車道の車もつぎつぎ停まる。みんな自動車やバスの窓から顔を出し、空を見上げだす。

左右のビルの窓も開いて、人の顔が鈴なりになる。空を指さしてなにか騒いでいる。

一弥もおどろき、ヴィクトリカと並んで空を見上げた。

遠くから銀色のなにかが空を飛んでくる……。

みんなどよめく。

一弥が「小型飛行機だ。ずいぶん近いな……」とつぶやきながら、ヴィクトリカを庇うように近づく。

依頼人のダグとケリー・スー、ニコも近くに集まってくる。空を見上げて「なんだろうな」「うるさいわね」「飛行機かよ」と言いあう。

音はおおきくなる。あちこちのビルから人が出てきて、歩道にあふれる。空を見上げて騒ぎ出す。わざわざ車から降りてきて空を見上げる人たちもいる。

「あ、あれって⁉」

一弥の声に、ヴィクトリカも「うむ……！」とうなずく。

雲一つなく、夏の日射しが強く照りつける青空。銀色の小型飛行機がゆっくり近づいてくる。音もますますおおきくなる。

小型飛行機が旋回する。白い細い雲が、青空にくるくると……。

ヴィクトリカが静かな声で、

「雲で空に字を書いているようである」

「字を……⁉」

「例の〈Public Enemy No.7〉の再登場であろう。四十年ぶりの、な」

ヴィクトリカがつぶやく。

「……ちなみに二人目の依頼人ダグの依頼はな、久城。〝KIDの連邦準備銀行再襲撃を止めてほしい〟なのだ」

「えーっ⁉」

その横でダグが「ほら、やつはくると言ったろ！」と叫ぶ。ケリー・スーが「ヒュー、ヒュー！」とつい口笛を吹き、「あ、ごめ……」と口を押さえる。ニコが「アワワ⁉」とあわてる。一弥に「しゃ、写真！　ニコ……」と言われて、「オー！」とカメラを持ちあげ、空を撮り始める。

停車した車から、歓迎するようなクラクションが響き渡る。人々のはしゃいだ歓声も上がる。

さっきまでの日常の光景は消え去り、まるでお祭りの日のよう……。

青空いっぱいに、飛行機雲で書かれた文字は……。

――〈連邦準備銀行よ、待たせたな‼　KID〉

Rothschild The Third in〈DRUID HOUSE〉

あ、あいつめー……。

ジョージ・ワシントンじいさんめー。大親友のこのボクをおいてきぼりに、〈ドルイドハウス〉から、ひとりぼっち、いや一枚ぼっちで、外に行ってしまうなんて……。

いやっ、ボクはね、寂しくなんか、ないよ！　いやちがうって。このロスチャイルド三世はね、怪しげな見た目の〈植民地紙幣〉とはいえ、造幣局で印刷されて仲間と一緒に世に出てから、もう半世紀も経ってるしね。つまり立派な賢人たる、その……紙切れなんだからね。だから……。

な、な、泣いてなんかいないし……。寂しくも、ないし！

ボクはね、もう二十年も、このチェストの上で牛乳ビンに入れられ、隠居状態でのんびり暮らしてたんだよ。お隣さんのジョージ・ワシントンじいさんと昔話をしあったり、時にはくだらないことでけんかしたりしながら、ね。

ハァー……。考えてみればあっというまの二十年だったなぁ。

ボクの生まれはニューヨークの造幣局。仲間と一緒にいっぱい刷られて、〈R3 PAPER〉と書かれた立派な木箱にぎっしり詰められた。すぐにも海を渡り、アメリカ合衆国の植民地、常夏の島ハワーイに行くはずだった。……ところがだよ？　とつぜん「今後植民地紙幣は使われない」と法律が変わってしまってね。ボクたちみんな、一晩にしてただの模様つき紙切れになっちゃったわけで……。とってもショックだったな。だって、ボクも仲間もこの世に生まれたて。とってもビビッドな心を持つ紙だったからね？　あの夜は木箱中で仲間たちの泣き声がワンワン響いていたよ……。

そのあとね、ボクたちは木箱ごと古物商に売っぱらわれて、南の島の夢を見ながら黴《かび》臭い倉庫で眠っていた。するとある朝、ローブをまとったプラチナブロンドの長髪の男客が現れ……。一目見てボクたちを気に入ってくれてね。

「へぇ、金融王ロスチャイルド三世の顔の紙幣か。面白い。これを買うぞ」

古物商が「そりゃ買ってくれるならありがたいけどね。でも旦那《だんな》、こんなものなんに使うんです？」と聞くと、男はうれしそうに、

「――私は建築家ドルイドである。この紙幣を、部屋の壁紙として使ったら面白いと思ったものでね。五箱あるのか？　もちろん全部もらうとも」

というわけで、ボクたちは有名な建築家に買い占められて、男の住居〈ドルイドハウス〉に運ばれたのさ。

ところが、なかなか使われなくてね……。なんでも……政治的な理由で建築家の仕事が減っちゃったらしくて……。

ボクたちもすっかり退屈しちゃったよ。だって壁紙になって家の中のいろんなことを見られると楽しみにしてたのに。仲間どうしで「一回でいいから外の空気を吸いたいよ」「うんうん」

「あたし青空いっぱいに飛んでみたいなァ」「いいね！」なんて毎日言いあったもんだよ。

そんなある日のこと。夫人が「この箱、掃除のとき邪魔だわ」と言いだしてね。建築家ドルイドは「おぉ、そうだな」と、仲間たちの五箱をどこかに移送したんだ。

もちろん、ボクも一緒に運ばれるはずだったのさ。

でも、運命のイタズラとはこのこと……。

夫人は珍しい紙幣のコレクションをしていてね。一枚ほしいと、箱のいちばん上にいたボクをひょいと抜き取り、牛乳ビンに入れてチェストの上に飾ったんだ。

なにしろとつぜんの別れになったものだからね。ボクは大慌てで、牛乳ビンの中から、仲間たちの木箱に向かって、大声で「みんな、グッバイグッバイ！」って叫んだ。木箱からも、みんなの「グッバイグッバイ！」ってたくさんの泣き声が聞こえたな。

ボク、紙とはいえすっかりおセンチになっちゃってね。一枚ぼっちで、寂しくてたまらなくて、牛乳ビンの中で夜明けまで泣いたのさ……。

すると、朝になって、隣のビンのジョージ・ワシントンじいさんが「う、う、うるっさーい」と怒りだしてね。「エェイ泣くでない。ここの暮らしも慣れれば楽しいぞよ」と話しかけてきた、というわけさ……。

あいつめー……。ボクの大親友、ジョージ・ワシントンじいさんめー、いまごろどこでどうしてるかな？

まっ、じいさん、外でも楽しくやってるといいなぁ!!

四章　A Midsummer Night's Dream

1

〈連邦準備銀行よ、待たせたな‼　ＫＩＤ〉

と、空に浮かぶ……飛行機雲の文字……。

往来の人々の喚声とざわめき。車のクラクションやブレーキ音。連邦準備銀行前の大通りは騒然としている。

貧しそうな移民風の通行人も、高価なスーツやドレスに身を包む金持ち風の人々も、空を見上げて同じような喚声を上げる。

飛行機雲の文字がすこしずつ薄れ、青空に消えていく。

同時に、大通りの両側から警官隊、警備兵の行列、パトカーが現れ、銀行の周りをぐるぐると取り囲みだした。警官が掛け声をかけ整列する。警備兵は貧しそうな通行人を「立ちどまるな！」「行った行った！」「こんなところにいたらＫＩＤに撃ち殺されちまうぞ！」と怒鳴りつける。警棒や銃身で叩《たた》き、乱暴に追い立てる。

通行人や野次馬が、悲鳴を上げたり、ハイになって笑ったりしながら、一斉に銀行の前から離れだす。車にドシンとぶつかったり、転んだりしつつ、反対側のセントラルパークのほうへと……。

その人込みに押され、ヴィクトリカたちも急いで歩きだした。足を踏まれたり、ぶつかられたりする。

と、ニコが後ろから一弥をつっついて「なんて書いてあったんだよ？」と聞いた。「なにが？」「飛行機雲！」「って、いま写真を撮ってたじゃないか。どうしてぼくに聞くの」と一弥が不思議そうに答える。するとニコはなぜかふてくされて黙った。

ヴィクトリカは、身長のせいでたちまち人に埋もれながらも、一生懸命歩いていた。人波のところどころから、緑のフリルが五段重なったドレスのやわらかな裾《すそ》や、ミニハットのピンクのサテンのリボン、ところどころ金色にとろけてきらめく白銀の髪がちらちら見える……。

「なぁ、君？」

と、ヴィクトリカがダグに声をかけた。「調べてほしいことが……」と冷静な声で続ける。

ダグのほうは青い顔をして「俺のせいだ。俺の……」とぶつぶつ言っていたが、声に気づいて、「探偵さんどこ～？」ときょろきょろしだした。

かなり下のほうから「ここである～」と聞こえてくる。

ダグが見下ろし、ちいさな頭を飾るピンクのミニハットをみつけて、

「探偵さん、埋もれちまって……。あのさ～、飛んだら？」

するとお菓子みたいなちいさなミニハットが怒ったように左右に激しく揺れ始めた。

「だから、飛べないと言ってるだろう!! 君、わたしは旧大陸から船に乗ってやってきた移民一世である! 宇宙の彼方《かなた》から飛んできた宇宙人ではなく……」

ダグががっかりし、ヴィクトリカのちいさな頭頂部を黙って見下ろした。

その後ろを、一弥がちいさなヴィクトリカを守るように両腕を広げて歩いている。不思議そうに、

「宇宙人? 飛ぶ? ヴィクトリカ、君と依頼人さんはなんの話をしてるの?」

きらきらしたリボン付きのピンクのミニハットが、「うー!!」と不機嫌そうに揺れる。

銀行前から警備兵の怒鳴り声、警官隊の号令が響いてくる。人波はますます激しくなる。車のクラクションも止まらない。

ヴィクトリカのミニハットがまた小動物みたいに動きだす。老女の如く低い声で、

「ダグよ。君は仕事柄、警官を見慣れているはずである。もしあの警官の中に偽者がいたら見分けがつくかね?」

「そりゃな」

ダグが自信ありげにうなずいて、

「警官ってのは仕草や口癖が独特だからな。アイルランド系にイタリア系、それぞれ癖がある。よーし、任せとけ。キャンディ・ホリディちゃん。あの中にこっそり偽警官が混ざってないか調べてやるぜ」

「うむ。どこかにＫＩＤのお仲間がいるかもしれない。そう、たとえば……脱走を手助けした……」

「〈ブラザーズ孤児院〉か！　よし、探すぞ……」

と、ダグが人波に逆らってぶつかりながらも張り切って銀行のほうにもどっていく。

ヴィクトリカは公園側へと歩きだした。その隣を一弥が「キャンディ・ホリディちゃん？」と首をかしげながらも進む。

自転車を引っ張るニコと松葉杖《まつばづえ》をつくケリー・スーもついてくる。と、人に押されてケリー・スーが「きゃっ」と悲鳴を上げる。

一弥が気づいて、

「ニコ、この人を自転車に乗せてあげて。で、君が自転車を引っ張って」

するとニコは「うるせぇ……な……」と怒りかけて、ケリー・スーの足に気づき、

「あ、怪我してンのかよ？　わかった、乗れよ」

と自転車のサドルにケリー・スーをまたがらせ、ハンドルを押し始める。

一弥はまた歩きだした。傍らのヴィクトリカを見下ろす。

ヴィクトリカは考えこみながら歩いていた。顔を曇らせている。自転車にまたがるケリー・スーと、通りを隔てた歩道を歩き回るダグを交互に見ては「うー……」と首を振っている。

一弥が不思議そうに、

「ヴィクトリカ、君……それにしても熱心に調査してるね。さっきまでは子供たちに翻弄《ほんろう》されて『久城～』って悲鳴を上げてたのに」

と声をかけると、「……まぁ、な」と不機嫌でえらそうな答えが返ってきた。

でもその声にいつもとすこしちがうほんのすこしの温かみも混ざっていた。いばっているの

に不思議といばっているように聞こえない。

と、また振りむいて、気遣わしげに二人の依頼人を見る。

一弥ははっとして、

「そうか。君……依頼人さんのことを心配してるんだね？　なんとかして助けてあげたいんだろ」

ヴィクトリカは無表情で首を振って、尊大な態度で、

「買い被《かぶ》るな。久城、わたしに限ってそんな人間みたいなことはない」

と低いしわがれ声で続ける。

「つまり君はまたもや善意の話をしてるのだろう。だがな……」

ヴィクトリカは金のトカゲ形のパイプを握りしめて、一服吸う。

辺りはさらに騒然としている。人々が叫び、笑い、うるさく噂話をする。

歩きながら一弥は考えこみだした。無意識に人差し指を伸ばして、ヴィクトリカのまんまるほっぺたをツンツンつっつく。

ヴィクトリカはつつかれるたびに「う？」「う！」と呻《うめ》きながらも、

「善意と理想のかたまりなのは、う！　わたしではなく君である。久城……。う？　なにしろ君ときたら、子供のころからずーっと、中途半端な秀才にして、稀《まれ》に見るお人好《よ》しだからな。……う？」

「……そう？」

と一弥が意外そうに聞く。

「そうとも。だからこそ、新聞社でも少々変わった新人君と組まされたのだろう?」

「……あ!?」

と一弥が小声で叫び、振りむいた。するとニコは長い腕をいっぱいに広げて「うちの店のミートボールはな、こーんなにでっけぇ!」と自慢しているところだった。ケリー・スーが感心して聞いている。

「でもっ、うちの店だって自転車が百台あるもの。しかもぜんぶ売り物よ!」

「ほ、ほんとかよ。すげぇな……」

一弥は二人から目を逸《そ》らし、肩を落としてため息をついた。「……ぼく、あの男の子に腹を立ててるところなんだよ」とつぶやく。

「君が人をきらうのは珍しいことである。なにしろ君ときたら……」

「もうっ……」

ヴィクトリカは五段フリルを左右にふかふかと揺らしながら、いかにも尊大そうに胸を張ってパイプを吹かし、

「だが久城。わたしはな、君とはちがう。世界中の図書館の書物を取りこんでも足りぬ……この頭脳があるだけなのだ。知恵と知識を溜《た》めこんだつめたいビスクドール。中は空洞だが、ときたまゴゴゴーッと動くこともある」

「つまり君は、ぼくが知るほんとの君をいまだにぜんぜん知らないんだね」

「う?」

「君が知ってる君より、ぼくが知ってる君のほうが、だんぜん君さ」

「……」

ヴィクトリカは金のパイプをいじりながらうつむいた。

一弥は力強くうなずき、歩き続けた。ヴィクトリカを守るように並び、人波に押されながら進んでいく……。


一同はようやく車道を渡り終わり、セントラルパーク側の歩道に着いた。

辺りは人と自動車でますますごった返していた。怒号。人いきれ。誰かの帽子が遠くから飛んできたり、風に煽《あお》られた誰かのネクタイが顔にぶつかったりしている……。

と、ヴィクトリカがとつぜん「ぎゃん？」とおかしな声を上げた。一弥がびっくりして見下ろすと、ヴィクトリカは地面にうつぶせに転んでいた。

もこもこ起きあがり、涙目でなにかを睨《にら》みだす。

一弥が助け起こしながら、「大丈夫？　君、じたばたするから転んで……」「ちがう！　わたしはなにかに轢《ひ》かれたのだ」「え？　轢かれた⁉」ときょろきょろする。

すると目の前にいつのまにか……。

銀色の車椅子に乗り、シルクハットをかぶった初老らしき白髪の男がいた。

絹の白シャツにダイヤのカフスをつけ、いかにも裕福そうな紳士である。気難しそうな顔に白い顎髭《あごひげ》をたくわえている。肩幅はがっしりしているが、萎《な》えた両足は車椅子の上でミイラのように縮こまっている。

「む？　どこかで見たような顔である……」

「あれ、ぼくも見覚えがある。誰だっけ？」

と、ヴィクトリカと一弥が顔を見合わせる。

紳士は無礼な態度で、

「君を轢いた！　ここにいたからな！　その結果、君は転んだ！」

その答えに一弥がおどろいた。とっさにヴィクトリカの前に立ちふさがって守ろうとする。

ヴィクトリカは緑の瞳《ひとみ》を見開いて、

「貴様は進行方向に人がいたら轢くのかね？　古代ローマ帝国の残虐な侵略史の如くであるな」

「残虐だって？　おやおや！」

男は脚とは逆にがっちりした腕を左右に大きく広げてみせて、

「ローマは偉大だよ。この私のように、な！」

「その割に早く滅んだようだが……？」

「ふむ？　なぜ大国が滅びたと思うね？　お嬢ちゃん」

「そうだな、おそらく……」

とヴィクトリカはパイプをくわえた。

表情を隠して一服吸う。細い白い煙が青空にゆっくりと上がっていく。男に負けずえらそうに胸を張り、

「無謀でおおざっぱな前進の折に、うっかり危険なものを轢いたのかもしれんな」

「……ははは！　これはこれは。じつに斬新《ざんしん》なプライドを持つちいさな移民だな。弱者に楯突《たてつ》

かれたのは久しぶりだよ！」

男はガッチリした両肩に力を込め、愉快そうに笑いだした。

それから唇を曲げてヴィクトリカを見下ろした。皺《しわ》だらけの手を伸ばし、ちいさな頭をグリッと乱暴に撫《な》でる。するとヴィクトリカがいやそうに顔をしかめ、ぷくぷくの手のひらで頭の上をはらった。

男は人波を避《よ》けて進もうとする。だが車椅子のタイヤはキッ、キッ、キィーッと妙な音を立てるばかりで動かない……。

「おやおや、うっかり君を轢いたら壊れたぞ。ウルフカンパニーに特注した最新の車椅子なのにな」

一弥が抗議しようとしたとき、

「おじさん、危ないから止まって。壊れた車椅子に乗っちゃだめ」

と、ケリー・スーが自転車のサドルからあわてて飛び降りた。左足を庇《かば》ってよろめき、バタッと前のめりに転ぶ。

ニコが「オイ、大丈夫かよ」と心配する。

ケリー・スーは「大、丈、夫っ」とぴょこんと起きあがり、

「車椅子なら任せて。よしよし、ここの捩子《ねじ》が……。こっちの捩子も、んしょんしょ……。ほら、直った！」

「親切なお嬢ちゃん、ありがとう。お礼にそこの売店でなにか買ってあげよう」

「わぁい。じゃ、AtoZのチョコレートボックス！」

車椅子の男は、歩道の隅の売店で円筒型のチョコレートの箱を買った。そしてなぜかへんな笑みとともにケリー・スーの頭に乱暴にのせた。

ケリー・スーが「……やだもー。へんな人ー……」といやそうに頭に手を伸ばす。

一弥は人が増えてきた歩道を見回した。

ケリー・スーがまた自転車のサドルにまたがる。一弥がハンドルをニコに任せる。ニコが「重いってばよ」と文句を言う。

一弥はヴィクトリカを両手でえいっと持ちあげて、前カゴにそっと乗せてやった。

緑のサテンとピンクのオーガンジーのフリルが前カゴからはみだし、ヴィクトリカのドレスは満開の花のようにまんまるにふくらんだ。

「ここにいれば安全だよ。君は象よりずっと軽いもの」

ヴィクトリカが「うむ……」とうなずいた。

と、車椅子の男がヴィクトリカを見て、鼻を鳴らし、

「そっちの危険なお嬢ちゃんにもこれを買ってあげよう」

と観光客用のニューヨーク地図を買った。前カゴの中にいるヴィクトリカに乱暴に投げて渡す。

ヴィクトリカがいやいや受け取りつつ、

「わたしには地図？　なぜだね」

「フ！　君は移民だ！　見たところこの町にきたばかりの哀れなる貧乏人の一人で……」

ヴィクトリカは男をじっと見た。顔をしかめ、手のひらで頭を押さえると、ポプリの匂いを

嗅《か》ぎ始めた。考えこみ、遠くを見るように目を細め、

「うむ、予感がする。貴様はいつかもっと危険なものをうっかり轢き、予定より早く滅びるかもしれんとな……」

「フン、くだらん！」

ヴィクトリカは両腕を広げてみせ、

「ローマのように……」

「つまらんことを言うな！」

ヴィクトリカと老人の会話を聞きつつも、一弥は地図を受け取って、バサバサッと広げた。ニコも自転車の右側からちらちら横目で地図を見始める。ケリー・スーはサドルにまたがって鼻歌を歌いながら首を揺らしている。

と、ヴィクトリカも前カゴから首を伸ばして地図を覗《のぞ》いて、

「ところで久城、〈方格設計《グリッドプラン》〉を知ってるかね？」

一弥が「なぁにそれ」と聞く。ケリー・スーも「知らなーい」と首を振る。

すると、去ろうとしていた車椅子の男がなぜかハッとしてヴィクトリカを見た。それから、萎えた足とは逆に筋肉の発達した肩と腕の力を使って、車椅子から自転車後部の荷台へと身軽によじ登った。荷台から首を伸ばし、妙に熱心に聞き始める。

「〈方格設計〉とはな。見ての通り、縦線と横線を使い、チェス盤のようなシンプルな道路のみで都市を設計することである」

一弥が感心して、

「あぁ、ほんとだ。こうして見るとマンハッタン島はまるで細長いチェス盤みたいなんだね」

「うむ。古くは紀元前二十六世紀のモヘンジョ・ダロの遺跡、そしてローマ帝国でも古代中国でも使われた基本的技術である」

「へぇ……」

「もし住民が好き勝手に家を建て、道路も造ったら、ぐるぐる渦巻きの道に、へんな形の三叉《さんさ》路《ろ》や五叉路と、わかり辛《づら》い町ができるだろう？　通行人もすぐ道に迷ってしまう。その点、行政によって道路をキチッと造っておくと、このような都市になるのだ」

「そっか。移民したてのぼくたちからすると助かるよね。だってニューヨークは、ほら……」

　と一弥が地図を指さして、

「縦線がアベニュー《番地》。右端から一アベニュー、二アベニュー……と左端まで十二本あるだろ。横線はストリート《通り》。下から一ストリート、二ストリート……と上まで二百二十本ある。で、連邦準備銀行の住所はここ……。七一ストリート五アベニューだね」

　ケリー・スーもうなずく。

「そうよね。で、セントラルパークは……縦が五アベニューから八アベニュー、横が五九ストリートから一一〇ストリートまでの長方形なの」

　さっきから唇を妙にムズムズさせていたニコが、我慢できず「だよな」と話題に入ってきた。

「字が読め……じゃなくて、その、英語がわからなくてもな、二つの数字さえ聞いておきゃ迷子にならねぇもんな。この移民の街にゃぴったりだぜ」

　一弥も「そうだね」と笑顔でニコを見る。それからはっと気づき、互いに気まずそうに目を

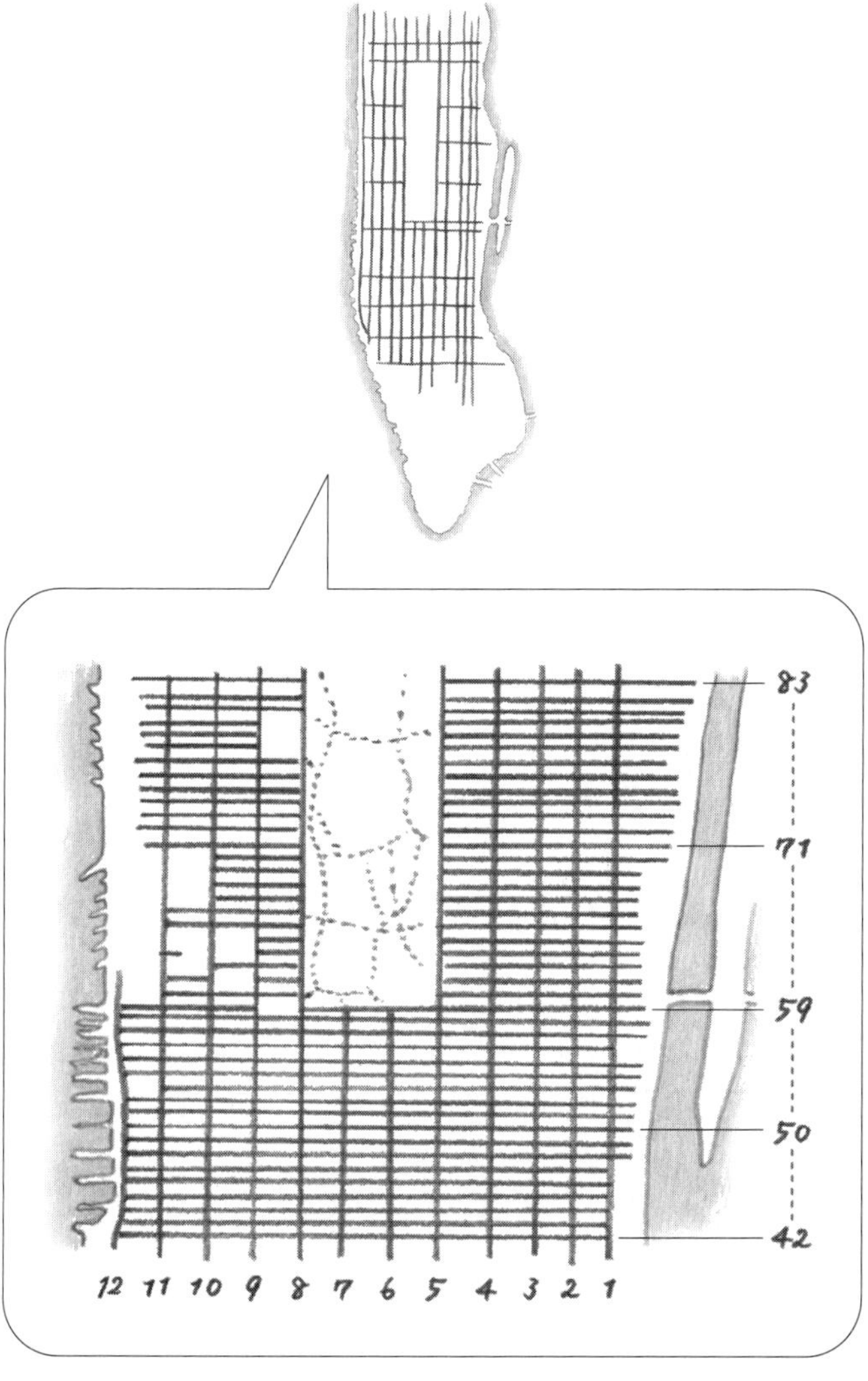
83
71
59
50
42
12 11 10 9 8 7 6 5 4 3 2 1

逸らす。そんな二人を、ヴィクトリカが自転車の前カゴの中でパイプを吹かしながら不思議そうに見比べだす。

そのとき、後ろの荷台に腰かけていた車椅子の男が「便利だろう。せいぜい感謝することだな」と話に入ってきた。

ヴィクトリカたちが怪訝《けげん》そうな顔を四つ並べて振りむく。

男は胸を張り、

「〈方格設計〉はな。なにを隠そう、いまから百十九年前に発足した〈一八一一委員会〉によって進められたのだ。政治家、弁護士、そして金融家ロスチャイルド三世によって作られた都市計画のための臨時委員会。なにしろ当時のマンハッタン島は、みんな好きなところに入植して、町も道もごちゃごちゃだったからな……」

ヴィクトリカが話の途中で「おっ？」と首を伸ばした。前カゴからはみだしたフリルが開いていく花のように複雑な形で動いた。

「金融王ロスチャイルド三世……？」

とつぶやき、興味を持って男の横顔をじろじろ見だす。

辺りにはたくさんの人がひしめいていた。連邦準備銀行のビルを指さしたり、とっくに飛行機雲の消えた青空を見上げ続けたり、さっき見たものについて話しあっている。大通りではまた車が走りだし、エンジン音が姦《かしま》しい。その向こうから警官や警備兵の声も聞こえてくる。

ケリー・スーが興味深そうに、

「おじさん。その〈一八一一委員会〉って、百年後の〈一九一一委員会〉と関係があるの？

名前が似てるわね。それに〈一九一一委員会〉も〈都市美運動〉っていう都市計画のための委員会だし……。個性的なビルを建て替えて町の景観を一定にするっていう……。それに、こっちの委員会にはロスチャイルド五世がいるわ。それってロスチャイルド三世の孫でしょ？」

男は得意そうに、

「そうとも、孫だとも！　つまりお嬢ちゃん。百十九年前にロスチャイルド三世の進めた〈方格設計〉によって、道路は近代的に整備されたが、その上の建物のほうは……当初の予想より移民も増え、好き勝手なセンスで家を建て……景観がごっちゃごちゃになってしまった。そこで、祖父の遺志を汲《く》み、孫のロスチャイルド五世が十九年前に〈一九一一委員会〉を発足し、〈都市美運動〉を始めたのだ」

「へぇー、そうだったんだ」

ヴィクトリカは前カゴから首を伸ばして、金のトカゲ形のパイプをせわしなく吸いながら、男の顔をじろじろ見続ける。

「ふむ。このへんないばりんぼの顔を、どこかで見た顔だと思ったが……なるほどである！」

白銀の髪が舞いあがって、金にとろけながら揺れる。

男も気づいて、荷台から前カゴを睨んで、

「私の顔になにかついてるかね。古代ローマ帝国に駆逐された小国の王の血しぶきが飛んでるかね？」

一弥がまた警戒して、ヴィクトリカと男のあいだに体を割りこませる。ヴィクトリカは首を振ってみせ、

「いや。ただ……わたしは貴様が誰かわかったのである……」

「なに？　そんなはずはない。私の顔はこの世のどこにも出たことがないからな。新聞にも雑誌にも書物にも、一度たりともな」

「いや貴様ではなく。うむ……」

とヴィクトリカがぷくぷくの両手の指でお札ぐらいの長方形を作ってみせて、なにか言いかけ、やめる。

男は肩と腕の筋肉を使って身軽に車椅子に飛び降りた。両腕でタイヤを動かし、「ではな」と大声で言うと、人込みを器用にひょいひょいと抜けて、おどろくほどのスピードで消えていってしまった……。

ケリー・スーが「誰だったのかしら？」とつぶやくと、ニコが「さぁな。金持ちっぽかったなァ」と首をかしげる。

男の後ろ姿を指さしながら、ヴィクトリカが小声で、

「久城、覚えてるかね？　今朝〈ドルイドハウス〉で見た〈植民地紙幣〉を。あれはロスチャイルド三世の顔が描かれていたな？」

「うん。……って、ああー!?」

と一弥がぎょっとして叫んだ。

男の消えていったほうを見て、

「いまの顔！　車椅子の男……。ロ、ロ、ロスチャ……？」

「あの紙幣の顔とそっくりだったな。君」

「いったいどういうこと？　だって、金融王ロスチャイルド三世は昔の人で、とっくに死んでるのに……」

「おそらくだが、君。いまの老人の正体は、ロスチャイルド三世の孫にして、現在の新大陸の金融界を仕切るロスチャイルド五世なのだろうと推測できる。市民に顔を知られていないおかげで、陰で君臨し、ああして護衛もなしに街をうろつけるのだろう」

「そっか……。それにしてもびっくりだよ……。こんなところで……」

「うむ。〈都市美計画〉を実行し、国家の経済を陰で左右する……。謎めいた金融王、か……」

「でも、でも危険な人だという気がするよ。だって車椅子で君を轢いておいてあんないい方をするなんて……」

　と一弥が顔を曇らせたとき。

　道路の向こうから、

「……キャンディ・ホリディちゃーん！」

　と大声がした。

　二人ははっと振りかえった……。

2

……銀行前の歩道から、看守ダグが走ってもどってくるところだった。

車道に飛びだし、車に轢かれそうになる。クラクションが響く。「おい！」「危ねぇだろ！」と怒号が追いかけてくる。

人々は興奮し、歩道はますます混みあっている。

ヴィクトリカが自転車の前カゴから降りて、地面に飛び降りようとし、ころんと転ぶ。一弥が「君、気をつけて」と手を伸ばして抱き起こす。ヴィクトリカがすっくと立つと、緑の五段フリルが重たげに揺れながら垂れた。

「警官にも警備兵にもおかしなやつはいなかったぜ。でもな？」

とダグが周りのビルを指さした。ヴィクトリカも「む……」と見回した。

連邦準備銀行の左右に建つオフィスビルの前にもたくさんの警官が集まっていた。入り口を黄色いテープで封鎖しては中に入っていく。その隣のビルにも、さらに隣のビルにも……。

警官の数はますます増加している。数百人、いやもしかするともっと……。

「まるでニューヨーク中の警官が集まってるみてぇだよ」

「うむ。おそらく、どこにＫＩＤが潜んでいるかわからないから、人海戦術でどこもかしこも見張ろうというのだろうな」

「なるほどなぁ。しっかし、これじゃな。あちこちのビルにいる警官も全部観察しなきゃわかんねぇよ」

とダグが目尻《めじり》に涙をためる。ビルのほうを振りかえってため息をつき、

「お、俺、もう一回行ってくるぜ」

「うむ、頼むぞダグ」

ダグがまた走って車道を横切ってもどっていく。銀行の左右のビルの前に走って、警官や警備兵の顔を確認し、うろうろする姿が遠く見える。

自転車のサドルの上で、ケリー・スーが「ほんと大騒ぎ……。あたしたちのニューヨークはどうなっちゃうの？」とつぶやいた。

ヴィクトリカは心配そうにダグの姿を目で追っていたが、その声にケリー・スーのほうを振りむき、さらに顔を曇らせた。

一弥の視線に気づいて赤くなり、うつむく。

辺りは騒然とし続けていた。貧しそうな服装の野次馬、高級スーツ姿の通行人、たくさんの警官、車の群れ……。ところどころカメラを手にした記者らしき男たちも混ざり始めている。記者に向かって空を指さし、説明する人も増える。

怒号。クラクション。喚声……。耳が痛くなるほどの大騒ぎ……。

と、そのとき……。

「そうさ《イエス》！　僕らバナナなんて持ってないさ《ウィーハブノーバナナズ》！」

と、通りの先から、若い女たちの歌声が聞こえだした。ヴィクトリカも一弥もびっくりして振りむく。

「誰も、誰も、持ってないさ！」

人々の怒号や喚声のあいだをぬうようにおかしな歌声が聞こえてくる。ヴィクトリカたちは顔を見合わせ、「なんだねあれは？」「新世界の流行歌じゃないかな。ほら、君の青いラジオからもときどき不思議な歌が聞こえてくるし……」と首をかしげあう。

「バナナなんて！　想像の産物！　誰も食べたこと、なーいのーさ！」

という歌声とともに、歩道を女が二人、手を繋《つな》いでハイジャンプなスキップをしてきた。

一弥が「おや。知ってる女の人たちだよ」と首を伸ばす。ニコも気づいて「ゲゲッ、あいつらか」と声を上げる。

一人は藁《わら》みたいなやわらかそうな金髪をツインテールにし、吊《つ》り目がちの目をした若い女。体にフィットしたミニのスーツから華奢《きゃしゃ》で長い脚を出している。もう一人は黒髪をセットして男物の帽子を斜めに被り、パンツスーツを着た長身のダンディな女――。

〈デイリーロード〉編集部の秘書と広報ウーマンである。

と、金髪のほうが一弥をみつけ、指さして、

「ブルネットじいさんがいたわよ」

「……ブルネットじいさんって？」

一弥が低い声でつぶやく。

パンツスーツの女のほうは、傍らのニコをみつけるなり、にやりとして、

「ピザ&子猫《キティ》もいるな。よしカメラも持ってるぞ」

「……ピザ&、なに？」

　とニコもむっつりと聞き返す。

　女二人は手を繋いだまま、長い脚四本分のハイヒールの音をカチャカチャさせて走ってきた。

「編集長に言われて探しにきたよ。ＫＩＤのニュースで編集部も大騒ぎさ」

「パパがね……あ、パパって編集長のことね。あたしは娘のチェリー。有能なる秘書。で……パパが『セントラルパークに新人コンビを派遣してたよな。なにか目撃したかもしれねぇぞ』って言いだして」

　一弥がニコのカメラを指さして「目撃したよ。飛行機雲もニコが撮影してた」と言うと、チェリーは「でかした！」と言った。それから「……やだ、あたしったら。パパそっくり……」と両手で口を押さえ、ぎゅっと目を閉じた。

　長身のパンツスーツの女が、ニコからいろいろと受け取っておおきな革鞄《かわかばん》にしまいながら、

「アタシは広報部のアナスタシアだよ」

「ニックネームはアナコンダ。おおきいからね〜」

「チェ、チェ、チェリー！　人をへんなあだ名で呼ぶんじゃないよ。……あれっ、もしかしてこの子のことかい？　昨日、広告に載せてた迷子……？」

　と、アナコンダが真っ赤なマニキュアの光る指でヴィクトリカを指さした。

「ホワイトブロンドの髪、緑の瞳。ソヴュール系移民で、多言語を習得……？」

　それから屈《かが》んで目線を合わせて、意外なほど優しい笑みを浮かべた。おおきな黒い目が細く

なる。

貴族風の格調高いロシア語で、

「何歳ですか《すくるくばみえ》？」

「百二十歳だ《すとだばにせ》」

とヴィクトリカが老女そのものの声で答えると、アナコンダは英語のスラングで「あらま！　年上ときたもんだ」と、いかにも下品な仕草で目玉をぐるりと回してみせた。

ヴィクトリカがアナコンダに顔を近づけて、パイプを吹かしながら、

「そういう君はロシア系移民かね。革命を避けて新大陸に渡った貴族の……子か？」

「わかるのかい。そうさ……。母さまは酒場に勤めて人気でね。アタシも同じ店に出たけど、この不良娘と知りあい、コネで新聞社に潜りこませてもらったのさ」

アナコンダもヴィクトリカをじーっと見て、「あんたも貴族だね？　ソヴュール王国の……？　フーン。ま、新世界にうまく紛れることだよ。仕草と言葉遣い、それから……お顔を半分隠すのもいい。こんなふうにね」と、斜めに被った男物の帽子を指さしてみせる。

その後ろからチェリーが顔を出し、ヴィクトリカをじろじろ見始めた。ヴィクトリカと話すアナコンダの優しい横顔と、二人を見守る一弥の穏やかな表情も眺め、ほっぺたをふくらませ始める。

一歩進み出て、ヴィクトリカの見事な白銀の髪のさきっちょをつかんで、乱暴に引っ張り、

「おチビ、おチビ、ウルトラちっちゃなスパイダーちゃん！」

ヴィクトリカはびっくりして一歩下がった。ついで涙目でチェリーを見上げた。チェリーが

にやにやする。

アナコンダがはっと立ちあがると、一弥とニコに向かって、

「いけない。忘れそうになってた。新人お二人サンに編集長からの伝言があってね」

チェリーも我に返った。

二人目配せしあい、一弥とニコに向かって、

「『ライオン少年の取材をすみやかにすませろ！』だとよ」

「それから『そのあと銀行強盗の取材に回れ！』だって。……まったく、パパって指示が雑なのよね。まぁ〈デイリーロード〉の記者たちもこの辺りに駆けつけてるけど、かんじんのＫＩＤがどこにいてどこからくるかわかんないしで……」

「だから『大勢の記者をウロウロさせとけば、一人ぐらいＫＩＤと鉢合わせするかもしれん』ってことだろ」

「作戦ともいえないわよね〜。でもきてみたら、ＮＹ市警も同じようなことしてない？　こんなに警官を集めて……」

「ほんとだねぇ。ま、じゃな、お二人さん」

「伝言、伝えたからねぇ」

と言うと、「セントラルパークのサンドイッチ屋に寄っていかない？」「いいね。シャンパンも飲もう」とぺちゃくちゃ話しながら遠ざかっていく。

ヴィクトリカはパイプをくわえながらまだ「スパイダーちゃん？」と涙目で唇を震わせている。

その横で一弥が「セントラルパークのサンドイッチ屋……？　シャンパンだって？　それも秘密酒場《スピークイージー》かな」と首をかしげる。

と、自転車の向こうからニコが顔を出し、

「だから酒場なんてどこにでもあるってばよ。それより俺たち、そろってへんなあだ名をつけられてたな？」

一弥が顔を曇らせ、

「それ、ぼくも昨日から気になってて……」

「あーあ！　おまえみたいなのと組むから、俺まで軽く見られてよ！」

「し、失礼な。どうしてそこまでぼくのことを！」

ニコが「それはその、俺、相棒なんて……う、うまくいきっこねぇし……」と言いかけ、ふてくされて黙った。

ケリー・スーが、険悪になっていく一弥たちのことをまったく気にせず、AtoZのチョコレートボックスを開けて、ハートや星形のカラフルなチョコレート玉をもりもり食べ始めた。ヴィクトリカが気づいてうらやましそうに見る。

気づいた一弥にこちょっとささやかれて、うなずき、赤くなったり青くなったりしながら売店に近づく。ダグから受け取ったお金で「チョコレートを、ひ、一箱……」と注文した。チョコレートを買ってお釣りの一ドル札も受け取ると、一転して得意すぎる顔つきでもどってくる。

「買い物できたぞ。簡単だな……」一弥がその姿をにこにこ見守る。

ヴィクトリカはカラフルなチョコレート玉をポリポリ齧《かじ》りだした。ケリー・スーも対抗して口にたくさんチョコレート玉を入れてみせる。二人のあいだでチョコレート食べ競争がしばらく続く。

それからヴィクトリカはまた自転車の前カゴに熱心によじ登り、一弥とニコのほうを見て、

「まぁ、つまりだな……。ポリポリ……。君たちも〈Public Enemy No.7〉を捜すはめになったというわけだね」

一弥がはっとして、「あ！　うん」とうなずく。

するとケリー・スーが「事情はわかったわ。ぜったいね」とチョコレート玉を食べながら自信ありげにうなずく。

「あなたとあなたは〈デイリーロード〉の記者とカメラマンだったのね。で、本物のライオンを探してる。大冒険よね？　ガォーガォー！　で、ライオンを捕まえて、ＫＩＤも捕まえる。……バーンバーン！　……ガシャーン！」

と、猟銃を撃つポーズと、誰かに手錠をかけるようなポーズを順番にしてみせる。

「ほんとにわかってるか？」

とニコが不審そうに聞く。

「もちろんよ。で、提案。あたしもライオン探しとＫＩＤ捜しの手伝いするわ。そっちのほうがだんぜん急用だもの。でも、両方みつかったら、あたしの地図探しもみんなで手伝ってよね？　どう？」

「ふぅむ？」

とヴィクトリカは緑の瞳を細め、自転車の前カゴから連邦準備銀行のビルを振りかえった。

白銀の髪が風にあおられてふわりとなびいた。

ヴィクトリカはうつむいた。

と、顔を上げ、

「うむ！　久城。ニコくん。ケリー・スー。手伝いあおう」

「えぇ、任せて！」

「って、俺もかよ？」

「ニコ、君はね！」

ヴィクトリカがうなずいて、

「まぁまぁ。考えてもみたまえよ。もし君たちがＫＩＤだったらどうするかね？　周りを見たまえ。これだけの警備の中で、どこに隠れる？　いつどうやって銀行を襲う？　なかなか困難ではないかね」

問われて、三人は辺りを見回した。

ビルの周りには警官の群れ、通行人、自動車、報道陣……そうとうな騒がしさである。ケリー・スーが「さっぱりわかんない」と首を振る。

一弥も唸《うな》り、銀行のほうを見て、

「ぼくがＫＩＤと仲間なら……。あれだけ警官に警戒されてたら、ビルの正面突破はあきらめるな。……あ！　ヴィクトリカの心配通り、警官の中に仲間が紛れているなら可能かな。でもそっちに仲間がいない場合は、わかんないや……」

ケリー・スーが空を指さして、楽しそうに、

「そうだ、上から襲うのは？　ブーンブーンって！」

「しかし君。飛行機やヘリコプターの飛ぶ音はおおきい。音でばれて屋上で捕まってしまうかもしれない」

ケリー・スーが「そっか」と残念そうに肩をすくめる。

一弥が空を見上げて、「上がむりなら……」と地面を見下ろす。

それから……はっとする。

夏の熱い風が吹く。四人の髪や服の裾を揺らしていく。緑とピンクのフリルが風をはらんでなびき、いまにも花びらのようにばらばらになってどこかに飛んでいきそうに見える。

ヴィクトリカがポリポリとチョコレートを食べながら、ゆっくりと、

「地下から、かね」

「あぁ、あ、うん。地面の下を通ってなら、誰にも気づかれず、銀行の地下室に近づけるかもしれない」

「うむ……。近くのビルの地下から連邦準備銀行の地下にあらかじめトンネルを掘っていれば可能であろう。しかし残念ながら、この辺りのビルはすべて封鎖され、警官もうようよしている」

一弥も見回して「あ……」と肩を落とす。

どのビルの前にも警官が集まり、出入り口もテープで封鎖されている。ビルに入っていく警官の姿もたくさんある……。

一弥は首を振って、

「これじゃ、近くのビルの地下から連邦準備銀行の地下に向かうトンネルがあったとしても、実行するのは厳しそうだよ」

四人は自転車の周りで黙りこむ。

と、ヴィクトリカが明るい声で、

「君たち、気づかないかね。この近辺にじつは一か所だけ残っていることに？」

「なにが？」

「警官に封鎖されないどころか、ろくに調べられもせず、忘れさられている大型施設である。連邦準備銀行とは大通りを隔ててすぐ隣どうしなのに、だ。まぁ一つの可能性に過ぎないがな……」

「ど、どこ？　なんのこと？」

と一弥がきょろきょろする。ケリー・スーもつられて見回す。

連邦準備銀行、辺りのたくさんのビル、喧騒《けんそう》に包まれる大通り、人で混みあう歩道。そして……。

ヴィクトリカは前かごの中で立ちあがり、白銀の髪をますますなびかせながら振りかえった。たっぷりしたフリルも風をはらんでおおきくなびく。

そしてヴィクトリカは、緑繁る広大な森――セントラルパークを黙って指さした。一弥がびっくりして、「……じゃ、ヴィクトリカ、君は？」とつぶやいた。

「〝ＫＩＤはセントラルパークから地下通路を通り、連邦準備銀行を襲う〟というの⁉」

3

そういうわけで、ヴィクトリカと一弥たちは開かれた広い鉄の門をくぐった。

ヴィクトリカは古い黒い自転車の前カゴに乗り、ところどころ金色にとろける白銀の髪をなびかせていた。一弥が両ハンドルを握って押し、ケリー・スーは後ろの荷台に横座り。ニコはカメラと松葉杖を抱えてついてくる。

どこまでも緑繁る巨大都市型公園に、四人は足を踏み入れる……。

空が遠くなるほど豊かな緑、夏の日射しに鬱蒼《うっそう》とした自然。

と、一歩入った途端、どこからか強い風がゴーッと吹きつけてきた。ヴィクトリカの髪が野性的に舞いあがり、まるで真夏の空に雪が降ったようなつめたさで辺りをしんと凍えさせた。

アメリカ合衆国一の大都市ニューヨークが誇る巨大公園セントラルパークは、ひどく鬱蒼とした緑と酷薄そうな石でできた、古代の森のような場所だった。

ゆっくりと進んでいく……。

一弥がふと地面を見た。

靴底で踏み締める土は柔らかかった。〈方格設計〉によってデザインされて舗装された歩道とはちがう感触だった。ここはもう森の中なのだ……。

一弥はハンドルをぎゅっと握り、辺りを見回した。

木々は鬱蒼とし、時の流れも、開拓者たちの入植もまるでなかったように、古代のままの静けさを湛《たた》えていた。森の向こうに広々とした芝生が見えた。そのまた奥には、こわいほど濃い緑の小山がそびえていた。森には冷え冷えとした石室が点在し、月世界に舞い降りたような景色だった。小路《こみち》には岩石を掘って作った古代英雄の巨大な首がごろごろ転がり、落ち葉がちょうど髪の毛のように積もっていた。芝生のほうには石を積み上げたケルト風ストーンヘンジが神殿のように白く光っていた。

風が吹いて木々が揺れた。頭上から細い枝が人の腕のように伸びてきたり離れたりを繰り返していた……。

古代の森そのもののような緑の合間にニューヨーカーの姿が現れ始めた。遊歩道をそぞろ歩く移民風カップル。ジョギングしているボロボロのシャツ姿の青年。ときどき宙にパンチを繰りだし、ボクサーの卵らしい。

鬱蒼とした緑の合間にある石室からも笑い声が聞こえてきた。覗くと、カラフルな民族衣装を身に着けた移民風の大家族がお弁当を広げ、笑いあっていた。小路に転がる巨大な英雄の首の石像には、栗鼠《りす》がよじ登って、チュッチュッ、チュッチュッと鳴いていた。

ヴィクトリカが前カゴの中で、パイプから紫煙をくゆらせていた。老女の如きしわがれ声でようやく説明をし始める。

「いや、久城……。ＫＩＤによる銀行強盗の計画の詳細は、まだわたしにはわからない。なにしろ混沌《カオス》の欠片《かけら》はまだあちこちに飛び散っていて……」

「うんうん……」

「だがケリー・スーの話では、誰もセントラルパークの正確な地図を持っておらず、公園のどこになにがあるかわからない。おまけに地下秘密基地の都市伝説まであってだな……」

「うん」

「消去法として、だが。連邦準備銀行の周りのビルが捜査され封鎖されていく中、銀行強盗団が近くに潜伏しようと思ったら……」

ヴィクトリカはパイプをぷかりと吹かし、低い声で、

「セントラルパークしか残されていないのである」

「なるほどね。それなら君は、公園内にＫＩＤが潜伏していないか、銀行に繋がる地下通路がないかを調べるんだね」

「そう。さらに言えば〝セントラルパークのほんとうの地図〟も探すのだ。地図がみつかれば地下通路が存在するかどうかもわかるはず……」

それを聞いたケリー・スーが、後ろの荷台から「ほんとに？　わぁい！」と喜んだ。

それからバッグを開けつつ、

「あのね、あたしが描いたセントラルパークのだいたいの地図があるの。見て見て」

一弥が自転車を停めた。サドルの上に広げられたノートを四人で覗きこむ。

ヴィクトリカが前カゴから首を伸ばして「ふーむ」とつぶやく。一弥とニコも「なるほど、わかりやすいね……」「でもほんとにかんたんだな。オイ」とうなずく。

緑色の長方形が描かれていた。端のほうは森と小山におおわれている。

真ん中におおきな芝生があった。その横に湖があり、湖の真ん中にはまんまるの小島が、畔《ほとり》には展望台があった。

周りには細くてぐるぐるしたラインの遊歩道がたくさんある。

長方形の公園の四隅には、美術館、野外劇場、スケートリンク、動物園があった。鬱蒼とした緑に覆われており、それぞれが森の中にポツンと建っているようである。

ニコが楽しそうな顔になり、絵を指差しながらケリーに話しかける。

「これはスケートリンクか？　冬になると楽しいよな」

と、べつのところも指差し、

「動物園もある！　昔、レベッカが連れてきてくれたな。子供だけできたから、中で道に迷っちまってさ」

「あら、あたしも動物園で迷子になったことがあるわ。おばあちゃんと一緒に……。ニューヨーク育ちの子はみんな、一度はセントラルパークのどこかで迷ってべそをかくものよね」

「ウン、だよな」

とニコと笑いあってから、ケリー・スーが肩をすくめて、

「それにしても、公園の中は外の〈方格設計〉とは逆よね。昔の自然のままの小山とか獣道を活《い》かして造ってあるし……。だからわくわくして、ついあちこち歩いて、で、道に迷っちゃうの」

「わかるぜ。……あれっ、野外劇場なんてあるのか？　俺知らなかったぜ。それか忘れてるかのどっちかだな」

「ここは大人に人気のスポットなの。ぜひきてよね。ニューヨーク市民なら無料で劇を観られるの。いろんな劇団が舞台に立ってくれて。……今日もカンザスにある劇団がシェイクスピア劇をやってくれるはずよ」

「そりゃ楽しそうだな」

と、ニコとケリー・スーがわぁわぁ話すのを、ヴィクトリカが前カゴの中で首をかしげて聞いている。

「この公園にたくさんの思い出があるのだな、君たちには……」

とつぶやくと、前カゴから、うんしょ、うんしょと降り始める……。

「むぎゅ！」

と、降りたのと落っこちたのの中間ぐらいの格好で地面になんとか両足をつけた。一弥は落ちたと思って助けの手を差し伸べようとしたが、ヴィクトリカはつゆほどもそうは思っていないようで、意外なほど満足げに立ちあがった。

胸を張り、「行くぞ久城」とキリリとした表情で見上げる。ドレスの襟元のピンクの蕾飾《つぼみかざ》りが日射しに眩《まぶ》しく輝いている。片手に持ったパイプも金にとろけて光る。

「あ！　う、うん……」

絹のような見事な長い髪をなびかせるヴィクトリカを先頭に、一弥たちもまた公園を歩きだした。

ニコとケリー・スーはお喋《しゃべ》りしながらついてくる。どちらもイタリア系で、イタリア語のスラング交じりで会話しているようだ。

笑いさざめく人たちの声も遠くから聞こえてくる。歌声や集会のような声も重なって響く……。


「みんな楽しそうだなぁ、久城」

「うん。ここって嵐のあとのなかなかいい未来だね」

「う、うむ……」

と答えるヴィクトリカの声には、かすかにうらやましそうな響きがこもっていた。

一弥がヴィクトリカの横顔を覗きこんで、

「ぼくたちもお休みの日に遊びにこようよ。お弁当を持って。タイヤパンと砂糖入りミルク、それにキャンディや、カップケーキ、それからおおきな板チョコなんかも持ってさ……」

「うむ、久城。きっとこよう。二人でこよう。日曜にこよう」

とヴィクトリカがちいさな声で噛《か》みしめるように答えた。深い湖を思わせるエメラルドグリーンの瞳の奥に、かすかな希望が輝いているのを一弥は見た。

一弥も深くうなずく。

「うん、きっとね」

しばらく黙って歩く。

柔らかな土をぎゅむと踏むたびに、夏の日なたのいい匂いがする。ヴィクトリカと一弥はとことこと進んでいく。

と、とつぜん……。

一弥が「プロチェド!?」と叫んで足を止めた。

自転車もキキーッと急停止する。勢い余って後輪が宙に浮いてしまう。後ろの荷台からケリー・スーが落っこちかけて「きゃっ」と悲鳴を上げる。

「あ、ごめん。大丈夫？」

「う、うん。でも急にどうしたの？」

「いや、その……」

一弥はいわく言い難い情けない表情を浮かべて、「あれ！」となにかを指さした。

ヴィクトリカもニコもケリー・スーも、一斉にそっちを見上げる。

深い森は巨大首のごろごろ転がる小路を伝って広い芝生へと続いていた。その向こうに小山があった。さらに目を凝らすと、芝生の右のほうに湖らしききれいな一面の水色も見えた。カラフルなボートがたくさん浮かんでいた。

その湖畔に……。

ビル五階分ぐらいの高さの巨大な銅像が立っていた。

自由の女神と似ているが、よく見ると、頭には二本の角が生えた兜《かぶと》をかぶり、〈進め！〉《プロチエド》の旗を振りあげ、勇ましく歩きだすような格好をしている。今朝〈ドルイドハウス〉の玄関でミニチュア版を見た覚えがある……。

一弥がなんとも複雑な表情で、

「戦女神《ブリタニカ》の銅像だ。しかもすごくでっかい……」

「展望台のこと？　もう古いのよねぇ。すっかり骨董《こっとう》品よ」

「あれ、展望台なの!?」

「ええ。古くて使い勝手も悪いけどね。空洞部分に螺旋《らせん》階段があって、頭のところまでぐるぐる登れるの。女神の目や口から公園全体の景色が見られて、いまでも人気があるわ」

「へ、へぇ……」

「でも〈都市美運動〉としては、近々取り壊して造り替える予定よ。素敵なお城のデザインにするの」

「ぼくもそのほうがいいと……。おや、ヴィクトリカ？」

一弥が熱心に見上げているヴィクトリカに気づいた。しばらく横顔を見ていたが、「あぁ……」とうなずいて、

「そうか。この公園を造った建築家が〈ドルイドハウス〉の主《あるじ》なんだよね。それなら同じ女神像がセントラルパークにあっても不思議じゃないけど」

「うむ。未亡人もそのようなことを言っていたな」

一弥は首をかしげて、

「でもヴィクトリカ。君、ほんとにあれが気に入ってるんだね」

「君。率直に言おう。きらいではない。かといって無関心でもないのである」

「んん……？　素直じゃないなぁ。それって好きってこと？」

ヴィクトリカは黙ったまま、金のトカゲ形のパイプを持ちあげて、ゆったりと一服吸ってみせた。一弥はその横顔を不思議そうにみつめた。

ヴィクトリカたちは公園を進んでいく。

やがて芝生に覆われた大広場に着いた。思い思いにくつろぐ人々の姿が見えた。

石造りの古代神殿のようなストーンヘンジのあちこちに座ったボロボロの服装の若者たちが古いギターを弾いて歌っていた。「そうさ！　僕らバナナなんて持ってないさ！　誰も、誰も、持ってないさ！」その向こうでは労働者風の大人たちが政治集会を開催していた。拡声器を使って、「きたるべき次期大統領選に向け！　我々が望む新世界のリーダーとは……！」と叫んでいる。

息子たちとキャッチボールしている若いお父さんもいる。

湖にはカラフルなボートがたくさん浮かんでいて、笑い声が聞こえてくる。

「たくさん人がいるね、ヴィクトリカ。でも、もしかしたらこの中に脱走したＫＩＤと仲間が紛れているかもしれないんだね」

ヴィクトリカは金のトカゲ形のパイプをくゆらしながら、重々しくうなずく。

「うむ。いるとしても変装しているのだろうがなぁ。君」

「そうだね。で、一方ぼくのほうはだよ。〝ライオンにまたがった少年〟を探して記事を書く……って、難しいなぁ。だってこんな大都会に野生動物がいるはずないし……。ん？　ヴィクトリカ、どうしたの？　急に唖然《あぜん》としちゃって」

「久城。貴様……。いますぐくるっと振りかえってみたまえよ」

「……どうして？」

「い、い、か、ら！」

「だから、どうして？　君、急に怒りだしたね。ぼく何かしたっけ？」

するとヴィクトリカはますます癇癪《かんしゃく》を起こし、

「いいから‼　だまされたと思って振りかえりたまえ!!!　いますぐ！」

「なにか推理したのかい、君？」

「こっ、こんなことに推理もなにもあるかね」

ヴィクトリカはパイプをせわしなく吹かしながら、

「君の後ろを、いままさにライオンが歩いているのだ！」

「はぁぁ？」

と一弥も自転車のハンドルを握ったまま、

「ヴィクトリカ、君はなにを言ってるんだよ。そんなわけないだろ。よく聞いてよ。ここはサバンナでもサファリパークでもない。ここはニューヨーク！　ライオンってのはね、君、知ってるの？　体重が二百キロもある危険な肉食獣で、暗黒大陸アフリカの自然の王者で……。こんなところを歩いてたら、銀行強盗団よりさきにライオンのほうが警察に手配され、る……。い、痛い！」

ヴィクトリカにハンドルを握る手の甲をぱちんと叩かれて、一弥は飛びあがった。

根負けして、くるっと振りかえる。

すると……。

芝生の手前の遊歩道に、上半身裸の黒人の青年がいた。オレンジ色の紙で作ったおおきなライオンの頭を腰にくっつけている。ライオンの鬣《たてがみ》は茶色の毛糸で、目は黒いボタンで作られている。御丁寧に、お尻にも紙でできた尻尾《しっぽ》を飾っている。

片手にホットドッグを、片手にコカ・コーラの黒い瓶を持って、のんきな顔をしてとことこ歩いていく……。

「……えっ？」

一弥はしばらく啞然としていた。

我に返り、ヴィクトリカと顔を見合わせる。

それから自転車のハンドルをニコに預けて、大慌てで男を追いかけ始めた。

「そこの方！　待ってください。こちら〈デイリーロード〉です！　どうしてライオンの頭をくっつけてるんですか？　しゅ、しゅ、取材……」

ニコがその後ろ姿をぼーっと見ている。

と、前カゴの中のヴィクトリカにパイプのさきっちょでツンッと手の甲をつっつかれて「アチッ！」と飛びあがった。「なにすんだよ！」と怒りだしたが、ケリー・スーに「彼が記者であなたがカメラマンじゃなかったっけ？」と聞かれて、ようやく「あ？」と気づいた。

「そうだ。しゃ、写真を……！　やべっ！」

と、自転車をガタガタ引っ張りながらライオン男と一弥の後を追っていく……。

4

「新聞記者ァ⁉　こりゃおったまげたな！　さすが大都会だべな。旦那《だんな》、このライオンはなァ……」


——一弥たちはライオン男のあとを追って、芝生の周りの遊歩道をくるくると駆け、公園奥の野外劇場までたどり着いていた。

劇場は緑に囲まれた静かな一角である。古代ローマのコロシアムをそのままちいさくしたような石造りの円形劇場。真ん中に丸い舞台があった。観客席は舞台を囲む形で、円を描く階段状に造られており、全体に擂鉢《すりばち》型のデザインだった。

観客席のあちこちに、中世の服装をした観客の石像、きれいな人魚や、頭部だけが動物の半人半獣の石像がある。石像はどれも、舞台を見ながら、笑ったり、泣いたり、腕を振りあげて怒ったりとさまざまなポーズを取っている。

その観客席の一角に、今夜出演する劇団の人々がいた。

派手な衣装や小道具などの荷物も積まれている。黒人の少年少女と若い男女の集団で、それぞれの役に合わせたらしき扮装《ふんそう》をしていた。ふわふわの妖精《ようせい》、黒ずくめの陰気な僧侶《そうりょ》、大人数の歩兵、ロバの頭をつけた半人半獣男など……。あっちこっち歩き回りながら、「丘を越えて！」「谷越えて！」「水をくぐって！」「火を抜けて！」「あたしはさすらう、どこへでも！」と台詞《せりふ》を暗誦《あんしょう》している。遊歩道を行く通行人たちが指差して「今夜はなんの劇かしら」と楽しげに噂し合う。

「劇の衣装なんだっぺよ」

「ほぅ、劇の？」

「そうだべ。わしはライオンの役でなァ……」

熱心にメモを取る一弥の前に、胸を張って立ち、しゃべっているのは、ライオン頭の張りぼてを腰につけた黒人の青年である。

小柄で全身にがっしり筋肉がついている。ホットドッグを食べ終わり、コーラの残りを飲みながら話している。笑顔でうなずくたび、腰につけたユーモラスなライオンの頭もうなずく。

その周りをニコが歩き回り、シャッターを切っている。

ヴィクトリカはというと、すこし離れたところの木陰に自転車を停めて、その傍らでAtoZのチョコレート玉をもぐもぐしていた。「派手な衣装だな。まるでキングとクイーンのいないチェス駒のようである……」とつぶやく。

隣にケリー・スーも立ち、「ふぅん、へぇ？」とつぶやきながらチョコレート玉を食べている。

ライオン男が張り切ってしゃべり続ける。

「わしらの劇団は中西部からきてな。わしはライサンダーだべ」

また腰のライオンがうなずく。ボタンでできたつぶらな瞳がこっちを見上げている。

「ひとつ大都会でも腕試ししてみっかと思ってな。セントラルパークの野外劇場できっかと市役所に申し込んだんだべ。そしたらたまたま今夜空いててな。昨日ニューヨークにきたってわけヨ」

「ふむ……」

「昨夜はここで寝ずに準備したよ。市役所から夜間も出入り自由の許可をもらってな……」

「徹夜で準備を……」

「そ！　しっかしヨォ。わざわざ新聞社に電話したやつがいるとはなァ。都会の人は面白ぇなオイ」

と、ライサンダーが腰のライオンをユサユサ揺らしながら笑う。ライオンの口もパカッと開いて笑顔になる。

その声を聞きつけ、黒人の女が「ライサンダーよぅ。なに笑ってんだべ」と近づいてきた。藍《あい》色のシャツとスカート姿の小柄な若い女で、直径三十センチメートルほどの丸いおおきな鏡を重そうに抱えている。鏡が太陽光を反射してきらっと光った。

ライサンダーが「眩しいだろうが。危ねぇな。こっち向けるんでねぇ」と叱る。

「しょうがねぇっぺ。わしは月の役なんだからヨォ」

「だからってやたらピカピカとよ。気をつけろい。……記者さん。こいつは役者のパックだべ。おいパックよ、こちらニューヨークの新聞社の方でな。わしら〈ブラザーズ孤児院〉の取材をなさってくださってんのヨ」

一弥が「ブラザーズ、こ……」とメモを取りながら、「……じ、いん？　……〈ブラザーズ孤児院〉ですか!?」と大声で叫んだ。

ヴィクトリカもはっとした。

ちょこちょこと小股《こまた》で近づいていくと、二人を見上げて、

「君たちは劇団ではなく孤児院なのかね？」

ライサンダーとパックが顔を見合わせる。

と、ライサンダーが得意げにうなずいて、

「わしらは孤児でな、路上で暮らしてかっぱらいをやってて、捕まってな。で、ここでよくしてもらってな。大人になると職員になったんだべ」

「職員と孤児で劇をやってるんでサ。病院やらあちこちを慰問で回ってて。これでもカンザスじゃ人気者でサァ」

「旦那、せっかくだから観てってくだせぇよ」

と、衣装を身に着けた黒人の少年少女たちが、「天変地異で！」「白髪頭の霜が！」「真っ赤な若い薔薇《ばら》に！」「膝枕《ひざまくら》！」「私たちが！」「混乱の生みの親！」と台詞の練習をしているほうを指さす。

ライサンダーは小道具係に質問をされ、「あぁ、それはなァ……」と忙しく指示を出し始めた。見ると、荷物の奥に黒い細長い円筒が積まれ、ピラミッド型の山を作っていた。

ヴィクトリカはパイプをくゆらしながら〈ブラザーズ孤児院〉の人たちの様子を観察しだした。大人も子供も楽しげに笑いあいながら練習していて、物騒な人たちには見えないが……。

やがてヴィクトリカはゆっくりと顔を上げ、

「なぁ久城。例の〈KID&ダルタニャン・ブラザーズ〉は故郷のカンザスに孤児院と女学校を建て……」

一弥もひそひそと、

「うん。仲間が入れられて苦労したからなんだよね。その孤児院の名は〈ブラザーズ孤児院〉……」

ヴィクトリカは金のパイプから細い紫煙をくゆらしながら、低いしわがれ声で、

「そしてな。看守のダグから聞いた話では、KIDは四十年投獄されたのち、不治の病にかかった。すると急いで〈ブラザーズ孤児院〉に手紙を書いた。内容は不明だがな。返事はすぐきた。そして、外から何者かの手引きがあり、脱走したと……」

「えっ、つまりこの人たちがKIDの脱走を手引きしたのかもってこと……？」

「ダグは彼らがKIDの新しい強盗仲間だと疑っていたがな。さらに、今日の銀行強盗も手助けしようとしているとすると、どうなるかな、君？」

「えっ……」

「しかし、とはいえかんじんのKIDはどこだろうな」

「そうだよね。だってこの中にはいない……」

と二人で辺りを見回す。

小道具係などのスタッフの顔は見えるものの、出演者たちは、頭にロバの被り物をしていたり、顔を灰色に塗って壁の格好をしていたり、仮面をつけていたりと誰が誰だかわからない。

だが、服の下から見える肌はすべて若く、それに黒人のものである。

ヴィクトリカと一弥が「うん、ともかくここには……」「ＫＩＤ本人はいないね」と言いあっていると、遠くから男の声がした。

「――キャンディ・ホリディちゃーん！　探したぜぇ」

ヴィクトリカが「看守のダグがもどってきたぞ」と振りむく。

ダグは全速力で走ってくると、二人の前ではぁはぁと肩で息をして、

「近くのビルの警官たちも見て回ったけど、あやしいやつはいなかったぜ。ＫＩＤか例の孤児院のやつらが紛れてないかと思ったんだがな……」

「御苦労だった、ダグ。こちらはちょうど〈ブラザーズ孤児院〉をみつけたところである」

「えぇっ⁉」

ヴィクトリカがパイプでそっと指さしてみせる。するとダグは顔を曇らせて「昨夜のＫＩＤ脱走を手伝ったやつらか。ちくしょう……」とギリギリ歯ぎしりし始めた。

「しかも銀行の近くにいるってことは……。探偵さん、やっぱりこいつらがＫＩＤの新しい仲間じゃねぇか？　きっと銀行強盗も手伝うつもりで……。くそぅ！」

とダグの悔しそうな声が響く。

カメラを片手にぶらぶらしていたニコが近づいてきた。「なぁ、あんたは？」と聞く。ダグが「俺はな、ＫＩＤじいさんを逃がしちまった間抜けな看守さ。新聞に出てたろ？」と頭の包帯を指さしてみせる。するとニコはなぜか逃げ腰になり、「新聞はその……」「昨夜、ＫＩＤに頭をカチ割られて気絶したんだ。でよ……」と事情を聞くうち、ニコは眉尻《まゆじり》を下げた情けない

顔になって、「ひでぇ目に遭ったたな。それでＫＩＤを捜してたのかよ……俺も手伝ってやる！」とうなずいた。

そしてヴィクトリカのほうを振りむく。

ヴィクトリカがパイプをくゆらしながら、

「うむ、しかしである。ＫＩＤの仲間かもしれない〈ブラザーズ孤児院〉の人たちはみつけたが、ＫＩＤ本人はここにはいないようである。メンバーは若い男と女、そして子供。みんな黒人で……」

ダグもうなずく。と、ニコが怪訝な顔をして、

「いや、白人も一人混ざってるぜ。若いけどな。ほら？」

「むっ？」

とヴィクトリカが背伸びしてそっちを見た。一弥とダグもあわてて振りかえる。

小路をちょうど、上半身裸で腰に白い布を巻いただけの格好のハンサムな若い男が歩いてくるところだった。

一弥が気づいて、

「ちがうんだよ。紛らわしい格好だけど、あの人はスパーキーさんといって……」

ダグとケリー・スーも「〈回転木馬《カルーセル》〉の管理人だな」「変わった格好だからびっくりしたけど、親切な人だったわ」と言う。

管理人スパーキーが一弥たちに気づき、笑顔で両手を振る。一弥も手を振りかえす。

ダグとケリー・スーがヴィクトリカたちとひそひそ相談しだす。ニコも首を突っこんで耳を

澄ます。「探偵さんよ。〈ブラザーズ孤児院〉のやつらがＫＩＤの仲間として……」「ＫＩＤ本人はどこにいるのかしらね？」「うーむ……」「だってよ、ＫＩＤじいさんはもうそんなに動けないはずだぜ。きっとこの近くにいるはず……」一弥もニコの隣で会話に耳を澄まし始める。

と、一弥の耳元でとつぜん素っ頓狂《とんきょう》な声がした。

「――ＫＩＤ⁉」

五人ともびっくりして飛びあがった。

振りむくと、管理人スパーキーがいつのまにか後ろに立っていた。

両腕を広げ、素っ頓狂な大声で、

「独創的かつ哲学的な探偵さんとオリエンタルな助手くん、まさか銀行強盗ＫＩＤを捕まえるんですか？」

「しーっ……」

とヴィクトリカが管理人スパーキーを止める。一弥もあわてて制止しながら、とっさに〈ブラザーズ孤児院〉の人たちのほうを見た。

観客席のあちこちにいる〈ブラザーズ孤児院〉の黒人青年と少年たちが、ゆっくりと振りかえった。そして不気味な無表情でこっちを睨み始めた。一弥は息を呑《の》んでみつめ返す。

（〝ＫＩＤ〟と聞いた途端、顔つきがガラッと変わった……）

とっさに庇うようにヴィクトリカの横に立つ。

管理人スパーキーは興奮し始めて、

「ＫＩＤをやっつける！　またもや独創的かつ哲学的！　応援しますよ！」

ヴィクトリカが「し、静かに……」とまた止める。スパーキーはかまわず、

「ところでぼくは戦女神像に登ります！　ぼくなりの独創性です！」

「な、なに？　戦女神像……？」

とヴィクトリカが怪訝な顔をする。その横で一弥が「あぁ、セントラルパークで高い建物に登ると言ってたのは戦女神像のことだったんですね。あのね、ヴィクトリカ。今朝聞いたんだよ。今日も……」と説明しだす。

ケリー・スーと看守ダグが「じゃ、新聞に載ってるターザン男ってあなたなの？」「写真を見たことあるぜ」とうなずきあう。ニコが「よくわかんねぇけど楽しそうだな」とうらやましがると、管理人スパーキーも「えぇ、楽しいです！」と笑顔で請け合う。

一弥は〈ブラザーズ孤児院〉の人たちのほうを観察し続けていた。ライサンダーが小声で「戦女神像……？」とあわてたようにささやくのが聞こえる。続いて「いま注目を浴びるのはまずい……」「しかも登るって？」「封鎖してないのか？」と言いあうのも聞こえてきた。

ヴィクトリカもパイプを吹かしながら耳を済ませ、何事か考えこんでいる。一弥が「ヴィクトリカ、あの人たち、なにか……」と話しかけようとしたとき。

管理人スパーキーが「御注目！　御注目！」と叫び、遊歩道を走りだした。一弥はびっくりして振りむく。

と、〈ブラザーズ孤児院〉の人たちが「戦女神像のほうに……」「止めろ！」「どうやって……？」とささやきあうのも遠く聞こえる。

管理人スパーキーの声が遠ざかっていく。

「戦女神像に登ります！　御注目……」

　一弥はヴィクトリカと顔を見合わせた。それからうなずきあい、管理人スパーキーを追いかけだした。看守ダグとニコもついてくる。ケリー・スーは「なになに？」と言いながら松葉杖でゆっくりついてくる。

　その後ろを劇の扮装に身を包んだ〈ブラザーズ孤児院〉の人たちも続いてくる。

　スパーキーを先頭にぞろぞろと遊歩道を駆ける。芝生の横を抜ける。

　そして湖の畔にある戦女神像の前へと……。

　あらかじめ準備していたらしく。ビル五階分ぐらいの高さがある戦女神像の左目から白いロープが垂れ下がっていた。涙のような不吉さで風に揺れている。

　管理人スパーキーは、腕を伸ばしてロープの先をつかむと、

「では登ります！」

「ス、スパーキーさん、気をつけて……」

　と一弥が叫んだ。


　間近から見る戦女神像は古くて黒ずんでいた。表面は鉄でできており、銀色に光る部分と黒く沈む部分で不気味な斑《まだら》模様になっている。右足を前に踏みだし、旗を振りあげている。顔はずいぶん遠くをじっと見ている。

　戦女神の十メートルほど先に湖があり、湖面は夏の日射しを浴びて濃いめの水色に輝いていた。AtoZのチョコレート玉みたいな、オレンジや緑などカラフルな小型ボートがたくさん浮

かんでいた。湖の真ん中に丸っこい小島があり、ボートはそこに向かっているようだった。畔のボート小屋には、背広姿の紳士やお洒落《しゃれ》なワンピースを着た女が列を作っていた。

と、湖面でボートを漕《こ》ぐ人たちも、列を作る人たちも気づいて指さし始めた。「なんだあいつ？」「噂のターザン男か！」とからかい、口笛を吹いたりする。

管理人スパーキーは、戦女神像の目から垂れ下がるロープを伝って、女神の膝辺りまで登っていた。地面から五メートルぐらいの高さだった。

ニコがカメラを抱えて、

「しっかし撮るものが多いぜ。銀行強盗ＫＩＤの飛行機雲に、ライオン男に、壁よじ登り男……」

管理人スパーキーは、戦女神像のお腹まで登った。「御注目！　御注目！」とまだ叫んでいる。看守ダグとケリー・スーが「がんばれ！」「危ない……！」と声援を送ったり悲鳴を上げたりする。

〈ブラザーズ孤児院〉の人たちは強張《こわば》った顔を並べて見上げている。ライオン役のライサンダーが、月の役のパックに小声でなにか言った。ヴィクトリカがパイプを吹かしながら注目する。一弥も気にしてそっちを見る。視線にニコも気づき、「なんだよ？」と男たちのほうに向き直る。

ライサンダーがパックから丸いおおきな鏡を受け取り、持ちあげた。

角度を変えながら戦女神像のほうに向ける……。

一弥が「なんだろ……？」と首をかしげて観察する。

戦女神像の壁面では、管理人スパーキーが首の辺りまで登っている。

「御注、目……！」

鉄製の壁面がギラッと光る。

スパーキーが「うわわ」と声を上げる。

ヴィクトリカがはっとした。「いけない。久城、止めるのだ！　月を……」と〈ブラザーズ孤児院〉の人たちのほうに走ろうとしながら、

「ライサンダーは鏡を使って太陽光を集め、スパーキーの目をくらませようとしている……」

「えっ！」

と一弥もあわてて地面を蹴《け》って走った。

ライサンダーは鏡で太陽の光を集め……スパーキーに向けている……。

「やめろ！」

と一弥が正面から飛びかかった。

鏡が吹っ飛び、二人一緒に真後ろに転んだ。

そのとき背後から「わ、わわーっ⁉」とスパーキーの悲鳴が聞こえた。みんな一斉に戦女神像のほうを振りかえる。

スパーキーは、閉じた目をこすろうとして、無意識に右手をロープから離した。体勢が崩れ、空中で右に左にぶらんぶらん揺れ、続いて「あわ、わっ……？」と叫んだ。ロープをつかんだ左手が、どんどん滑り落ちていき、「ぎゃーっ！」とあわてた声とともに、戦女神像のお腹辺りの高さで左手も離してしまい……。

地面にまっすぐに落下していった。

ニコが「大丈夫かよ！」と叫んだ。辺りも騒然としだす。「おい落ちたぞ！」「ターザン男がついに失敗した！」と悲鳴や叫び声が響き渡った……。

「──スパーキーさん！　スパーキーさん？」

一弥が駆け寄って抱き起こすと、管理人スパーキーは目をパッチリ開けて「うぅ、足が痛い……」と呻いた。

「でも……落ちるなんて……ぼくは、いま、じつに哲学的な存在です……」

「なに言ってるんですか！　それより怪我を……大丈夫ですか……？」

と一弥が叫ぶ。

ダグが辺りの人に「医者は？　誰かいないか」と大声を出す。ケリー・スーが「救急車を呼んでくる」と足を引きずりながら急ぐ。

湖畔につけたボートから年配の男が降りてきて「私は医者だぞ」と走ってきた。スパーキーを診察して「太腿《ふともも》を骨折してるが、頭も内臓も大丈夫そうだ。おいこっちは？　痛いかね」と言う。

一弥は立ちあがり、〈ブラザーズ孤児院〉の面々のほうをじっと見た。

するとライサンダーが近づいてきて、妙にばかていねいに話しかけてきた。

「旦那。どうしてそんなへんな目で見るんです？　わしゃなにもやってませんぜ」

パックも割れた鏡を拾い集めながら、

「まったく旦那ときたら……。ライサンダーはわしの小道具の鏡を持って立ってただけなのに」

「ぼ、ぼくは見ました。いまあなたが鏡を使って、スパーキーさんを……」

と一弥は怒った。

そのときけたたましいサイレンとともに救急車が近づいてきた。さっきの医者が救急隊員に説明している。ケリー・スーとダグが「あたしたちが乗ってく！」「探偵さん、あとで報告するぜ！」と叫び、救急車に乗りこむ。

続いて警官たちもやってきた。〈ブラザーズ孤児院〉の人たちが事情を聞かれるものの、「いや、見てただけでサァ」「なんもわからねぇ」と繰り返している。

一弥が事情を話すものの、警官は「でも証拠がないし……」「それにいま銀行強盗のほうで忙しくて」「ターザン男くん、なにもこんな日に落ちなくてもな」とぼやくばかりである。

一弥が孤軍奮闘していると、後ろからニコがやってきて、むっつりした表情のまま、なぜか一弥の頭頂部に顎を乗っけた。

「って、ニコなにしてるの？　重いよ」

「俺、撮ったぜ？」

「なにを？」

「あいつがでっかい鏡でピカッとやってるとこをだよ」

「……えーっ⁉」

と一弥がびっくりして振りむく。

ヴィクトリカが「お手柄だな、君」と言うと、ニコは一弥に「えっ、お手柄か？」と真剣に聞いた。一弥が渋々「う、うん……」とうなずく。

ニコが若干しつこく、

「俺、役に立ってる？」

「えっとー……」

「立ってる？」

「う、うん……言いたくないけど、立ってる」

するとニコはなぜか無言のまま一回ジャンプした。一弥はぽかんとしているが、ヴィクトリカのほうは気持ちがわかるのかなんなのか、パイプを吹かしながら「うむ……」とうなずいている。

「ニコ、その写真を急いで現像してほしいんだ」

「いいぜ。この近くに写真屋がある」

ヴィクトリカもせわしなく、

「ニコくん、そして証拠写真を警官に見せるのだ。〈ブラザーズ孤児院〉の人たちがＫＩＤの仲間である証拠はまだないが、すくなくとも管理人スパーキーを転落させた証拠はあるのだからな」

「そんな長いのは覚えられねぇって！　えっと、現像する。証拠写真って言って警官に渡すだな？」

とニコは納得して歩いていきかけて、「で、でもよぉ」と振りかえった。

〈ブラザーズ孤児院〉の人たちのほうを気味悪そうに見る。一弥も一緒になって振りかえった。首をかしげ、小声で、

「うん。あの人たち、どうしてあんなことしたんだろう？」

「さっぱりわからねぇよな……」

するとヴィクトリカが口からパイプを離し、

「おそらく〈ブラザーズ孤児院〉の人たちは、なにかの理由があり、戦女神像に人を近づけたり注目させたりしたくないのだろうと推測できる」

一弥は「えっ……？」と青空を見上げる。

ついさっき、飛行機雲がＫＩＤからのメッセージを書いた青い空。夏の太陽が照りつけて眩しかった。

古い戦女神像のおおきな顔がじっと一弥を見下ろしていた。左目から垂れ下がったままのロープが風に揺れている。

「ケリー・スーの話では、戦女神像は階段で上まで登れるのだったたな。展望台になっているのだ。その戦女神像の内部に、もしかすると人に見られたくないものが隠されているのかもしれない……。それはＫＩＤの銀行強盗と関わりのあるなにかかも……」

「た、確かめてみよう、ヴィクトリカ！」

と一弥が戦女神像を指さした。

二人は顔を見合わせ、それから戦女神像の入り口がある裏手に走っていった。ニコもバタバタついてくる。

「あっ……」

前に向かって右足を踏みだしたポーズの戦女神像。その左足の裏に入り口扉がある。そこに〈ブラザーズ孤児院〉の少年が三人立っていた。ちょうど扉に〈故障中〉という紙を貼っているところだった。

「やはり理由があって人を近づけたくないようだな……」

「ど、どうしよう……？」

と一弥が考えこむ。

するとヴィクトリカがニコに振りかえり、「君、囮《おとり》になってくれないかね」と聞いた。ニコは「囮って何？」と聞き返す。一弥に「こうしてこうして……」と指示されて「だいたいわかったぜ」とうなずく。

それから「あーあ！」とわざとらしく伸びをし、大声で、

「俺も戦女神像に登ろうかな！　さっきのロープでよ。二代目ターザン男として新聞に載りたいぜ！」

見張りの少年たちがあわてて扉の前を離れ、ニコのほうにやってくる。ニコは黄緑のシャツを脱ぐと両袖《そで》を腰に巻いて縛り、「御注目！　御注目！」とおおげさに叫びながら、戦女神像の表側へと走りだした。

一弥は「いまのうち……」と、ヴィクトリカの手を引いて、裏側の入り口扉に向かって走っていった。

Prince Umayado in 〈DRUID HOUSE〉

それがしはな、ウマヤドの……その、ナントカという……ちょっと忘れたが、大昔のえらい皇子様の顔を描かれた、東洋の立派な紙幣で、あーる！

あのちいさなうつくしい島国でそれがしが刷られたのはいつのことじゃったかのぅ。あたたかな春のことでなぁ。それがしは造幣局から銀行に送られた。それから、ほかのピンとした新札仲間と一緒に、祝言を挙げた家へのお祝い金として、胸を張って外に出たのである。そのあとはほんの幾度か使われただけでな……。それでも、帝都の桜を見たり、人々の笑いさざめき歩く街を楽しめたぞよ。

ある夜。それがしは久城家という古いしっかりした造りの家の、女物の着物がたくさん入っている抽斗《ひきだし》に、女の手でぎゅぎゅーっと押しこまれた。なにって？　それがしのような無骨な者にはよくわからんのだが、なんでも……へそくりというものらしい。知っておるか……？

それがしがな、「なんだ、なにごとだ。ここは財布ではないぞ」と大声で戸惑いを表明しておったら、同じ抽斗の着物たちが「アラお坊ちゃんったら」「野暮な子だねぇ。財布ばかりが家じゃなし」「住めば都よ。ホホ」とぎゃあぎゃあ教えてくれたのだ。

そしてそれからずっと、それがしは抽斗の奥で過ごしたのである。最初は着物たちとろくに話もしなかったそれがしであるがな。さすがに気心が知れてきてな。

しかし、外の世界で戦禍が広がり始めるとな……。う〜む……。それがしをぎゅぎゅーっと押しこめたのと同じ女の手がな、ときどき抽斗を開け……。それがしではなく、着物を一枚、取り出すようになった。

明け方の薄暗い部屋。女は畳に正座し、なつかしそうに着物を撫《な》でてな。小声で、娘時代のあのとき着た、この着物であの子と会った、などと泣いておってなぁ。

着物は、一枚、一枚、消えていった。

戦禍とともに配給が足りなくなってな、農家で農作物と交換してもらっていたらしいな。混みあっていた抽斗もガランとしてきてなぁ。

それがしもな、最後の着物が旅立つときは「オォ姐《ねえ》さんよ、元気でな……」とな、紙なのにとっても悲しくなってしまったぞ。

着物たちは元気なもんでな。「またどっかで会おうネェ」と笑って抽斗から出ていったぞ。

——やがて戦争は終わった。

でな、あのころから……。

それがしはなにしろ抽斗の住人だからな。久城家のことはよくわからんが、とにかく父上とな、三男だか四男だか……。下の息子が揉《も》めてな。

ある夜、また同じ女の手が久しぶりに抽斗を開けたのである。女は急いでそれがしを取りだすと、部屋を出て、廊下を進み……。

久しぶりの外の空気に、それがしが目を細めていると、別の部屋から父上が出てきてな。

「へそくりかね。おまえの。ずいぶん古い札だな」

女がはっとすると、父上はフンと顔を背けた。背中越しに、

「……入れてやりなさい！」

と言うと、部屋にもどっていった。

女はうつむいて、それがしに向かって「素直じゃない人なの……」とつぶやいた。

女は蠟燭《ろうそく》台を片手に、納戸に入っていった。奥に、いかにも隠してあると言わんばかりにトランクがおいてあってな。女がトランクを開けると、男物の洋服やらなにやらがきちっと詰まっていた。ちいさな木箱を取りあげる。中には筆記用具があってな。

女は木箱にそれがしを入れ、蓋《ふた》を閉めた。

それがしは、真っ暗なのでこわくなって、

「なにごとだ！　ここも財布ではないぞ。出せ！」

大騒ぎしていると、筆記用具の坊ちゃんたちに「ちょっと」「おっちゃん、静かにしてくれよね？」「ぼくらだって、筆箱じゃないけど、まっ、グッと我慢しているんですよね」と怒られてな。

それがし、シュンとした。

トランクはどこかに運ばれ、海の匂いがする場所で長いあいだ揺られて……やがてようやくどこかに着いた。

トランクごとあちこちに運ばれるあいだ、外からあの三男だか四男だかの声がずっと聞こえていて……。

今朝のこと。

ようやく木箱が開いた。

それがしはうれしくなり、外の空気を吸って……。

「あれ、こんなお札入れたっけ……？」

いやいや、お主が入れたんじゃないぞ。そりゃ覚えがないだろうよ？　母上が入れてくれたのだぞ。

久城家の末息子は、それがしを財布に入れた。

こうしてな、それがしはようやく念願の財布の中で、あぁー、のんびりと……。


「これを差しあげます……」

「えーっくれるの……？　ほんとにぃ？」


……って、ここはどこであるか⁉

それがしは、知らない外国の家で、財布から出され、品のいい年寄りの女の手に渡され……って、この女はいったい誰であるか？

乳臭い透明なビンに入れられ……。って、このビンはなんであるか⁉

おや、下の息子は、それがしと交換で、女から、外国の女物の服と自転車を譲り受けたようじゃな。こんな異国でも紙幣として役にたってよかったぞ。これも母上のおかげじゃぞ。三男か四男よ。

いや、でもちょっと待て。

それがしは叫んだ！ 声を限りに……。

「なにごとだ！ ここも財布ではないぞ！ 待てっ!! いっいっいやである！」

叫んでも怒っても誰もこない。顔を真っ赤にして文句を言い続けるそれがしである。

すると、お昼近くになって、隣のビンから……。

「う、う、うるっさーい」

と癇癪《かんしゃく》を起こす声がした。「むむっ……？」と見ると、お隣さんは、鉤鼻《かぎばな》に顎髭《あごひげ》のがっちりした白人の男を描いた紙幣である。「ここの暮らしも慣れれば楽しいって。よろしくね……」

「お、おぉ」「ボクはロスチャイルド三世だよ。で、君は？」と言われ、それがしも照れながら名乗ったのである。

「それがしは、東洋からきたウマヤドノナントカであるぞ」

と。

それがし、なかなか財布に入れない……。ま、まぁな！ このビンが気に入ったというわけではないが、この隣の男も愉快なやつのようであるし。だからな……。

しばらくのあいだ仲良くしてやっても、まっ、いいだろう、よ？

五章　緑の洪水

1

ヴィクトリカと一弥は戦女神像《ブリタニカ》に近づいていった。

右足を一歩前に踏みだしたポーズの像。その左足の裏にある展望台の入り口扉。重たげな鉄製で、左右に開く仕組みである。

そっと中に入る。真っ暗だった。辺りは古い鉄の臭いで満ちていた。

だが目が慣れてくるにつれ、鉄壁と鉄製の螺旋《らせん》階段が見て取れた。はるか上の展望窓からの日光も細く届いていた。

二人は螺旋階段を登り始めた。

階段は細い鉄パイプが絡みあってできていて、まるで工事現場の足場のように簡素な造りに見えた。

と、上からほかの客が降りてくる足音と話し声が聞こえる。足音に合わせて階段がユサユサと揺れ、そのたびヴィクトリカが「お？」「おっ」とすくんで足を止めた。

一弥がヴィクトリカを先に登らせて、後ろから守るように登る。

カンカン、カン、カン……。と、やがてヴィクトリカたち二人分の軽い足音も響き始める。

急いで登りながらも、一弥が、

「こうして階段を上がってると、昔のことを思いだすよ。ヴィクトリカ。登って登って、いちばん上に君が……。あっ？」

二人は上から降りてきた人たちとすれちがう。観光客らしき集団である。一弥が帽子に片手をやり、

「よい一日を……」

と旧大陸風に挨拶《あいさつ》すると、南部訛《なま》りの男たちの声が返ってきた。

「おぉ、あんたらもな」

「湖がきらきらきれいだったサ。お二人も見るといい」

また階段の上と下に分かれていく。

カンカン、カン、カン……。焦りながら登り続ける。

ビル五階分ほどの高さを、急いで登って、登って……。

「イテッ！」

「おや。落ちるなよ、久城」

「まさか。ぼくは階段のエキスパートなんですからね。お嬢さん」

「ふむ？」

二人はようやくいちばん上の階に着いた。

戦女神像の頭部——。

天井が低く、薄暗い。ちいさな屋根裏部屋ぐらいのスペースである。戦女神の二つの目と口が展望用の三つの楕円《だえん》窓になっている。

部屋の中は普通の家の屋根裏部屋のようだった。真ん中に簡素な机があり、机の上にランプやブックエンドや置物が乱雑に置かれていた。壁際には古そうな木箱が幾つか積んである。壊れた鍋《なべ》、修理を必要とする椅子、虫眼鏡の形をした魚眼レンズ、片方だけの靴、ひしゃげたシルクハットなど、たくさんの家財道具が乱雑に散らばっている。

二人は部屋の中を歩き始めた。なにを探したらよいのかわからないまま、さまざまなものを手にとっては観察する。

と、ヴィクトリカが探し物の手を止め、小部屋を見回して、

「わたしはな、久城。ブロワ侯爵家の塔のいちばん上を思いだすぞ……。こういう場所で、書物とお菓子とドレスに囲まれて、ひとりぼっちで過ごしたのだ。物言わぬちいさな人形のように、な……」

一弥も手を止めて「うん……」とうなずく。

「そして、君。聖マルグリット学園の図書館塔の最上階では、君が登ってくる足音に毎日耳を澄ませていた……」

一弥もなつかしそうにうなずく。

夏の風に乗って、カン、カン、カン、カン……と、どこからか過去からの足音が響いてきそうだった。遠く不思議な旧大陸から吹く、夏の風……。

一弥は遠い目をし、にっこりして、

「うん。毎日、毎日、君に会うためだけに、ぼくは登った」

「む……」

沈黙が流れる。

また部屋の中を忙《せわ》しく探し始める。

一弥が薄暗い隅に近づく。ここにも壊れかけた家具や、昔風の人形、取っ手の取れた鍋など、いらなくなった家財道具がうずたかく積まれている。

「おやっ？」

と、一弥が古い釣り道具の下から、丸めた紙を取りだした。ヴィクトリカもなんだろうと寄ってくる。一弥は埃《ほこり》にむせながらくるくると開いて、

「マンハッタン島の地図だ。さっき売店でも売ってたね。こっちのほうが古いけど……」

「よく見るとへんなところがあるぞ、君……」

「ん？」

地図に引かれた横のライン、アベニュー《番地》には一から十二の数字が振ってあるが、縦のラインであるストリート《通り》は、数字の途中にA、B、Cとアルファベットが混ざっている。一、二、三、A、四、五、六、B、七、八、九、C……と数字三つのあとアルファベット一つの順になっている……。

さらに、地図のあちこちに家の絵も描いてある。一階建てが六軒、二階建てが七軒、三階建てが十二軒……。

「なんの地図なのかな？」

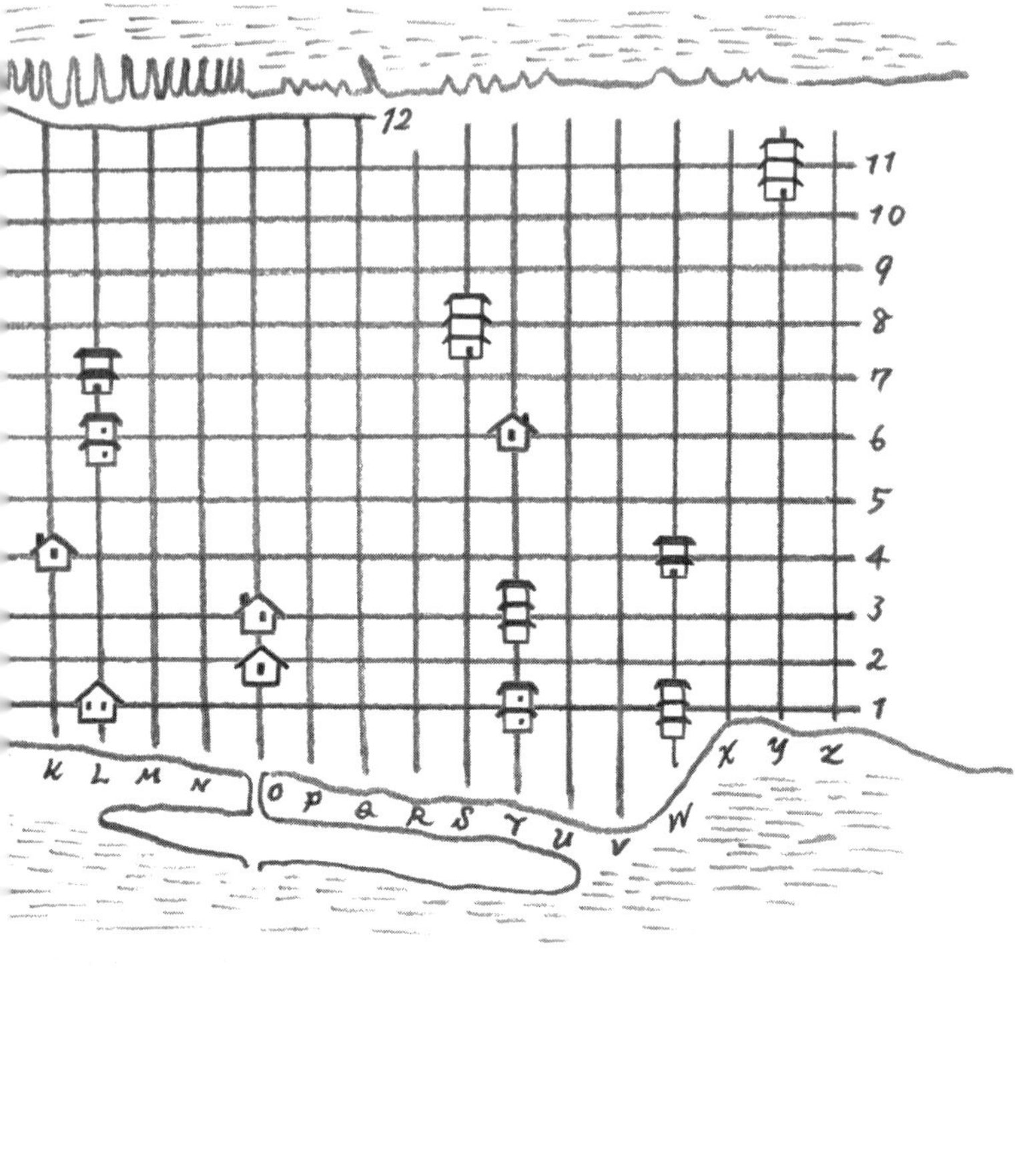

12
11
10
9
8
7
6
5
4
3
2
1
K L M N
O P Q R S T U V W
X Y Z

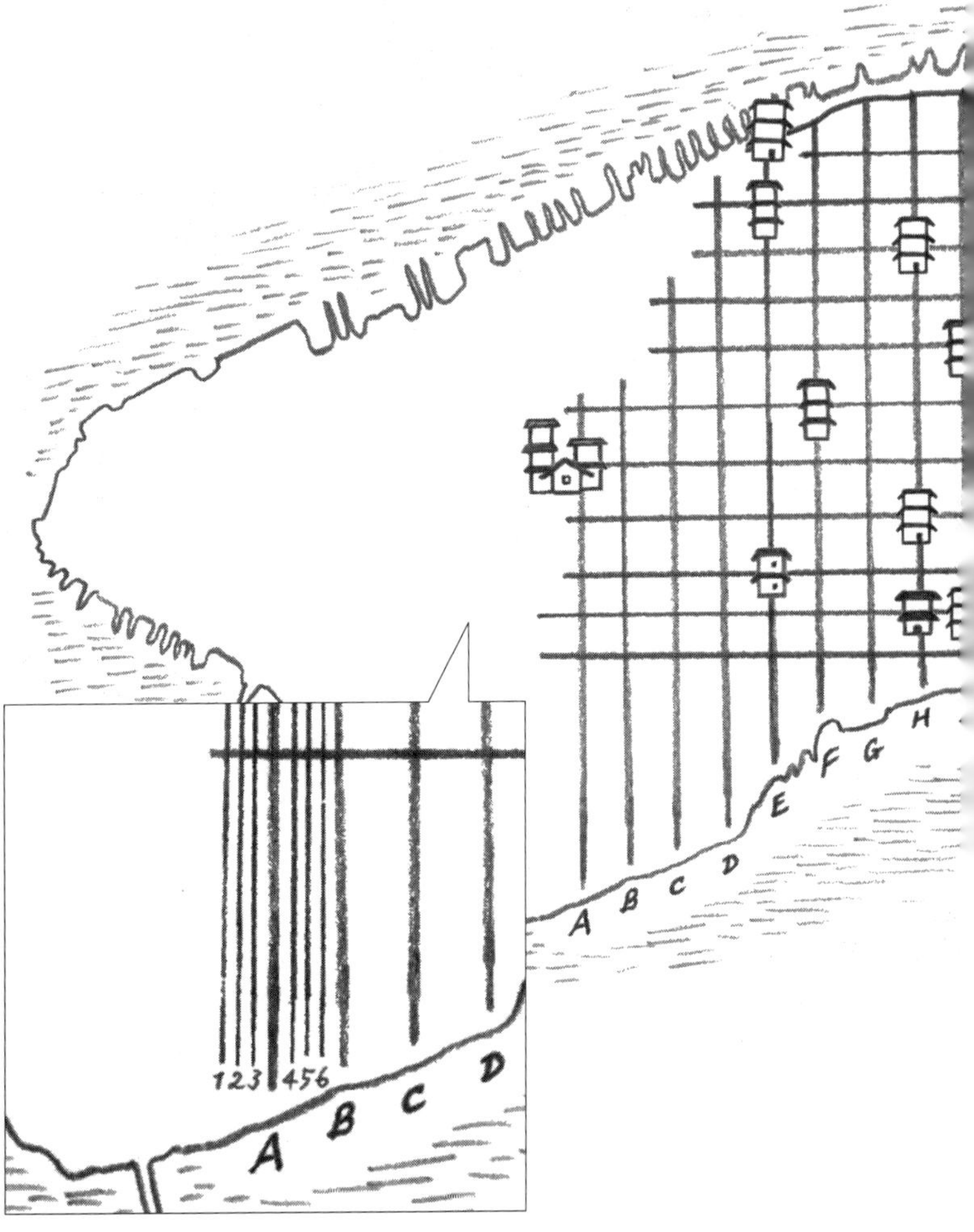

A
B
C
D
E
F
G
H
1 2 3
4 5 6
A
B
C
D

「む……？」

と二人は顔を見合わせた。

地図を置いて、二人でまた部屋の中を探す。

「しかし久城。この部屋の荷物は、邪魔なものを放りこんだ屋根裏部屋みたいであるな」

「うん……。壊れた家具に鍋まであるもの」

ヴィクトリカが机の抽斗《ひきだし》を開けたり閉めたりしているあいだに、隣で一弥が右の壁を見上げて考えこみ始める。

「どうした、久城？」

「いや、こっちの壁の模様がね……。見てると気持ち悪くなっちゃうよ。もしかしてこれも建築家ドルイドの意地悪かな？」

ヴィクトリカも壁を見上げる。

右側の壁にだけ紫と白と黒の謎の模様が描かれた壁紙が貼ってあった。見ていると真ん中に吸いこまれそうな気味の悪い抽象画……。

二人はしばらく壁を見ていたが、やがて同時にぶるぶるっと首を振った。

気を取り直し、また小部屋の中を探しだす。

やがて……。

「おやっ？」

と、こんどはヴィクトリカが横を見て片眉《かたまゆ》を上げた。

左の壁際に古い木箱が五つ積まれている。ヴィクトリカが右から左から観察しだす。一弥も近づいて、木箱に積もった埃をそっとはらう。

すると……。

箱には黒い文字でおおきく〈R3 PAPER〉と書かれていた。

ヴィクトリカが「R3……？」パイプをくゆらしながら考えだした。一弥が箱を開ける。

中にはぎっしり、緑の一ドル札……ではなく、一ドル札とデザインがそっくりの〈植民地紙幣〉があった。お札に描かれているロスチャイルド三世の似顔絵がにやにやとこっちを見上げている。

ヴィクトリカが顔をしかめ、

「R3……なるほど。ロスチャイルド三世か！」

「うん……。それにしても、ロスチャイルド三世の顔って、さっき公園の前で会った車椅子の老人――ロスチャイルド五世とほんとうにそっくりだね」

「うむ。いばり散らすあの声が聞こえてきそうであるな……」

とうなずきあいながら、一弥が残りの四つの箱も開けた。

どの箱にも同じ〈植民地紙幣〉がみっちり詰まっている……。

「どうしてここにこんなにたくさんあるんだろう？」

「む……」

ヴィクトリカは、一弥が箱を閉め直す前に手を伸ばした。〈植民地紙幣〉を一枚だけひょいと取る。一弥が蓋《ふた》を閉める。

また二人して部屋の中をうろうろと探しだす。

しばらくして、ヴィクトリカが「おや」となにかを拾いあげた。持ち手つきの丸いレンズである。「虫眼鏡かい？」「うむ……。いや魚眼レンズである」と言いながら、目の前に持ってきて一弥を見て、「ぷっ！」「なに？」「貴様、すこぶる面白い顔であるぞぉ……」と笑う。一弥が魚眼レンズを受け取ってレンズ越しにヴィクトリカを眺めて「ほんとだ。世界一へんな顔だぞぉ……」とくすくす笑う。

それから一弥がはっとして、

「それより、探し物をしなきゃ」

「うむ、まったくである」

とヴィクトリカが肩をそびやかしていばって答える。

一弥は魚眼レンズを置いて、また真剣に部屋の中を探し始める。鍋の中、抽斗の奥、たくさんの置物ひとつひとつ……。

しばらくして、ふと顔を上げると、ヴィクトリカがいつのまにか戦女神の目の窓の前に立って、外の風景に目を凝らしていた。

一弥も近寄って展望台からの景色を見る。

ここからの眺めは、過去とはちがう新大陸的な素晴らしさだった。戦女神像の真ん前に広がる青い湖が誘うようにきらきら輝いている。

赤やオレンジのカラフルなボートが、まるでAtoZのチョコレート玉がわーっと散らばったように浮いていた。湖の真ん中に、直径三十メートルぐらいのまんまるの小島があって、ちいさな東屋《あずまや》の屋根がピンクに光っていた。色とりどりのボートたちはそこを目指しているようだった。

湖の向こうの左手には、鬱蒼《うっそう》とした小山や灰色の崖《がけ》が見え、荒ぶる自然そのものの景色が楽しめた。右手には神殿のような立派な美術館が誘うようにそびえていた。

その奥にある広場は……。

「おや、スケート場だね。ヴィクトリカ。冬になると楽しいだろうな……」

「スケートとはなんだね？」

とヴィクトリカが不安そうな声音で聞いた。

一弥はきょとんとした。それからヴィクトリカのちいさな顔を覗《のぞ》きこんで、

「君ったら。物知りなのにキャッチボールもスケートも知らないんだね。あのね、スケートはね、氷の上をみんなでつるつる滑るんだよ。冬になったら一緒にこようよ。ぼくが教えてあげる。ぼくも子供のころ、姉の瑠璃《るり》から……」

「氷の上を、好き好んで滑るのかね？　君たちときたら？　あの瑠璃までが、かね？」

とヴィクトリカがとつぜんひどく怪しむような顔をした。一弥はうっとひるんだが、むきになって、

「ビューッて！　こうだよ、ヴィクトリカ。ビューッて！　楽しいんだよ！　見て！　ほら！」

と、両腕を広げて小部屋の中を走ったり、くるくる回ったり、片膝《かたひざ》をついて求婚する王子様のポーズを取ってみせた。

「……お、おおおおっ？　久城っ、君、どうしてしまったね？」

ヴィクトリカは子猫のように怯《おび》えきって一弥を眺める。

一弥はしばらく「こう、シャーッと滑ったり！」「慣れてきたら、くるっと回ったり！」「楽しい！　すごく。ほんとだって！」と熱心に説明していた。それからとつぜんやめて、ヴィクトリカの横に走ってもどってきた。

ヴィクトリカは一弥と目を合わせず、窓の外に目を凝らしている。

一弥も並んでまた外を見る。

と、ヴィクトリカがちいさく、

「おや？」

「ん？　どうしたの、君」

「……」

ヴィクトリカは黙ってなにかを熱心にみつめ始めていた。

「ヴィクトリカ……？」

問われてようやく振りむく。湖のほうを指さして、

「あのボートを見たまえ！　あっちのものである！」

一弥はあわてて見下ろす。

湖畔からスタートし、小島に向かって進みだした二艘《そう》のボートがあった。青いボートと黒いボート。ずいぶん急いで漕《こ》いでいるようだ。

乗っているのは……遠目でもわかる派手な扮装《ふんそう》の黒人グループだった。ライオン、妖精《ようせい》、僧侶《そうりょ》、ロバ男、月……。歩兵の衣装を身に着けた少年少女たちもいる……。

「〈ブラザーズ孤児院〉の人たち！」

「うむ！」

〈ブラザーズ孤児院〉の人たちが大急ぎでボートを漕いでいる。小島からもどってくるボートとぶつかりそうになる。そのたび相手のボートからは悲鳴が上がるが、〈ブラザーズ孤児院〉のほうは気にする様子もなく、スピードを上げる……。

やがて小島に着くと、大急ぎでボートを降り……。なにか黒っぽい荷物を手分けして降ろしている。

ヴィクトリカと一弥は「む？」「んん？」と顔を見合わせた。

「なんだろうな、君。湖の真ん中の小島に、KIDの仲間らしき若者グループが急いで上陸し、なにかの荷物を降ろした」

「しかもやけに急いで、ね？」

「……この新たな混沌《カオス》の欠片《かけら》が指し示すものは……？」

「ぜんぜんわかんない。なんっにも。でも……」

一弥がおおきな声で、

「君が引き受けた依頼と関係があるかもしれないよ。KIDによる連邦準備銀行の再襲撃……。行ってみよう、ヴィクトリカ！」

二人はうなずきあった。

急いで窓から離れ、走って小部屋を横切った。そして、カンカン、カン……と足音を響かせながら、手に手を取って、展望台の簡素な鉄の螺旋階段を駆け降りていった……。

2

湖面は夏の日射しを浴びてきらきら輝いていた。

辺りを見回すと、おおきな湖は、古《いにしえ》から続く鬱蒼とした緑に取り巻かれていた。そのまた向こうには近代的な摩天楼がはるか空高くにそびえていた。

古代と近代が入り混じる不思議な光景……。

湖面には、赤やオレンジ、緑やピンクのボートが浮かんでいた。それぞれ色が水に反射し、お菓子のようにカラフルに光っていた。

そのうちの一つ──緑のボートに、ヴィクトリカと一弥がちょこんと乗っていた。

ヴィクトリカの白銀の髪が、太陽光に照らされて、ところどころ金色にとろけながらなびいていた。ドレスの裾《すそ》が不思議な生き物の長い尻尾《しっぽ》のようにふくらんで風にそよいでいる。一弥の漆黒の前髪もやわらかく揺れる。

ヴィクトリカは女神像のようにボートの舳先《へさき》にすっくと立っている。一弥は両手にオールを握りしめ、懸命に漕いでいるところである。額に浮かんだ汗の粒が、夏の風にあおられてきらっきらっと飛んでいく。

湖畔を出発したボートはどれも、湖をのんびり一周するか、真ん中にあるちいさな丸い島を目指すかのどちらかのようである。

一弥が漕ぐボートは、小島に向かって一直線に進んでいる。

「……うわっ。危なっ？」

と一弥がつぶやく。

「ヴィクトリカ……。この湖、ちょっとへんじゃない？」

「む！　へんだ！　うむ！」

ヴィクトリカもパイプを握りしめてうなずく。

小島を出て湖畔にもどってくるボートのほうは、蛇行運転、前方不注意、急停止がなぜか多く、一弥はすれちがうたびはらはらした。

前方から突進してくる黄色いボートを避《よ》けて、急いで右に回る。すると右にも、べつのボートがふらふら蛇行して近づいてくる。

舳先に立つヴィクトリカは、パイプを吹かしながらうっそりと振りむき、

「湖畔をスタートするボートは、普通だ。だが、小島を出て湖畔にもどるボートのほうは、まるで酔っぱらい運転みたいである」

「うん、これじゃすこぶる危ないよ。……でもどうして？」

と、一弥も懸命に漕ぎながら、首をかしげる。

湖面をすべってきた風が、漆黒の前髪をふわふわと揺らした。昔から変わらない生真面目そうな黒い瞳《ひとみ》には、湖を行き来するたくさんのボートが映っている。

「えーと、〈ブラザーズ孤児院〉の人たちが、謎の荷物を抱えて上陸した小島……。そして小

島を出てきたボートたちの、おかしな運転……」

「君。新世界の住人たちは、もしやあの小島で、な」

とヴィクトリカがつぶやく。

「アルコールを楽しんでいるのではないかね？」

一弥が「あ！」とオールを持つ手を止めた。「秘密酒場《スピークイージー》じゃないかな……？」ヴィクトリカもパイプをくゆらしながら、「その可能性はあるな、君。なにしろこの湖には、危険運転のボートが多すぎ……て……」と言いかける。一弥も「うん。この街のいたるところに秘密酒場があると聞いたよ。だから公園の中、に、も……」と言いかけ、

「おっと！　あれを見て」

と前方を指さしてみせた。

ヴィクトリカも気づいた。

不思議なエメラルドグリーンに輝く二つの瞳を、きゅっと細める。

強い風が吹いて、絹の如き白銀の髪を長く舞いあがらせる。ヴィクトリカの髪がボートの帆のようにおおきく広がる。

湖の前方に……。

黒いボートと青いボートがぴったり並んでこちらに向かってきていた。

黒いほうの舳先には、腰にユーモラスなライオンの頭をくっつけたライサンダー。裸の肩や胸が黒々と光っている。その傍らに控えるのは小柄な若い女パック。後ろには妖精らしき衣装を身に着けたうつくしい黒人の少年少女が四人並んで、力強くオールを漕いでいる。

隣の青いボートには、舳先にロバの頭の張りぼてを被《かぶ》った黒人の男。傍らに妖精の衣装を身に着けた大柄な女。後ろには、歩兵の衣装を身に着けた黒人の少年少女がいて、オールを漕いでいる。

と……。

向こうもヴィクトリカたちの緑のボートに気づいた。ライサンダーとパックが険しい目つきでヴィクトリカを睨《にら》みあげる。

ヴィクトリカは冷静に観察し、

「おや……。一人いないぞ」

一弥も「えっ？」と伸びをして前方を見て、

「えーっと、まずライオン頭のライサンダー。つぎに月の役をするパック。そしてロバ男と妖精と……。あとは……？」

「ほら、君。黒ずくめの僧侶もいただろう。彼も行きのボートに乗っていたはずだ。みんなで小島に行き、なにか黒っぽい荷物を運び入れてから、一人だけ残った……」

「うん……。あ、危ないっ！」

と一弥が叫んだ。

青いボートがスピードを上げ、舳先どうしをぶつけるように突進してきた。一弥は右手のオールを強く握って、漕ぎ、緑のボートを左へと急カーブさせた。すんでのところで激突を避け……。

ところが、こんどは黒いボートのほうが真横から突進してくる。一弥はまた「ヴィクトリカ、揺れるから座って！」と叫んだ。そしてオールを駆使してくるくるっと回転し、危ういところで避けた。

さらに右に左に、運転し、舳先をぶつけてこようとし続ける二艘のボートから逃げた。音を立てて波が立ち、つめたい飛沫《しぶき》が幻のように飛んできた。

ヴィクトリカは舳先に座り、飛びすぎる飛沫を見上げた。

それから、二艘のボートの舳先にいる〈ブラザーズ孤児院〉の人たちの顔を順繰りに睨みつけた。

どの顔もむっつりと無表情だった。波にユサユサと揺れ、まるで彼らの顔まで、遠い過去の……死んだ銀行強盗団《バウギャング》の幻のように見え始めた。

「どうやら敵対視されているようだな、久城」

「そりゃね！　だって、君がＫＩＤを捜す探偵だってばれちゃってるんだもの。それにしても危ないな……。もーっ、もーっ！」

と、一弥がオールをせわしなく動かし、ようやく二艘の危険極まりないボートから離れる。

スピードを上げて、小島に向かいながら、「はぁ、はぁ……危なかった！」と振りむく。

するとライサンダー、パック、ロバ男、妖精も、こっちを振りむいて睨み続けていた。

一弥はさらに急いでボートを進めながら、心配で何度も振りむいた。でも黒と青のボートは湖畔へとだんだん遠ざかっていく。

ライサンダーが、湖畔に建つ戦女神像を指さし、なにか言っているのが、遠くに見えた……。

だがそのうち湖面の霞《かすみ》に紛れて、過去の幻のように薄くなって、姿が見えなくなった。

一弥は肩で息をして、

「ふぅー……」

「御苦労だったな、久城」

「ほ、ほんとに……。まぁ、激突しなくてよかったよ……」

と一弥は額の汗を何度も拭《ふ》いた。

「でも。ＫＩＤは公園のどこに隠れているんだろう……。戦女神像の展望台にもいなかったし、〈ブラザーズ孤児院〉の人たちと一緒にもいないし。あまりにも広くて、ぼくらにはとても捜せないよ……」

「うむ……」

二人の乗った緑のボートは、ようやく小島に到着した。

3

小島は――。

ごつごつした人工の岩でできていた。直径三十メートルほどのこぢんまりしたスペース。真ん中にピンクの東屋がポツンとあるだけである。

小島の周りを囲んで、カラフルなボートがたくさん停泊している。湖面は夏の日射しを反射してきらきらと光っている。

二人はボートを降り、東屋に近づいていく……。

「ヴィクトリカ。地下への階段だよ……」

と一弥が指差す。

「ふぅむ。どうやら久城。ボートの客はここから地下へと潜っているようである。……ほら君、見たまえ」

東屋の真ん中にあるピンクの石製の階段。地下に続く穴から五人組の男女が千鳥足で出てきた。女たちはフラッパーガール風の薄布のミニドレス姿。男たちもお洒落《しゃれ》して、真っ赤な顔をして酒臭い息を吐いている。「うー！」「あはは！」と、停めてあったボートになだれ込む。ヴィクトリカたちの後についたカップルも、楽しげに階段を降りていく。

ヴィクトリカと一弥は顔を見合わせた。「行ってみよう」「うむ」とうなずきあう。ピンクの階段をおそるおそる降りていく。

階段の石は罅《ひび》割れて古かった。

中は薄暗かったが、地下二階分ぐらいまで降りると、急に辺りがパッと開けた。人工的な照明の眩《まぶ》しさに目がくらむ。

ヴィクトリカが「おぉ」と声を上げた。

一弥も「わーっ……これは！」とつぶやいた。

そこは、天井と壁を分厚いガラスに囲まれた水族館のようなフロアだった。見上げると、ガラス越しに湖の水がきらめいていた。カラフルな淡水魚の群れが泳ぎすぎ、その向こうを、同じぐらいカラフルなボートも、右に左に進んでいる。壁越しには貝や水草も蠢《うごめ》いていた。床から大きなシャンデリアが下から上ににょきっと生えていた。古めかしいテーブルと椅子もたくさんあった。紳士淑女がおしゃべりしたり、かすかに流れる音楽に合わせて踊ったりしていた。

室内のあちこちで、棕櫚《しゅろ》の葉やおおきな南国の花が咲き誇っていた。床を巨大なカメが歩いてきたり、天井近くを鳥が飛びすぎたりしていく。

薄布のドレスに真っ赤なルージュの女たちが、香水の匂いをプンプンさせて、燕尾服《えんびふく》の男たちと踊っている。テーブルではポーカーのカードが入り乱れている。なぜか紙とペンと札束を散らかして、真っ赤な顔の紳士たちが議論しているテーブルもある。

一弥が辺りを見回して、

「ここがセントラルパークの秘密酒場か。〈ブラザーズ孤児院〉の人たちはなにをしにきたのかな？　帰りにはいなくなっていた僧侶の扮装の男はまだここにいるのかな。なんのために……？」

きょろきょろと探しながら歩いていく。

どのテーブルにも食べ物や飲み物が載っていたが、グラスはなく、シンプルなコーヒーカップばかりだった。

一弥が指差して「お茶を飲んでるのかな」と首をかしげていると、ヴィクトリカが客のいないテーブルに近づいて、カップを持ちあげ、匂いをかいでみせた。

「中身は葡萄《ぶどう》酒である」

「コーヒーカップで葡萄酒を？」

「おそらく、摘発に遭ったときアルコールは飲んでいないと逃れるためだろうと推測できる。……おやっ？」

とヴィクトリカが指差す。フロアの奥で楽しそうに踊っている女二人組――。一弥も低い声で「あ！」とつぶやく。ついさっき会った〈デイリーロード〉の秘書と広報ウーマン……チェリー＆アナコンダである。

一弥が思いだして、

「そういやあの人たち、さっきこう言ってた。『セントラルパークでサンドイッチとシャンパン』って。この店のことだったんだね」

ヴィクトリカが答えるより先に、一弥の真下から、素っ頓狂《とんきょう》な声が、

「サンドイッチに合うお酒のことなら、この紳士に聞いて！　紳士だからなんでも知ってるよ！」

一弥が「わわ⁉」と飛びあがった。

見下ろすと、すぐそばのテーブルに、トロル――〈ウルフカー〉の開発で一代にして大富豪となった自動車王ロバート・ウルフ――が腰かけていた。チョビ髭《ひげ》に蝶ネクタイ。身長は百四十センチメートルほどである。

ダンディな顔に、酔っぱらった笑みを浮かべ、

「よーう、クージョーくーん」

「って、トロルさん⁉　あっ、もしかして例の鱒《ます》サンドイッチとイモサラダのお店がここです

か？」

「ウン。ここの料理が大好きでね。シャンパンに合うのは焼きリンゴとバターのサンドイッチ。葡萄酒には牛肉と黒スグリのサンドイッチだよ。で、黒ビールに合うのはもちろん……」

パチン、とトロルは指を鳴らすと、

「鱒サンドイッチとイモサラダさ！」

とにこにことうなずいてみせた……。


「クージョーくんのお連れさん。珍しいものを持ってるね。〈植民地紙幣〉だろ？　紳士によく見せて」

トロルはむしゃむしゃと鱒サンドイッチを食べ、黒ビールのお代わりをしながら、ヴィクトリカの持つ〈R3 PAPER〉を覗きこんだ。

一弥は店のあちこちを歩いて、僧侶の扮装をしていた男と〈ブラザーズ孤児院〉の人たちが持ちこんだ黒いものを探し続けている。

ヴィクトリカが生クリームたっぷりのフルーツサンドをもらって食べ始めながら、うむとうなずいた。

「戦女神像のてっぺんの展望台でみつけたのだ。なぜかおおきな箱に五つ分もあってな」

「展望台に昔のお札が？　どうして？」

ヴィクトリカが「さてなぁ」と首をかしげる。トロルも「ふーん？」と呻《うめ》く。それから、

「しっかし、ロスチャイルド三世の顔を印刷してあるのかぁ。その昔、旧大陸から新大陸に渡

ってきて、できたばかりの金融界を仕切った伝説の男だよね。こんな面白い顔をしてたのか、
へぇー！」

「その孫のロスチャイルド五世も、いま金融王として君臨しているのだな」

「らしいね。政財界でもいっぱしの人さ」

と、トロルがイモサラダをもりもり食べながら、

「たぶん、新大陸の大富豪たちは、旧大陸でいう貴族みたいな役割を果たそうとしてるんじゃないかな。って、まっ、ぼくも富豪の一人か……。ほら、旧大陸では、貴族が地主で、地所の法律を好きに決めたり、貴族が議会を作って国家を運営したりするだろ？　でもアメリカ合衆国は新しい国だから、古来の貴族の家系もないし。だから、国家に影響を与えうる立場のお金持ち――金融王や大地主が、昔の貴族みたいに国家運営に参加しようとするんじゃないかな」

「うむ、うむ」

「国をよくするために私財まで使ったりしてねぇ。まったくすごいよね」

一弥が「いないいなぁ……」とつぶやきながらもどってきて、ヴィクトリカとトロルの会話に混ざる。

「トロルさん、確かマンハッタン島の道路を整備する〈方格設計〉にも、昔ロスチャイルド三世が関わったんですよね。そして孫のロスチャイルド五世も〈都市美運動〉でマンハッタン島の景観を整えようとしていて……」

トロルが「そうなの？　そこまでは知らなかったよ」とびっくりする。

「ぼくが知ってるのはね、えっと……いまから五十年ちょっと前のことだよ」

「ふむ」

「貧しい新世界の景気を良くするためにって、まだ若かった金融王と政府が結託して、巷《ちまた》にわざとお金をばら撒《ま》いたんだってさ」

「ばら撒く？　どうやってだね」

「たとえば大掛かりな公共事業を増やしたり、宝石店や高級家具店の警備を手薄にさせてわざと泥棒させたり。大小あらゆる手を同時に使ったらしいよ。そうすればお金も流通するし、庶民のストレス解消にもなるものね。ところが……やりすぎたせいで……市場が勢いをつけすぎて……こんどはあれがきそうになっちゃったんだ」

とトロルは声をひそめて、

「――〈金融危機《テンペスト》〉さ。恐慌だよ！」

「ふーむ……」

「それが四十年前のこと。するとだよ？　金融王と政府はまたもや手を組んだ。で、こんどはお金の流通量を減らし、恐慌の発生を人工的に止めたんだって。銀行からおおきな金額のお金は下ろせないようにしたり、造幣局の紙幣印刷をストップさせたりしてね。おおきなものから微々たるものまでありとあらゆる手を使って……。おかげで恐慌も未然に防ぐことができたんだってさ」

「ふむ」

「そしてそれから四十年たって……」

トロルは声を低くして、

「じつはいまこのときもだよ。君たち〈大強気市場《ビッグブル》〉って知ってる?」

一弥は「いえ……」と首を振る。

「あのね、四十年前と同じ、いや、もっと大規模な〈金融危機〉が起こりつつあるって噂なんだ。みんな強気で株を買い、土地を買い、株価は上がる一方……。きっとロスチャイルド五世はまたなんとかしなきゃと思ってるところだろうな。景気は良くなってほしいけど、行き過ぎると〈大強気相場〉になり〈金融危機〉が始まる……。悩ましいね。四十年前と同じ危険が迫ってる。ってなわけで、金融界のトップはみんな心配してる。さらにね、ほら……。あれを見て!」

と、近くのテーブルを指さす。

ポーカーをしているグループ。その横で、コーヒーカップ入りのお酒をぐいぐい飲みながら、なにやら、紙にペンを走らせたり、お札を数えたりしているスーツ姿の男たちも……。

「株の闇取引だよ。投資ブームのせいで、みんなこんなところでも仕事してるのさ」

ヴィクトリカが小声で「うむ。新大陸は貧しい移民の国だが、都会の一部ではかなり景気がいいようである」とつぶやく。

「そっ。さいきん秘密酒場でも流行《はや》ってるんだよね。こうやって裏でも取引をやられると、表の市場で株価をコントロールできなくて、政府も金融王も困るらしいよ。まぁでも、いざとなったらまたロスチャイルド五世がなんとかして恐慌を止めてくれるはず、って政財界も金融界も思ってる。彼が強引な手で解決するって安心して、それぞれの企業を変わりなく運営してる、ってとこかな」

「ふぅむ……」

と、ヴィクトリカは呻いた。

ポプリの匂いを嗅《か》ぎながらうつむく。横顔に不安げな影が差すので、一弥が「どうしたの？」と覗きこむ。

「〝いつかもっと危険なものを轢《ひ》いて予定より早く滅びる〟か。いや……あれはただの予感である。客観的事実を混沌《カオス》の欠片として再構成させたもの。未来は流動的である……」

トロルが「ふぅ」と立ちあがって、「お腹いっぱい。もう帰るよ」と叫んだ。「じゃあね！」ととことこ走っていくトロルを見送ってから、ヴィクトリカと一弥もテーブルを離れた。

ヴィクトリカが歩きながらも考え続けている。パイプをせわしなくふかして、目に見えないものを見ようと、遠くに視線を投げながら、

「久城。それにしてもである。四十年前の恐慌危機。市場の大混乱。さまざまな手を打ち、市場をもとにもどした金融王ロスチャイルド家の剛腕、か……。だが、四十年前だと……？」

「どうしたの？」

「いや、ＫＩＤなど銀行強盗団が一斉に捕まりだしたのと同じころだと思ってな……。これは偶然かね。うーむ」

「どういうこと、ヴィクトリカ？」

「もしかすると……その前の約十年間、素人による銀行強盗団が成功し続けたのも、裏で政府と金融王が……？　なにしろ金融王には〝市場にお金をばらまいて景気を良くする〟〝庶民にストレスを解消させる〟という目的があったのだからな。だが四十年前のこと。景気が良くな

りすぎて、〈金融危機〉が起こる可能性が出てきた。金融王としてはもう素人銀行強盗団に用はない、と……。派手にやりすぎたことの見せしめも兼ねて……」

一弥がおどろき、

「まさか……。それで急に銀行強盗団が捕まったっていうの？〈ＫＩＤ＆ダルタニャン・ブラザーズ〉が銀行襲撃にとつぜん失敗したのも……？」

「確かめるすべはないが、可能性はある……」


二人はまた手を繋《つな》いでフロアを進んでいった。僧侶の格好の男を探すがなかなかみつからない。

フロアには高価そうな服に身を包んだ男女があふれていた。最新流行の断髪にくわえ煙草の若い女。燕尾服を着た男たち。音楽に合わせて踊ったり、コーヒーカップになみなみとお酒を注いでは飲んだりしている。

床から生えたシャンデリアが人工的にきらめいていた。天井のガラスの向こうでは魚の群れが通り過ぎ、水草がきらきら揺れていた。

「まさに〝狂乱の時代《アプレゲール》〟。〈大恐慌〉の危険を帯びた好景気。大勢の貧しき庶民の生活と、天上の金融界で起こりつつある大強気市場。上がる一方の株価。酔い、笑い、踊る人々。陰で操る金融王、か」

真ん中のテーブルでは賭《か》けポーカーが盛り上がっている。髭を生やした紳士と真っ赤なルージュの淑女が集まり、カードをやりとりしては大声を上げている。光沢のある白いクロスでおおわれた丸テーブルには、お札の束が無造作に積まれている。

隣のテーブルでは株の闇取引が盛り上がっている。金の腕時計とカフスを光らせる、寝不足そうな男たち。テーブルの上には数字の書かれた紙とペンが散らかり、くしゃくしゃの札束のやりとりがいかにも無造作に進んでいる。

向かいのテーブルでは、見覚えのある大柄な女が……昨夜ブルックリン橋でのボクシング戦で歌っていた歌手マダム・ウィーフリーがコーヒーカップをかたむけている。お洒落なグループの真ん中で、昨夜と同じ緑のセクシーなドレス姿で笑っている。

一弥が足を止め、フロアを見回した。

隅の薄暗い一角でジャズを演奏しているのは、黒人の若い男たちのバンドだった。少女のように小柄な黒人の女が出てきて、マイクの前に立ち、歌いながら踊りだす。ミニドレスからぴかぴかの細くて黒い脚が伸びている。「よっ、バーシーちゃん！」とあちこちから声援が届く。ジャズ！　歌声！　淑女たちの上げるヒステリックなほど高い笑い声。紳士たちの興奮した話し声。フロアでダンスする男女の靴底が立てる激しい音も合わさる。

フロアの真ん中で、チェリーとアナコンダがバーシーちゃんと同じ振り付けでダンスしていた。透明な汗の粒をたくさん飛ばしている。やわらかそうな藁《わら》のようなツインテールと、セットされた黒髪が一緒に舞いあがる。ハイヒールも扇情的に光っている。

一弥が近づいて、アナコンダに「あの、ちょっとお聞きしたいんですが。この辺りで僧侶の扮装をした黒人の男性を……」と聞こうとした。

アナコンダが「どうした？」と聞き始める横で、チェリーがヴィクトリカに近づいた。

「また会ったわね」

とにやっとし、手を伸ばして見事な白銀の髪をぐいっと引っ張った。ヴィクトリカが涙目になる。

チェリーは人差し指でピンクのミニハットまでぱちんと弾《はじ》くと、

「やーい、やーい。ちっこいピカピカのスパイダーちゃん？　銀色のおチビちゃん、おチビちゃん！」

ヴィクトリカの唇がふるふる震える。

それからチェリーは一弥の腕を取ってからませると、

「ねぇ、踊ろう。ブルネットじいさん」

「い、いえ。いまぼく忙しくて……」

と一弥は目を白黒させた。

ヴィクトリカの涙と唇の震えがピタッと止まった。代わりに全身に怒りをにじませ始める。

チェリーを見上げる。

憤怒《ふんぬ》の表情にアナコンダが気づいて「おや？」とヴィクトリカを見る。チェリーもつられて見下ろす。

と、可愛らしいピンクのミニハットの下から、ヴィクトリカの恐ろしいしわがれ声が響いた。

「鼻曲がりヘビ《ノマッドド》！」

チェリーは「え、なによそれ？」と首をかしげたが、やがて「……あ！」と叫んだ。

「学校の……生物の教科書で、見たことある……すっごく気持ち悪い、ヌメヌメした細長いの……。なによ、おチビちゃん。あ、あんなヘビなんかと似てないでしょ」

「鼻曲がりヘビ《ノマッド》！　鼻曲がりヘビ《ノマッド》！　鼻曲がりヘビ《ノマッド》！　わたしの久城から離れたまえ！」

「シャラップ！　シャラップ！　シャラップ！」

チェリーが腕を振り回した。と、ヴィクトリカがちょろちょろと逃げ回りだしたので、追いかけてチェリーも走る。バーシーちゃんと同じ振り付けでダンスする人たちのあいだを、ヴィクトリカとチェリーが駆け回る。

一弥が「どうしてけんかになったんだろう？」と不思議そうに目で追う。アナコンダが「あんたね……」とあきれた表情で一弥を見る。

「まぁ、いいさ。それよりブルネットじいさん。いまの話だけど、アタシ見たよ」

「ヴィクトリカ、君……。見た⁉」

「動物とか妖精の格好をしてる仮装行列みたいな連中が、恐い顔して入ってきてさ。その中に僧侶の格好の男もいたよ。みんなしてなにか黒いものを抱えて、あっちに行って……」

とフロアの奥の薄暗がりを指さす。

「すぐ手ぶらで出てきた。ねぇチェリー？　……チェリー？」

遠くのほうからキンキン声と低いしわがれ声が交互に聞こえてくる。

「訂正してよ！　ヌメヌメした長いヘビと似てない！　ウルトラ失礼な子ね！」

「そっちがさきに言ったのだ！　お、おチビちゃんとか……そ、そ、それにっ、久城に……」

「あたしはいいの！　でもあんたはだめ！」

「逆だ、君。わたしはいい。だがノマッドはだめだ。……ばかだね君は」

「こっ、こっ……。この謎のいばりんぼっ！　待て！」

アナコンダが長い腕を伸ばし、「チェ、チェ、チェリー？　いいから止まりなって」とチェリーの首根っこを掴《つか》まえて引っ張った。

ヴィクトリカは一弥の後ろにくっつき、右目とぷくぷくの右のほっぺただけを出してチェリーを睨みあげた。チェリーも拳《こぶし》を振り回してヴィクトリカを威嚇している。

一弥が「ヴィクトリカ。いまのは君も悪いよ。なぜなら……」とじいさんみたいな落ち着きでお説教を始める。

アナコンダはチェリーにあちこち引っかかれながらも、妙に冷静に、

「とにかくブルネットじいさん。仮装行列みたいなやつらは、黒い筒型のものをたくさん持ってあっちに行って、手ぶらで出てきて、すぐいなくなったよ。へんなやつらだったね」

ヴィクトリカと一弥がはっと顔を見合わせる。

それからうなずきあい、アナコンダが指差したほうに急いで歩きだした。後ろからチェリーが「ウルトラ覚えときなさいよ！」と怒っている。するとヴィクトリカがくるっと振りむき、白銀の髪をぶわっと逆立てて「ノマッ……」と言いかけ、一弥に口を押さえられて「もご？」と引っ張っていかれる。

そこは店の入り口とは逆方向の隅だった。次第にフロアの真ん中からの照明が届かなくなり、薄暗さが増していく。

暗い中でも、どこかに続く幅一メートルほどの通路があるのがわかった。二人で歩いていく。

ヴィクトリカが「セントラルパークから……湖へ……。階段を降りて、地下の店へ。そして

こっちに通路が……」とつぶやく。

「方角としては、銀行のあるほうではあるがな……」

「えっ。まさか、この店から地下通路が？」

「いや」

ジャズの演奏がおおきくなる。

「そうではなく……。どうもちがう企《たくら》みが、あるような……」

ヴィクトリカがちいさなぷくぷくの手で白銀色の頭を抱え、唸《うな》りだした。

「うーむ、むむ……。ん？」

と、足を止める。

通路はわずか三十メートルほどで突き当たりになっていた。

そこになにか黒い細長いものがピラミッド型にたくさん積んであった。長さ二十センチメートルほどの円筒型の……。

「なんだろう」

と一弥が手に取った。

薄暗がりの中でよく見ると、黒い円筒に赤でマークが描かれていた。ペンと機関銃とスパナとダイナマイトが十字架型に合わさったマーク。下に〈ＫＩＤ〉とロゴが……。

「ヴィクトリカ！　これ……〈ＫＩＤ＆ダルタニャン・ブラザーズ〉のマークつきの……ダイナマイト？」

ヴィクトリカが妙に難しい顔をして、ダイナマイトらしきものが積まれた山を見上げた。

「む。しかしこれは……」と言いかけたとき。

「たっ、たいへんだべ‼」

と背後で男の大声がした。ヴィクトリカと一弥はぎょっとして振りむく。

黒い布を被った僧侶の扮装の男が立っていた。〈ブラザーズ孤児院〉の青年……。黒くてがっちりした腕を伸ばしてきて、一弥の手からダイナマイトを奪うと、むちゃくちゃに振り回した。フロアに向かって大声で、

「ダイナマイトがたくさんあるべ‼」

とたんにフロアは騒然とした。

ジャズの演奏が止まった。バーシーちゃんも細い片足を前に振りあげた扇情的なポーズのままピタッと止まる。

呆然《ぼうぜん》と立ちあがる人や、なにか言いながら近づいてくる人たちや、あわてて逃げだす人……。

怒号や靴音が響く。

「きゃあああああー！」

とマダム・ウィーフリーの上げた悲鳴がことにおおきかった。オペラのアリアのように響き渡る。それを聞いて、人々が一気に興奮しだす。

「ＫＩＤのマーク付きだべ！」

「なんだと？」

「じゃ、銀行強盗団がここに？」

「地下の店なら外の騒ぎと関係ないと思ったのに……」

一人の紳士がはっと気づいて、

「ここにダイナマイトが用意されてるってことは……。そ、そっちの方向って……」

隣の紳士もはっとし、

「――連邦準備銀行！」

「まずいぞ。ＫＩＤのやつ、この秘密酒場の地下から銀行の地下に行こうとしてるにちがいない……」

僧侶の扮装の男が、一緒になって、

「きっとそうだべ！　ダイナマイトを爆発させて地下に穴を開けて……」

淑女の悲鳴が響き渡る。

みんな我先にと争って逃げようとする。丸テーブルにぶつかってひっくりかえり、コーヒーカップや、トランプのカードや、演奏用の楽器も、床に落ちてめちゃくちゃに散らばる。

「ダ、ダイナマイトが爆発するべ！」

また大きな悲鳴が上がる。

「逃げろ!!」

出ていく客たちとすれ違いに、警官たちが怒鳴りながら入ってくる。「みなさん、避難を！」「どこだよ、ダイナマイトって……」「これか！」「ＫＩＤの計画がわかったぞ！　上に報告しろ！」と警官たちの声も響く。

一弥はヴィクトリカを守って店から出ようとする。ヴィクトリカのちいさな頭の上でピンクのミニハットがくるくる揺れている……。

一弥が焦って「ヴィクトリカの推理どおりだった……」とつぶやいた。

「セントラルパークのどこかから地下通路で銀行を襲おうとしていた。でもばれた。ＫＩＤはおしまいだ……」

人が走り、転び、みんな外へと逃げていく。

ヴィクトリカが首を振り、低い声で、

「いや久城。ちがうのだ。確かにダイナマイトらしきものを運びこんだのは〈ブラザーズ孤児院〉の人たちだった。それをみつけたのはわたしと君だ。だが……『ダイナマイトがある』『ＫＩＤのマークがついている』と騒いだのは……僧侶の格好の男である」

「で、でもどういうこと？　自分たちの計画を自分でばらして、大騒ぎに……こうして警官だらけに……うわっ！」

と一弥は辺りを見回して声を上げる。

店の出口の階段を上がりだす。フロアには警官があふれて、いったい何十人駆けつけてきたのかというほど多い。「ＫＩＤが！」「ＫＩＤを！」「どこだ！」と警官たちの声が聞こえてくる。

ヴィクトリカは首を振り、

「ＫＩＤは地下から銀行を狙っているのではなく、どこかべつの場所から……」

「どういうこと、ヴィクトリカ？」

問われてヴィクトリカはうつむいた。

「久城。君、今朝の話を覚えているかね？　ほら、雑貨屋の少年だ。レジからお金を盗まれた

「……」

「う、うん」

「あの子の話では、犯人をみつけて捕まえようとしたら、スカートを穿いた猫が飛びだしてきた。猫に気を取られている隙に……」

一弥は階段を上りながらうなずき、

「犯人は逃げた！　そうだよ。犯人から気を逸《そ》らすために、仲間が人目を引くもの──スカートを穿いた猫を店に放ったんだよね」

「うむ。おそらくこのダイナマイトもスカート猫と同じなのだよ。人目を引くものをおき、警官が気を取られている隙に、まったくべつの方法でだな……」

「た、たいへんだ！」

と一弥が歩みを速める。人波に押されながら、ピンクの石の階段を駆け上がり、「ヴィクトリカ、外へ。早く……」と外に飛びだした。

ドレスの裾の豪奢《ごうしゃ》なフリルに太陽光が降り注ぎ、新緑のようにきらきらと光らせた。

夏の日射しは小島全体を眩しく照らしていた。湖面もきらきらと光っている。その向こうには緑が生い茂り、こんもりした小山と、そのまた向こうの摩天楼とが見渡せた。

ヴィクトリカと一弥は緑のボートに飛び乗った。「お願い乗せて！」と見知らぬ派手なパーティーガールに頼まれる。香水の匂いでむせ返るような女の子たちが三人乗りこんでくる。

ヴィクトリカは舳先に立ち、一弥と女の子たち三人とで、力を合わせてオールを漕ぎだした。

湖には、酔っぱらって、あわてる人たちの漕ぐボートがあふれていた。舳先どうしがぶつか

ったり、蛇行運転したりしていた。警官たちが乗ってきたらしいボートもたくさん停泊してい
て、邪魔である。湖のあちこちで悲鳴と怒号が響き渡り、バシャーンと飛沫を立てて落っこち
る人まで見える。

「ダイナマイトが！」

「ＫＩＤが……」

「爆発するかも！」

「逃げろ！」

と興奮したような話し声が響き渡る。

どのボートも湖畔を目指して急ぐ。

一弥は、鬱蒼たる緑の向こうに覗いている茶色い連邦準備銀行ビルを仰いで見て、

「ＫＩＤはいまのうちに銀行を襲うつもりなのかな……。あぁ、急がなきゃ！」

と、オールを漕ぐ手に力を込めた。

湖面はきらきら光っている。波が激しく立っている。ほかのボートがぶつかってくるたび飛
沫がかかって、つめたい。ボートが激しく揺れて、どこかにつかまらないと落っこちそうにな
る。

「ヴィクトリカ、気をつけて！　しゃがんでてね！」

と一弥が叫ぶ。

舳先に立っていたヴィクトリカがふりむいた。素直にうなずいて、しゃがむ。するとドレス
のフリルが水上の空気を吸い、満開の花の如くふっくらとおおきくふくらんだ。ヴィクトリカ

のちいさな青白い顔は花びらの真ん中の花柱のようだった。

一弥は湖畔を見た。と、戦女神像から離れていく人影が見えた。一弥はおどろいて目を凝らした。ヴィクトリカも気づいてそっちを見る。

〈ブラザーズ孤児院〉の人たち……。戦女神像を飛びだしてどこかに逃げていく。

「おや、なぜあんなところにいたんだろう?」

だが、一弥はぶつかってくるボートを避けてひとまず運転に集中した。周りのボートから悲鳴や怒号も響いてくる。

もうすぐ湖畔に着く。

一弥はほっとする。

と、そのとき……。


——ドンッ!


と、頭上で鈍く爆発音がした。

一弥はおどろいて夏の空を見上げた。湖畔に舳先がぶつかり、ボートが激しく揺れた。つめたい波が入ってきて靴をびしょびしょに濡《ぬ》らした。

「あーっ……!?」

雲一つない真夏の青空に、鋼鉄の戦女神像が真っ黒にそそり立っていた。右腕を振りあげて湖のほうに向かってくるポーズ。旗にはラテン語で〈プロチェド《進め》!〉の文字……。その戦女神像の巨大な鉄の頭部の上半分が、とつぜん爆発して吹っ飛んだ。

炎が上がり、千切れた鉄の塊が、芝生にも湖にも落ちてくる。「きゃーっ！」と悲鳴が上がる。ボートの幾つかを直撃し、湖に落ちた人が「助けてくれ！」「いやぁ！」と叫ぶ。近くのボートの人たちが「こっちだ！」と手を伸ばして助け上げる。

「ど、どうして？　ダイナマイトがあったのは地下の秘密酒場のほうなのに……戦女神像が爆発した……」

と一弥がつぶやく。

「ついいま〈ブラザーズ孤児院〉の人たちが戦女神像から出てくるのを見た……。秘密酒場に行ってから、戦女神像に登って、こっちでダイナマイトを爆発させたってこと……？　でもどうして？　あんな上のほうを爆破させてもしょうがない……」

と、ヴィクトリカを助けてボートから降りながら、見上げる。

周りの人たちがざわめいた。見回すと、再び戦女神像のほうを見上げ、指さして口々に叫んでいる。

ヴィクトリカと一弥も、そちらを見る。

爆発してパカッと開いた、巨大な頭部の上の穴から……。

なにかが……。

紙吹雪のような……いや、白地に緑の模様の……四角い紙がたくさん……青空に舞いあがり、夏の風に乗って……。

ヴィクトリカが空を見上げ、「……あ！」とエメラルドグリーンの瞳を細めた。辺りからも歓声が上がりだす。

「グリーン！」

「俺たちの〈Public Enemy No.7〉が！」

「またやってくれたぞ！」

　戦女神像の頭部から落ちてくるのは、無数の軽々とした四角い紙だった。青空いっぱいに広がって、気持ちよさそうに風と踊っては、つぎつぎきらめく湖面に落ちる。湖面は白と緑に染まり、空からはまだまだ落ちてきて……。

　湖のボートに乗る人たちも、小島にいる警官たちも、芝生広場にいた人たちも、みんな手を伸ばして掴もうとして、

「今週の家賃が払える！」

「ママー、これでアイスクリーム買って！」

「一ドル札！　こんなにいっぱい！　やったぁ！」

「ＫＩＤだ！　グリーンシャワー《緑の洪水》！」

「わしゃ四十年ぶりに見るよ……」

「ＫＩＤ！」

「ＫＩＤ！　ＫＩＤ！」

　と大歓声がセントラルパーク中に響く。

　ヴィクトリカが飛びかう紙幣を見上げながら、頭を押さえて「う？　常夏の青空……？　喜んでるのかね……。なんだね？」と呻く。一弥が「どうしたの？」と聞くと、「誰かのたくさんの声が……。いや、幻聴である……」と首を振る。

夏の空いっぱいに紙幣が舞い続ける。

遠くから、ブゥゥゥゥーン……という音が近づいてきた。湖の周りの人たちがおどろいて振りむく。

小型飛行機がまた近づいてくる。きらめく夏の空に白い細い雲を描きながら……。と……。

青空をくるくると回り、雲で文字を書きだす。

みんな紙幣を拾う手を止めて、目を凝らす。

その文字は……。

〈連邦準備銀行よ、ざまぁ見ろ！　ＫＩＤ〉

「ＫＩＤ！　ＫＩＤ！」

とさらなる大歓声と、ジャンプしたり走り回ったりする人々。お札たちもうれしそうに弾んで青空を舞い続けている。

一弥が呆然と、

「盗んだお金をばらまくグリーンシャワー……。連邦準備銀行はもうＫＩＤに襲われちゃった……？」

「ちがう！　お札をよく見たまえ」

一弥が「えっ」と振りむく。

「君、今朝やってきた肉屋の女の子の事件を覚えているかね。警官と郵便屋の制服がよく似ていて見間違えたのだ……。このお札も同じである」

一弥が湖に浮かんでいる一枚を拾って、見る。と、その顔にみるみるおどろきが広がって……。

「そっくりだけど一ドル札じゃない……」

ヴィクトリカが「うむ」とうなずき、

「――〈植民地紙幣〉である！」

一弥が急いで辺りを見回した。

みんな大喜びで拾っているが、手の中のお札は、鉤鼻《かぎばな》に顎鬚《あごひげ》が特徴のロスチャイルド三世の顔が描かれた〈植民地紙幣〉……。

「二つのお札はデザインがそっくりだからな、みんな見間違えているのだ。制服が似ているからと、郵便屋と警官を見間違えた肉屋の女の子の失敗を、わたしたちも笑えまい……」

一弥は「う、うん。でもどういうこと？」と唸る。ヴィクトリカは低い声で、「おそらくこれもまた目くらましなのだ。つまり……」と言おうとした。

そこに、「おーい！」「探偵さーん！」と大声で叫びながら、看守ダグとケリー・スーが走ってきた。「ターザン男さん、大丈夫そうよ」「なぁ、それよりこれは……」「グリーンシャワー？」と二人とも絶句する。

ダグが目に涙をためて「ＫＩＤが銀行を襲った……。やられちまった。俺のせいだ……」と肩を落とす。

ヴィクトリカが首を振り、

「いや、銀行強盗はまだである……。こうしてこの時間にＫＩＤおなじみのグリーンシャワーが始まった。そして飛行機雲で勝利宣言までしてのけた。……ただでさえ警官たちが湖の秘密酒場に集まっている中、もうお金を盗まれたのだと思いこまされ……」

ヴィクトリカは続けて、

「これはトリックである！　久城。君はこの事件も覚えているだろう。煙草屋の女の子が常連客からお釣りをごまかされ続けた……」

「あ、うん。お釣りを数えている途中で、『いま何時？』って聞かれて、べつの数字にすり替えられちゃってた……」

「女の子は三セントまで数えたところで、七セントと勘違いさせられた。いまのわたしたちも同じように……」

とヴィクトリカが連邦準備銀行のビルをびしりと指さした。

「おそらくまだ強盗はされていない。こうして終わったように見せかけ、時間のタイミングをずらして警察の隙を作って、いまのうちに盗もうと……」

警官たちが銀行のほうから大勢こっちに向かってきた。小島に向かう軍団と戦女神像に向かう軍団とに分かれる。

「け、警官がみんなこっちにきてるよ。これじゃ、銀行のビルががらがらになっちゃう……ヴィクトリカ！」

「それこそＫＩＤの目的なのだ。〈ブラザーズ孤児院〉の人たちは昨夜、劇団としてセントラルパークに入った。夜通し準備をしていたというが、おそらくそのとき計画を練ったのだろうよ……。まずは湖の地下の秘密酒場に偽物のダイナマイトをおく。みつけたふりをしてわざと騒ぎ、銀行強盗団の狙う〝場所〟はここだと警官たちに思いこませる。つぎに、戦女神像の頭部を本物のダイナマイトで爆破させて上空からグリーンシャワーをばらまく。すでに銀行強盗は終わっていると〝時間〟を誤認させるためにである。それから……」

ヴィクトリカは低い声で、

「手薄になった連邦準備銀行を、悠々と襲うつもりなのだ！」

「い、いけない！」

一弥がヴィクトリカの手を引っ張って走りだす。

警官を呼びとめては「あの」「ＫＩＤはこれから銀行を……」と話そうとするが、誰も聞こうとしない。それどころか「邪魔するな！」「逮捕するぞ！」と怒鳴りつけられ、警棒で殴られそうになる。

そこにニコがやってきて、「いたいた、久城。さっきの写真、現像できたぜ。警官に渡しといたからさ……」と言った。それから空を見上げ、「って、こんどはなんだよ⁉　撮るもの多いぜ……」と言いつつ、グリーンシャワーをパシャパシャ撮る。

ヴィクトリカは、爆発した戦女神像と、空を飛びかうお札と、飛行機雲の文字で騒然とする芝生広場を見回した。

そのあいだにも、警官たちは銀行のビルから離れてどんどん湖のほうにやってきてしまう。

「これでは銀行のほうがカラになる……！」

ヴィクトリカは政治集会をしていた大人たちが使っていた拡声器をみつけ、拾った。重くて両手でも持てず、ふらつく。一弥が飛びついて持ちあげてやる。

「みなさん、聞いて、くださ……っ」

と一弥が言うものの誰もこちらを見ない。

ヴィクトリカは広場の真ん中にある、石でできた古代宮殿のような建物——ストーンヘンジを見上げた。と、一弥も気づいてニコを呼ぶ。ニコは「いったいなにが起こってんだよ？」とぼやきながら踏み台になってくれる。ニコの背中に乗って、まずヴィクトリカが、つぎに一弥がストーンヘンジの上に登る。

一弥が拡声器を持ちあげてヴィクトリカの口の前に用意してやる。

ヴィクトリカがおおきく息を吸い、拡声器越しにおおきな声で、

「聞くのだ！」

一人、二人の人々が振りかえる。

「ＫＩＤはまだ連邦準備銀行を襲撃していない！」

ふりむいて耳を澄ます人が増えていく。

「警官の目を銀行から逸らすための目くらましである！　よく見たまえ。紙幣の顔を……初代大統領ジョージ・ワシントンではなく……」

広場中に、「えっ、だ、誰よこれ……？」「初代大統領の顔じゃない……」とざわめきが広がっていく。

「金融王ロスチャイルド三世である！　一ドル札ではなく、植民地時代に海外で使われた〈R3 PAPER〉という紙幣なのだ……。おそらくこの騒ぎのあいだにＫＩＤは銀行を襲うつもりだ！　だから……」

ヴィクトリカは息を吸い、

「警官たちよ、もどれ。銀行へと……！」

と右手を振りあげ、脚を踏みだし、戦女神像と似たポーズになった。そして連邦準備銀行のほうをビシリと指さし、

「進め！　銀行にもどれ！〈Public Enemy No.7〉一味がやってくる！　だから警官たちよ……」

右手をまた振りあげ、

「進め！　進め！」

ドレスが風になびく。

青々とした葉っぱと花びらにおおわれた細い若木のように、ヴィクトリカは心許《こころもと》なく立っている。

と、警官たちが一人また一人と回れ右し、連邦準備銀行へと走りだす。

広場は大騒ぎである。銀行のほうに向かう人。混乱してなにか言いあう人。恐がって悲鳴を上げる人……。

ヴィクトリカがまたニコの背中に乗ってストーンヘンジから降りる。一弥が続いて降りかけて、遠くに目を凝らしだす。

「……どうした、久城？」

「野外劇場に……〈ブラザーズ孤児院〉の人たちが……」

遠くに見える石造りの野外劇場に、いつのまにか〈ブラザーズ孤児院〉の人たちがもどって

いた。また台詞《せりふ》を言いあい、劇の練習をしているように見えるが……。

　ヴィクトリカはうなずき、

「おそらく、ＫＩＤの銀行強盗に関与していないというアリバイも兼ね、劇の上演をやるのであろう……」

「あ、でも！」

　五名の警官が近づいていくのが見えた。「警官が……」と指さすと、ヴィクトリカも背伸びしてそちらを見ながら、

「うむ。ニコくんの証拠写真の件だろう。管理人スパーキーの落下事故との関わりがあきらかになり、警官に事情を聞かれるところ……」

　一弥がストーンヘンジから降りてきながら、

「でも、じゃ……？〈ブラザーズ孤児院〉の人たちが野外劇場にいて、劇をやろうとしているなら、この大騒ぎを利用して銀行を襲う役をするのは……」

　と首をかしげながら、地面に足をつけ、

「いったい誰なんだろう？　ヴィクトリカ……」

4

野外劇場近くにおいてあった自転車を急いで取りに行く。一弥とニコが自転車を左右から押しながら走り、前カゴにはヴィクトリカが乗る。後ろの荷台に松葉杖《まつばづえ》が差してある。ケリー・スーをおんぶした看守ダグも横を走る。

セントラルパークの小路《こみち》を走って、一同は連邦準備銀行へ向かった。

「ヴィクトリカ、じゃ、いま銀行には誰がいるのかな？　ＫＩＤ一人じゃたくさんのお金を運べないし……」

「うむ……」

「それにだよ？　かんじんのＫＩＤはずっとどこにいるんだろう？」

辺りは騒然とし、警官の怒号も響いている。

一同がようやく公園を出て舗道に着いたときには、車のクラクションに、押し合いへし合いする記者やカメラマンの声に、通行人の悲鳴も響き渡っていた。

ダグが悔しそうに、

「ＫＩＤじいさんはぜったいあきらめないぜ。なにしろ全身に仲間の名のタトゥを刻んで誓ってたんだからな……。喉《のど》にマリアの名を、右頬にダルタニャンの名を、左手の甲にキューピッドの名を……」

ヴィクトリカがはっとし、「ダグ、なんだと……?」と聞きかえした。

「KIDのタトゥは、喉と、右頬と、左手の甲に刻まれているのかね?」

「お、おぅ。それがどうしたんだよ……」

ヴィクトリカはパイプを握って考えこんだ。

と、すこしずつ青くなり、

「いけない……」

一弥があわてて「どうしたの?」と聞く。

「わたしは今朝会ったのである。喉と右頬と左手の甲を隠した老人とである……。もしや」

ヴィクトリカが銀行のほうを見た。

緑の瞳を閉じ、ゆっくりとまた開けた。深い湖のような瞳がふいにきらりと輝いた。ヴィクトリカはパイプを片手に持ち、ゾッとするような低い声で、

「――〈知恵の泉〉が告げている。銀行を襲撃するほうの新しい仲間の正体と、KIDの居場所を……」

風を受けて長い髪がぶわりと舞いあがる。

一弥がおどろいて「だ、誰なの……?」と聞く。

「――混沌《カオス》の欠片が再構成されていく……」

また強い風が吹いた。ヴィクトリカはパイプを握りしめ、低いしわがれ声で、

「久城。KIDが作ったのは、故郷カンザスの孤児院と女学校だったな? そして孤児院の名

は〈ブラザーズ孤児院〉。女学校とはおそらく……」

一弥が混みあう舗道をなんとか渡ろうとし始めながら「うん？」と聞き返す。

ヴィクトリカは首を振り、しわがれ声で、

「――〈シスターズ女学院〉である！」

辺りには人があふれて怒号と悲鳴が響き渡っている。

一弥がきょとんとして、

「えっ？　それってヴィクトリカ。今朝の〈デイリーロード〉に載ってた、ニューヨークで同窓会開催中のおばあさんたちのこと？　元気がよすぎて幽霊と見間違えられたという記事の……？」

ヴィクトリカは焦って、前カゴの中で立ちあがろうとし、

「あの老女たちである。久城……。今朝のことだ。彼女たちはニューヨーク観光と称し、連邦準備銀行を見学するためにビルに入っていった……。飛行機雲が空にＫＩＤの宣戦布告を書きだす前にだ。それはおそらく……。う、うぅ……」

と、ポプリの小袋を嗅ぎ、ふらつきをなんとか抑えようとする。

ヴィクトリカがゆっくりと目を開けた。

通りを見回し、銀行のビルのそばにずっと停まったままの古いボロボロの幌《ほろ》馬車をみつけると、目を細めて、

「ＫＩＤの新しい仲間は二組。銀行の周りに集まった警官たちの気を逸らすため〈ブラザーズ孤児院〉が動いた。おそらく強盗のほうを〈シスターズ女学院〉が受け持っているのだ。彼女

たちはあれきり銀行の中にいる。そして、さらに……」

独り言のように、

「ＫＩＤも連邦準備銀行のすぐそばに、ずっといたのだ……！」

とヴィクトリカが震える声で叫んだとき。

バーンと耳をつんざくほどおおきな音を立てて、連邦準備銀行の正面扉が、左右に開いた。

ビルの前に集まったたくさんの警官たちも、通行人も、報道陣も……。誰もがおどろきのあまり口をつぐみ、扉を見上げた。

重そうなおおきな扉が、左右に開くにつれ、右と左から二人ずつ、腕や脚から血を流した警備兵が転がり出てきた。床に崩れ落ち、扉前の十段ほどの階段を血で汚しながら、ずるずると落っこちてくる。

ダグが声にならない悲鳴を上げる。ヴィクトリカと一弥もあっと声を漏《も》らす。

と、その向こうから……。

ゾッとするほど残酷そうな馬の嘶《いなな》きが幾つも聞こえた。地獄からの使者のような……。

続いて、おおきな馬に跨《またが》り、左手で手綱を握り、右手で旧式の重そうなライフルを構えた老女たちがゆっくりと姿を現した。白髪を結い上げ、古めかしいシャツに重そうなロングのキュロットスカート。無骨なブーツ。

一人、二人、三人……。

どの顔にも残虐そうな笑みが浮かんでいる。

血を流して倒れている警備兵たちを一顧だにせず、馬で蹴散《けち》らす。そして蹄《ひづめ》の音も高らかに階段を駆け下りてくる。

その後ろから、四人、五人……。全部で七人いる。どの老女も背におおきな麻袋を背負っている。唖然《あぜん》として、見上げるばかりの警官たちを尻目《しりめ》に、目を見合わせると、

「ハ、ハ……」

「ハイヨーッ！」

と、いかにも昔風の掛け声を掛けあい、手綱を強く引いた。どの馬も舗道を蹄で叩《たた》いてタップダンスのような音を立て、ついで前脚を持ちあげて、後脚二本立ちになり、恐ろしい声でまた嘶いた。

扉から、血を流した警備兵がもう一人と、銀行員らしきスーツの女がよろめいて出てきた。老女たちを指さし、なにか言おうとする。

女が「つ、捕まえ、て……」と言い終わる前に、老女の一人がすばやく振りむき、女の右腿《みぎもも》を撃った。

女の体はその場で軽々とワンバウンドし、床に倒れた。

ダグが「あぁ……」と泣きだした。ケリー・スーが慰める声がちいさく聞こえる。ニコはおどろいて硬直している。

一弥が息を呑み、

「やめろっ！」

と叫んだ。

静寂の中、その声がおどろくほど響いた。

老女の一人がこっちを振りむき、ライフルを向けて、迷いなく一弥の脳天めがけて撃った。

パーン、と軽い音が響く。

一弥がヴィクトリカを庇《かば》って地面にうつぶせになる。

銃声で我に返ったのか、警官たちが一斉に声を上げた。

一部は老女たちを取り囲もうとしだすが、恐れて逃げようとする者も多い。ビルの前はますます混乱を極める。

と、老女たちは馬を操り、

「ハイヨーッ!」

「ハイヨーッ、ヨーッ!」

とノスタルジックな雄たけびを上げて、ビル前の通りを左に向かって走り出した。

警官も通行人も蹴散らされて、

「追え! 追えっ!」

「逃がすな!」

「金庫の金を持ってるぞ! 麻袋の中だ!」

と、叫び声が響き渡る。

老女たちを追って、警官も警備兵も通行人も通りを左に走りだす。

ヴィクトリカが必死で「逆だ! ちがうぞ!」と叫んだ。

一弥が走りだそうとして、振りむき、

「な、なに？」

「ちがう。右である！」

ダグとケリー・スーがおどろいて「でも〈シスターズ女学院〉の人たちは左だぜ」「右にはなにもないわ」と言う。

「わかった！　ヴィクトリカ」

と一弥が自転車を右に向けた。

ヴィクトリカは息も絶え絶えで、

「幌馬車である。あの派手なおばあさんたちはチェスの歩兵《ポーン》に過ぎん……。あっちの幌馬車の中にクイーンが……いやクイーンではなく……」

ヴィクトリカはまた戦女神像のように右手を振りあげて指さした。

忘れられたように路上に停まる、おおきな幌馬車――。

麻の幌は染みだらけで、黒ずみ、とても古く……。

それがいまゆっくりと、老女たちとは逆のほうに動こうとしていた。ガタッガタッと揺れて進みだす。

一弥が自転車のペダルを漕ぐ。みんなであわてて追いかけ始める。

「――〝キング〟が隠れているのだ、君」

「えぇっ」

「だか、ら……」

ヴィクトリカは歯を食いしばり、

「進め！　進め！」

一弥がヴィクトリカを前カゴに入れて自転車を漕ぎ、ダグはケリー・スーをおんぶし、幌馬車に向かう。ニコもカメラを抱えて「よくわかんねぇ‼」と言いつつついてくる。

人波とは逆の方向に、人をかき分けかき分け……。

倒れそうになりながら進む。

幌馬車はゆっくりゆっくりと進んでいた。道路は空いている。おおきな交差点に差し掛かる。

ヴィクトリカの指示で、一弥は自転車のスピードを上げて幌馬車と並んだ。風に揺れる幌の向こうに内部が見えるが、どうやら誰も乗っていないようだ。

さらにスピードを上げる……。

すると御者席に……。

痩《や》せ細り、皺《しわ》だらけの青い顔をした、古めかしい灰色のドレス姿の老女が、いまにも転げ落ちそうな弱々しさで乗っていた。喉にぐるぐる包帯を巻いている。手綱を握り、息も絶え絶えで引っ張る。

目をグリッと剝《む》きだしてこちらを睨む。

どこかへまだ逃げようとしている……。

その左から、ヴィクトリカを前カゴに乗せた黒い古い自転車が、右から、ケリー・スーを背負った看守ダグが……。後ろからニコも……。

「待て！」

と、ヴィクトリカが叫んだ。

御者席で、老女の口元が歪《ゆが》んだ。ヴィクトリカを横目で見て、睨む。

皺だらけの顔。鈍く硬い二つの目が光っている。恐ろしい形相……。

ヴィクトリカが前カゴの中で半ば立ちあがり、

「おまえの正体はわかっている」

「……」

「薬物について詳しかったのは、かつて自分も苦しんだからである。見知らぬわたしにポプリをくれたのは、苦しみを知っていたからである。花の効能に詳しかったのは、花壇の手入れをしながら、効能を知り、自分を治療したからである」

「……」

「そして、声を出さなかったのは……」

「……」

「ドレスで変装し、性別を隠すためである」

「……」

「そして、喉の包帯は……」

「……」

「まずは性別を隠すために……喉仏を見せたくなかったのだろう……」

「……」

「そして喉に刻んだ仲間の名も隠し……っ」

「……」

「白髪で隠された頬も、左手だけレースの手袋をして隠された手の甲も……。理由はわかっているぞ」

「……」

「おまえはクイーンではなくキング……。おまえの名は……」

「……」

老女は首をぐっと曲げ、御者席からヴィクトリカをじっとねめつけた。

ヴィクトリカは前カゴから手を伸ばし、

「ＫＩＤ！」

と、ヴィクトリカのその声に、右側を走っていた看守ダグが言葉にならない大声を上げて喚《わめ》いた。それから「ＫＩＤだって……？」とつぶやき、御者席の老女の顔を穴の開くほど見た。

それから「あんたは……」と仰天して……。

ニューヨーク中に響き渡るような大声で、

「——ＫＩＤ！　ＫＩＤ！　なんだよ、ＫＩＤじいさんじゃねぇか！」

と、つぎの瞬間——。

乾いた銃声が一発、響いた。

御者席の老女——変装したＫＩＤが、いつのまにか手に小型拳銃《けんじゅう》を握っていた。

路上でダグが、びっくりしたように目を見開いて、ついで無言でばったり倒れた。

ケリー・スーの「いやーっ！」という悲しげな声が届いた。

ヴィクトリカがはっと息を呑んだ。

「ダグ？　ダグ……！　いや、いやー……。ダグ、起きてぇ……！　ダグぅ……っ。ダグが死んじゃう！　いやーっ、誰かぁ！　助けてェ！」

その声も路上に置いて、幌馬車はまだよろよろと進み続ける。

夏の夕刻の風が熱く吹き、ＫＩＤの白髪がなびいた。老いて皺だらけの右頬に刻まれた文字――〈ダルタニャン　マイラバー〉がかすかに読みとれた。喉の包帯も風にあおられて取れていき、喉に記された妹の名――〈マリア　マイシスター〉が見えた。

ＫＩＤが口を開け、

「――〈一人は皆のために。皆は一人のために〉！」

低い声はしわがれて、悲しげで、老いていた。

「ダルタニャン、マリア……キューピッド……」

声はしわがれた男のものだった。

と、ヴィクトリカが震える声で、

「無関係な市民を撃ち、犠牲を出しながらか？」

「……」

「わたしたちは、名も無く、貧しい。でもみんな生きてるのだ……。あの恐ろしい二つの嵐を終えて、この新しい世界で、ようやくなんとか生きてるのだ。それなのに、銀行強盗にたまたま撃たれて死ぬなんて、そんなの、誰だって、ごめんである……」

ＫＩＤがばかにしたようにヴィクトリカを見た。しわがれた老人そのものの声で、

「もしかして貴女《あなた》は善意の話をしてるのかね？」

「……」

「見損なったよ、お嬢さん。もっと賢い、とくべつな子と見えたため、手を伸ばし、特製のポプリを与えて助けてやったのにな」

「あ……」

黙った。

ヴィクトリカは真っ赤になった。「わ、わたしは……」と反論しようとした。

ＫＩＤが銃口を向けてくる。

賢そうで、感情のよく見えないつめたい目。

一弥が「あっ……」とあわてて、ヴィクトリカを守ろうと、自転車を漕ぎながらヴィクトリカのちいさな顔の前に手を伸ばした。

銃口が鈍く光る。

――銃声が響く。

一弥の耳のすぐ横を銃弾がひゅんっとすり抜けていった。

ヴィクトリカは目を真ん丸に見開いて振りむいた。それから、「あ、あー……」とＫＩＤを睨みつけた。

ヴィクトリカを守ろうと伸ばされた一弥の手に、

「えっ、ヴィクトリカ？　き、君……？」

熱いなにかが一滴かかった。

ヴィクトリカが泣いていた。一弥は「ヴィ……」と絶句する。

エメラルドグリーンの瞳を見開き、びっくりしたような表情を浮かべていたが、不思議と悲しげにも見えた。瞳から真珠のような涙がぽろぽろとこぼれていた。しわがれているのに奇妙に幼い声で、

「そうだとも。わたしはいま善意の話をしたのだ。悪いかね……。貧しい、なにもない。お金《グリーン》にできるような取柄もなく。でもこの新しい世界でわたしたちみんな生きのびようとしてるのだ。それなのに、貴様が……」

涙を溢《あふ》れさせて、

「……貴様、久城を撃ったな！　わたしの従者を撃ったな！　見知らぬ若者に、平気で銃口を向けて、引き金を引くとは……！」

と呻いた。

「そして……ダグを撃った。毎日おまえの世話をしてくれた男を……」

ヴィクトリカは再び低く老いていく声で、

「おまえのことはあの世にいっても許さない。ＫＩＤ……。その銃弾にかけて、わたしはおまえの残酷さを……」

銃が再び持ちあげられた。

銃口がヴィクトリカに向けられる。

「許さないのだ！」

とヴィクトリカが緑の瞳を見開く。

ＫＩＤは急に傷ついたような声で、

「でも、こうしか生きられないんだよ……。ぼくはもうずっと法治国家の敵で……。十七歳で〈Public Enemy No.7〉になって、もう五十年も……」

そのとき一弥が、自転車を漕ぎながら片手を伸ばした。

風にあおられた幌馬車の手綱をぎゅっと掴んだ。そして力を込めて引っ張る。

ＫＩＤがふらついて仰《の》け反った。口からぶわっと血を吐く。

血は赤い花のように空を舞ってから、老いたるＫＩＤの顔にべったりと降りかかった。

と、乾いた銃声がした。弾が石畳で弱々しく弾け、コロリと転がった。

一弥が手綱を離すと、自転車の後ろの荷台に手を伸ばした。そのあいだに幌馬車は交差点を曲がって一弥の自転車を引き放していった。と、走ってきた自動車とあやうくぶつかりそうになる。断末魔のようなブレーキ音が響き、車がきゅるきゅると回転してようやく停まる。クラクションが響き渡り、運転席から激しい怒号も飛ぶ。

一弥は後ろに片手を伸ばし、荷台に差しっぱなしになっていたケリー・スーの松葉杖を取った。

片手運転のまま自転車を漕ぐ。

追いついていく。

そして……幌馬車の後ろの左側の車輪に向かって、刺すように、投げた。

車輪が生物の如く苦しげな悲鳴を上げた。松葉杖が折れたが、車輪も歪んで、幌馬車がくるくるっと危険にカーブし始めた。真横になってどうっと倒れる寸前で、揺らめき、斜めに停まった。

御者席から小型拳銃がころっと落ちて、路上で乾いた音を立てた。

一弥は自転車で静かに近づいていく。

幌馬車は斜めにかたむいたまま、交差点の真ん中で、完全に動かなくなっていた。

さらに近づき、御者席を見上げる。

ＫＩＤはぐったりしてうつむいていた。頬と口の周りから、顎、首にかけて血に染まっていた。

辺りは死の国のような静寂に包まれていく……。

5

遠くから足音と大声が近づいてくる。

警官と警備兵がやってきて、幌馬車をぐるりと取り囲んだ。両手で銃を構え、一歩、また一歩と近づいていく。カメラを掲げたニコも、警官たちの後ろからおっかなびっくり寄る。

ヴィクトリカと一弥は、警官の一人から話を聞いた。

「おっかないおばあさんたちは、全員検挙……」

「それと、さっきの……展望台から人が落ちた事件でも……。ほら、写真から……」

と小声が続く。

聞き終わると、一弥は御者台のＫＩＤを見上げた。おおきな声で「ＫＩＤさん！」と言う。

「あの、あなたの仲間である〈シスターズ女学院〉は七人とも捕まりました。連邦準備銀行から盗んだお金も当局によって回収……。それから〈ブラザーズ孤児院〉のほうも手配され、遠からず検挙される見込みです。捜査すればあなたの仲間だった証拠もみつかるはず……」

ヴィクトリカも「うむ……」とつぶやいた。

緑の五段フリルが風にあおられ、夏の木々の葉のようになびいた。

自転車の前カゴから降りて、ゆっくりと幌馬車に近づいていく。真下からＫＩＤの顔を覗きこむ。

ＫＩＤが首を動かし、ヴィクトリカを見下ろした。灰色のロングドレスにも血がついていた。首にタトゥが見える。結い上げた白髪は半ば崩れていた。整った顔つきには若いころの面影がある。

呻きながら、

「あんたは……誰だ？　なぜぼくを追った？」

「わたしは看守のダグ・メンフィスに雇われた私立探偵である」

「探偵か。あんたはぼくの目的を阻んだつもりで得意になってるんだろうな。だがぼくにはもう一つの目的が……」

ヴィクトリカは黙って聞いている。

「ぼくは……刑務所に入ってから考えた……。ずっとなにかおかしかった、と……。素人だってのに、どこの街の銀行を襲撃してもうまくいった。いや、いきすぎた。〈ブラザーズ孤児院〉

と〈シスターズ女学院〉とはずっと連絡を取っていてね。やつらに調べてもらったところ、詳しいことはわからないが、とある大富豪が裏で……」

「ロスチャイルド五世かね？」

ＫＩＤはヴィクトリカをじろりと見た。

「な、なぜわかる……？　そう……。やつが関わっていたと見えてきた。ニューヨーク連邦準備銀行で失敗した原因も……ロスチャイルド五世に邪魔されたせいだと……」

ヴィクトリカがなにか言いかけ、やめる。ＫＩＤは続けて、

「今回の再襲撃計画を練る途中、戦女神像の展望台で〈植民地紙幣〉をみつけた。ロスチャイルド五世の顔とそっくりの祖父の似顔絵……。まずみんなの注目を集めておき、顔を公開していないロスチャイルド五世の人相書きをばらまいてやれば、すこしは復讐《ふくしゅう》になるだろうと……」

「そうか。貴様は銀行強盗のついでに、憎きロスチャイルド五世にちょっとした意趣返しもしてやったのだな」

うつむいて、考え、

「うむ。それは確かにやつは困るだろう……」

ヴィクトリカは自分だけに聞こえるちいさな声で「そして……ロスチャイルド五世の状況の揺らぎが……この街の未来を左右するような、予感もする……」とつぶやいた。

ＫＩＤは遠くを見ながら薄く笑った。

「金融王もこの先はちょっとばかりやり辛《づら》くなるだろうさ……。最後のちいさな復讐だよ」

ゴホゴホッと激しく咳《せ》きこみ、また血を吐いて、

「ダルタニャン、マリア、キューピッド……。おまえたち、あの遠い若者たち、まだぼくの声が聞こえるか？」

血に染まった顔を歪めて、

「聞こえてるなら、迎えにこいよな。天国でもまた銀行強盗をやろう。こんどは終わらない……永遠に！」

とつぶやき、弱々しく笑った。


ヴィクトリカが離れると、警官たちが幌馬車に近づいていった。

そして御者台からＫＩＤを乱暴に引きずりおろした。倒れたＫＩＤに手錠をかける。

交差点に人が増え、騒然としているところで、警官たちの後ろから、

「通して！　お願い、通してってば！」

と女の子の張りあげる声がした。

警官たちが振りむく。びっくりして左右に道を開けてやる。

ケリー・スーが怪我している左足を引きずりながらゆっくりと歩いてきた。黄色い水玉のワンピースが真っ赤に染まっていた。背中に血まみれのダグをずっしりと背負っている。

ダグは目を閉じ、震えている。

一弥が駆け寄り、ダグを引き取った。ダグが目を開けて「ＫＩＤじいさんは？」と呻いた。

ヴィクトリカが「ここにいるぞ」と言う。それから老人の傍らにしゃがみ、肩を揺さぶる。

ＫＩＤが呻いて、目を開ける。

ダグをみつけて微笑むと、

「ダグ、マイ、ディア……」

途端にケリー・スーが拳を振り回し、わぁわぁ喚いた。

「なにがマイ、ディアよ！　撃ったくせに。それに脱走するときも気絶するほど頭を殴ったでしょ……。あんたいったいなんてことすんの！」

ダグが弱々しい声で、

「やめてくれよ、ケリー・スー。悪い人じゃねぇんだ」

「は？　ダグったらなに言ってんの！　ニューヨークでいちばん最悪のおじいさんに決まってる！」

「で、でも……国境の向こうにおいてきちゃった父ちゃんやじいちゃんの代わりに、俺なんかのつまんない話を、毎日楽しそうに聞いてくれたんだ……。コミックのこととか、女の子のこととか、週末に見た映画のこと……。それに、きれいな押し花もくれたし」

ＫＩＤの口元が薄く笑った。

ゆっくりと目を開け、

「捕まっちまったもんで、チップもなくてすまんな。ダグ」

と息も切れ切れで言う。

するとダグも、たまらず声を上げて笑って、

「刑務所じゃチップはいらねぇって、ＫＩＤじいさん」

「……グッバイ、ダグ」

ＫＩＤが、ふぅー……と、妙に長い息を吐いた。

つめたい二つの目を、見開き、空を見て……。

動かなくなった。

ダグは乾いた黒ずんだ老人の顔を見下ろし、黙っていた。ほんの一瞬、すごく怒ったような顔をした。それからまた悲しそうになった。

血だらけの手のひらを伸ばして、老人のまぶたを閉じてやると、

「グッバイ、俺の囚人……。俺の、俺のＫＩＤじいさん……」


サイレンとともに交差点に救急車が二台やってきた。一台目がＫＩＤの死体を車に乗せる。つぎに二台目がダグの担架を運びこむ。

ヴィクトリカは苦しそうなダグを見て、唇をぎゅっと噛《か》んだ。近づいてなにか言おうとし、首を振る。一弥の耳元になにかささやく。

一弥がうなずき、代わりに進み出て、

「ダグ、探偵から君に『すまない』って」

ダグは苦しげに、

「な、なにがだ……？」

「事件の解決が遅くなって。それに君にケガまでさせてしまって」

「なに言ってんだよ！　大活躍だったじゃねぇか。最後にはＫＩＤじいさんをみつけてくれた

し。銀行強盗も検挙したし……。俺、昨夜から一睡もしてなくて……。でもようやく眠れそう……」

と、ダグが目を閉じた。

ケリー・スーが「ダーグー！　死なないで！」とすがりついた。救急隊員に「いや寝てるだけ……。この傷だと命に別状はないよ……」と止められる。するとケリー・スーは「あ、あたしも乗ってく……。ダグしっかりね！」と救急車に乗りこんだ。

扉がバタンと閉まる。

その姿も目で追いながら、ヴィクトリカが「ケリー・スー。その、君の地図もわたしは……」とつぶやくが、その声は届かない。

ヴィクトリカはしゅんとして深くうつむいた。

それからふと、交差点の角にあるシーフードレストランに目を留めた。看板には魚の絵と〈アルファベットシティ〉という文字が……。

ヴィクトリカが急にはっとする。

ケリー・スーの「ダーグー……。しっかり……。寝てるの？　ねぇ寝てるの？　あらっ、笑ってるの？　ちょっと、ダーグー……」という大声と一緒に、救急車が遠ざかっていった。

6

警官の群れと野次馬があふれかえり、馬車の周りには非常線が張られる。

喧騒《けんそう》の真ん中で、ヴィクトリカはなぜかシーフードレストランの看板をみつめ続けている。

一弥が救急車を見送りながら、しんみり、

「……ぼく思ったんだけど、ヴィクトリカ。君の依頼人さんたちこそお人好《よ》しだったなって。ねぇ、どうして君って人はお人好しと縁があるのかな。ぼくの推理によりますとね、じつは君も、超人的に素直じゃないけど、いわゆるお人好しの一種、いや新種……奇種かな……」

「セントラルパークに行くぞ！」

「へ？」

一弥がきょとんとして、

「セントラルパーク？　また？　どうして？　忘れものをしたの？」

ヴィクトリカは焦って、ピンクのハイヒールと絹のストッキングに包まれた細い脚でばたばた足踏みし、ミニハットを揺らしながら、

「ちがう。依頼がまだ残っているからである」

ヴィクトリカはほっぺたを赤くしている。うつむいてその顔を隠しながら、低いしわがれ声

で、

「〝セントラルパークのほんとうの地図〟探しである。ケリー・スーも今朝からずっとわたしに頼んでたのだ」

「いまから探すの？　でももう薄暗くなってきちゃってるよ……。夜中にうろうろ探し回るなんてお勧めしないな。それに、えっと……そうだ、本物のライオンが出るかもよ？　おばあさんのお化けと！　あと、うーんと……」

「君。公園中を彷徨《さまよ》い歩くのではない。地図の在処《ありか》が閃《ひらめ》いたのである」

とヴィクトリカは一生懸命言う。

振りかえり、交差点のシーフードドレストランの看板を指さして、

「たったいま、〈アルファベットシティ〉という看板を見てな」

「ど、どういうことさ？」

「君も覚えてるかね。おかしなマンハッタン島の地図を……。数字のところどころがアルファベットに替わっていて、あちこちに家の絵が描いてあった……」

「うん……」

「……」

ヴィクトリカはとつぜん公園に向かって走りだした。ドレスの裾のフリルが複雑に揺れて追いかけていく。一弥もびっくりして「き、君？」と自転車を引っ張りながら追いかける。

その後ろをニコも「ケリー・スーが探してた地図のことかよ？　じゃ、俺も……」とついてくる。

ふわふわした緑のフリルボールが遠ざかっていく……。

「はーはは、はー！」

ヴィクトリカのおかしな笑い声も響いている。

「ちょっと、ヴィクトリカ。急に張り切って……どういうことさ？」

ヴィクトリカが振りむいて、

「わたしは先を急いでいるのである。なぜなら、建築家ドルイドによる最後の意地悪が呼んでいるからである。大声が聞こえるぞ。誰か謎を解いてみよ、と……」

「ほ、ほんと？　どこで？」

「セントラルパークの……」

と、走りながら指さして、

「戦女神像の上である！」

「えぇ!?　と、とにかく、そんなに急がないで、ヴィクトリカ！」

と一弥はあわてて追いかけながら、

「こらー、待ちなさい！　ストップ！　アンド、シットダウン！　グレイウルフ！」

でも灰色狼は止まらない。

警官や野次馬でまだ騒然とする連邦準備銀行ビルの前を通り過ぎ、暮れていく空に重たく覆われ始めた太古の森――セントラルパークへと急ぐ。その後ろを自転車を引っ張る一弥が、さらに後ろを、怪訝《けげん》な表情を浮かべたニコが追いかける。

公園に入る。

薄暗い遊歩道を駆ける。

鮮やかな黄緑に染まった真夏の芝生のあちこちに、濃緑の紙幣がたくさん散らばっている。まるで木の葉のように敷き詰められ、ときどき風に舞っている。

人影はもうまばらである。そろそろ公園の終わりの時間……。

子供たちの姿は消え、大人のグループがすこしだけ残っている。

ストーンヘンジや東屋に夕日が落ち、昼とはちがうつくしさである。夜に続くグレーの空がいっぱいに広がっている。

森の奥には早く夜が降り、芝生はまだ夕方のままで、公園の中には別の時間が混在しているような複雑なうつくしさだった。まだ公園に残っているニューヨーカーたちも、まるで妖精や動物のように儚《はかな》い姿に見える。昔からの自然の時間が刻々と近づいている。

ヴィクトリカたちは走って、走って、ようやく、頭の上半分が吹き飛んだ戦女神像の前にたどり着く……。

「はぁ、はぁ……。捕まえたぞぉ、ヴィクトリカぁ！」

と一弥に後ろから言われて、ヴィクトリカは振りむいて、もう逃げたくなさそうにかすかに笑い、

「……おや捕まった！」

7

「久城よ。〝セントラルパークのほんとうの地図〟はな。最初からわたしたちの目の前にあったのだ。建築家ドルイドの意地悪によって隠されていて……」

と言いながら、ヴィクトリカが戦女神像のいちばん上の屋根裏部屋のような部屋に再び姿を現した。

はぁ、はぁ、とすこし息を乱している。

後ろから一弥も入ってくる。続いてニコも「登ったのは初めてだぜ。レベッカが高いところが苦手で……」と姿を現す。

爆発によって見る影もなくなった展望台の小部屋を見回す。

さっき登ってきたときと同じなのは、右側の壁と、床に散らばった家財道具など。左半分の壁は吹っ飛ばされてなくなっていた。床には鉄の破片が無数に散らばっている。

夏の熱い風が吹いてきて、三人の髪や服の裾を揺らした。

ぐらり、と像ごと床が揺れたような気がして、一弥はゾッとした。

心配そうな声で、「危ないから、用が済んだらすぐに降りよう。ヴィクトリカ……」とささやく。ニコも後ろで「こりゃひでぇな。それにこえぇ……」と言う。

ヴィクトリカは机に向き直った。さきほど一弥が小部屋の隅でみつけたマンハッタン島の地図を広げて、

「これは車椅子の老人が売店で買ったマンハッタン島の地図と似ているが、すこしばかりちがうところがある」

するとニコが覗いて、逃げ腰になり、「俺わかんねぇ……」と言う。一弥が指差して「横のラインのアベニューは数字だけど、縦のラインのストリートにはアルファベットが混ざってるんだ……。ほらちゃんと見て、ニコ？」と言う。

するとニコは両腕を振り回し、

「うるせぇ！　俺はいつだってちゃんとしてる！　ただ……字、読めねぇんだよ……」

一弥はぽかんとしてニコを見上げた。

「えっ？　……あっ、ご、ご、ごめ！　そっか。それで飛行機雲が空に書いた字を読んでって……？」

「べつにいいぜ。だからさ、俺だけ知らねぇことがよくあるんだよ。だから昨日言ったろ……。なんにもわかんないって、さ」

ヴィクトリカが黙って二人の様子を見ている。

一弥がうなずいて、

「そっか。あのね、君が撮影した飛行機雲の文字にはこう書いてあったんだ。〈連邦準備銀行よ、待たせたな‼　ＫＩＤ〉って」

「……ほんとか？　すげぇかっこいいなァ、おい‼」

ニコがいまごろ興奮し始める。

「うん。で、でね、この地図にはね……」

と一弥が地図を指差して、

「アベニューは数字だけど、ストリートのほうだけ、実際の地図の番地とちがって〝一、二、三、A、四、五、六、B〟……とアルファベットが混ざってるんだよ」

「へぇ？」

と、三人とも地図を覗きこむ。

地図のあちこちに家のイラストも描いてある。

ニコが「家の絵がたくさん描いてあるぜ」と言うと、ヴィクトリカが金のパイプをくゆらしながら、

「うむ、一階建ての家が六軒、二階建てが七軒、三階建ては十二軒ある」

「って、なんの建物？」

ヴィクトリカがさくらんぼのようなつやつやの唇からパイプを離して、

「久城、ニコくん。これは地図のようで地図ではないのだよ。建築家ドルイドの意地悪である。またの名を——暗号。これは暗号地図なのだよ、君たち」

「ど、どういうこと、ヴィクトリカ？」

「マンハッタン島の住所は二つの数字でできているのだったな。連邦準備銀行なら七一ストリート五アベニュー、という具合にな。しかしこの地図の場合、ストリートの数字がところどころアルファベットに替えられている」

「う、うん……」

「住所を抜きだしてみたまえ。久城。まずは一階建ての家からだ」

一弥がうなずき、順番にノートに書いていく。それをヴィクトリカが覗きこむ。

Oストリート二アベニュー
Lストリート一アベニュー
Oストリート三アベニュー……

一弥が顔を上げ、「なにこれ?」と聞く。

「いいから続けたまえ」

Tストリート六アベニュー
Kストリート四アベニュー
Aストリート五アベニュー……

「ヴィクトリカ、一階建ての家の住所はこの六つだけど?」

「御苦労。つぎにアベニューの数字の順番でアルファベットを読むのだ、君」

「わ、わかった……」

一弥はうなずいた。ニコが首をかしげて一弥の口元を見ている。

と、ぐらり、とまた戦女神像がかたむいた。ヴィクトリカがパイプを口から離し、辺りを見まわす。ニコが浮き足立ち、「アワワ」とつぶやいた。

「急ぎたまえ、久城！」

「……う、うん！」

と一弥がうなずいたとき。

ぐらり、ともっとおおきく床が揺れる。ニコが悲鳴を上げる。一弥も作業を止めて「戦女神像が揺れてる！　さっきの爆発できっと、建物自体が弱って……」とささやく。ニコは青くなって入り口のほうに後ずさるが、ヴィクトリカは動かない……。

「ヴィクトリカ、逃げよう！」

「いや、読むのだ。久城……」

「だめだよ！　展望台が倒壊したら、君が……。き、君が……ヴィクトリカ……」

「いいから」

とヴィクトリカが繰りかえした。

一弥は黙ってヴィクトリカを見た。それから、最後までつきあおうと覚悟を決めたように「……わかった」とうなずき、立ったままノートを掲げて、作業を続けだした……。

「一がL。二がO。三もOだな。四はK……。で、五が……A。六は……えーっと……T！」

「続けると？」

「んー、LOOKAT……？」

「〝LOOK AT《見よ》〟！」

こっそり逃げようとしていたニコが後ろ歩きでもどってきて、「……って書いてあるのか？　暗号ってすげぇな！」と叫んだ。

それから一弥と顔を見合わせ、「でも、見ろって言われてもよ」「うん、いったいなにをだろ」と言いあう。

「久城、続きを読むのだ。つぎは二階建ての家のアルファベットである」

一弥があわてて地図を覗きこむ。また足元が揺れる。ニコがまた逃げ腰になり、小股《こまた》で入り口に近づいていく。

一弥は急ぎメモを書く……。

Lストリート六アベニュー
Wストリート四アベニュー
Aストリート五アベニュー
Hストリート二アベニュー
Eストリート三アベニュー
Lストリート七アベニュー
Tストリート一アベニュー

これを並べ替えて、

「えっと……一がT。二がH。三がE……。四がW！　五がA！　六はLで、七も……L！」

「続けて読むとどうなるかね？」

「んーと、えー……THEWALL……」

「"THE WALL《壁を》"！」

ニコが「……って書いてあるのか!?」とおどろく。「暗号ってすっげぇ。つぎはつぎは？」

それからまた、足元の揺れに気づいて、「で、でももう降りたほうがよ……」と顔を青くする。

一弥は「か、壁……？」と、右側の壁の気味の悪い模様を見た。ヴィクトリカも隣に立って見上げる。

紫と白と黒のまだら模様の壁。見ていると、真ん中に吸いこまれていきそうな気持ちになる……。

「久城。この右の壁に貼られた壁紙を、気持ち悪いと言っていたな」

一弥が「う、うん……」とうなずく。震える声で、

「この壁のことかな？　でも見たところでなにも……」

「つぎだ、君。三階建ての建物を読みたまえ」

「わ、わかった！」

Fストリート六アベニュー
Eストリート一〇アベニュー
Hストリート四アベニュー
Wストリート一アベニュー

Hストリート九アベニュー
Iストリート二アベニュー
Tストリート三アベニュー
Yストリート一一アベニュー
Sストリート八アベニュー
Aストリート五アベニュー
Eストリート一二アベニュー
Iストリート七アベニュー

一弥が震えるペンをノートに走らせ、

「えっと……一がW、二がI！　三がTで、四がHで、五がA！　で……六がFで、七がIで、八がSでしょ。九がH、一〇がE、一一がY、で、一二がEで……。えっと、つまり……WITHAFISHEYEかな……？」

「〝WITH A FISH EYE《魚の眼で》〟！」

「ん……？」

ニコが小声で「魚の眼……？　壁を見よ？　魚の？　ナニ……!?」とつぶやく。

ヴィクトリカが両手を広げて、

「――これが建築家ドルイドからの暗号メッセージである。〝LOOK AT THE WALL WITH《魚の眼で壁を》 A FISH EYE《見よ》〟！」

……足元の揺れが酷《ひど》くなる中、一弥が「ど、どういうこと？」と叫んだ。

「なにか思いださないかね、久城？」

一弥はヴィクトリカを庇おうと手を伸ばしながら、「えっと」と首を捻《ひね》る。

「こ、これである。あっ」

すてん、と転ぶ。それから両手を床について起きあがって、家財道具が散らばる床を必死に探す。一弥も床に四つん這《ば》いになって「なにを探してるの、君？」と聞く。

「魚眼レンズである」

「って、あぁ。あったね。家財道具の中に……。鍋とか靴とかシルクハットと一緒に……。ま、待って……」

二人で床を探す。

部屋全体がおおきく揺れた。

ニコが「おわ!?」と叫び声を上げた。ヴィクトリカと一弥を見比べて「俺は逃げるぜ！」と部屋を飛び出していった。一弥が顔を上げ「ニ……」と止めようとするが、またおおきく揺れたのであきらめる。

ヴィクトリカと一弥は床を這って、隅の椅子やら箱を持ちあげて、探す。でもどこにもない……。

「魚眼レンズがどうしたの、君？　暗号の意味は何？」

ヴィクトリカが「そ、それは……」と必死で壁を指さす。つっかえながら、

「久城、建築家ドルイドはな、久城。正確な地図をくれと家を訪ねてきた市役所員に……『地図はセントラルパークの中に隠してやった。ばーかばーか。わしは知らん』と悪態をついたそうなのだ。そ、それから、相手の眼鏡を奪って振り回し、こうも言ったらしい」

「なんて？」

「『こーんな眼鏡かけたってみつからんぞ』とな」

「どういうこと……？」

「じつはヒントをくれていたのだ。べつの眼鏡で見れば地図は現れるという意味だったのである」

一弥が箱を持ちあげて、その奥を見て、「あぁ、あった！」と胸を撫《な》で下ろす。魚眼レンズを拾ってヴィクトリカに渡す。

ヴィクトリカは……。

魚眼レンズを持ちあげてレンズ越しに壁紙を見た。

「久城、解けたぞ！　君も見てみたまえ」

と、子供のように得意な顔でレンズを渡される。一弥もレンズ越しに壁を見た。

息を吞む。

「……あ！」

魚眼レンズ越しに見る壁紙は……。

真ん中に吸いこまれそうに見える不気味な絵は、レンズを通すと、中心に向かって細かく描かれていたのが矯正されて普通の絵になっていた。

現れたのは……。

「イッツ……イリュージョン……」

「〝セントラルパークのほんとうの地図〟である！」

「紫のところは、ほんとうは緑だったんだね……。芝生や森なんだ。そして黒いところは青……。湖や小川だね。これぞ建築家ドルイドの隠した地図だ」

それは細かく正確な地図だった。真ん中に青い湖があり、その手前に芝生と戦女神像。湖の真ん中の小島には地下のレストランまで描かれていた。

小山に隠された洞窟《どうくつ》に、スケートリンクの地下にあるらしき水中宮殿……。

床がおおきく揺れる。一弥は悲鳴を上げた。

「地図はあった。でも戦女神像が崩れたら地図も一緒に……。わ、床が！」

「うむ……」

一弥が背伸びして腕を伸ばす。壁紙を剥《は》がそうとして、引っ張ったり、爪を立てたりするものの、「だめだ。しっかり貼りついてる。むりに引っ張ると破れちゃう……」と肩を落とす。

ヴィクトリカもあきらめ、悲しそうにうつむく。「せっかくみつけたのにね、ヴィクトリカ……」「ここにおいていくしかないとは！　ケリー・スーになんと言えば……」とささやきあう。

そのとき……。

「写真、撮るか？」

一弥はぎょっとして真上を見た。

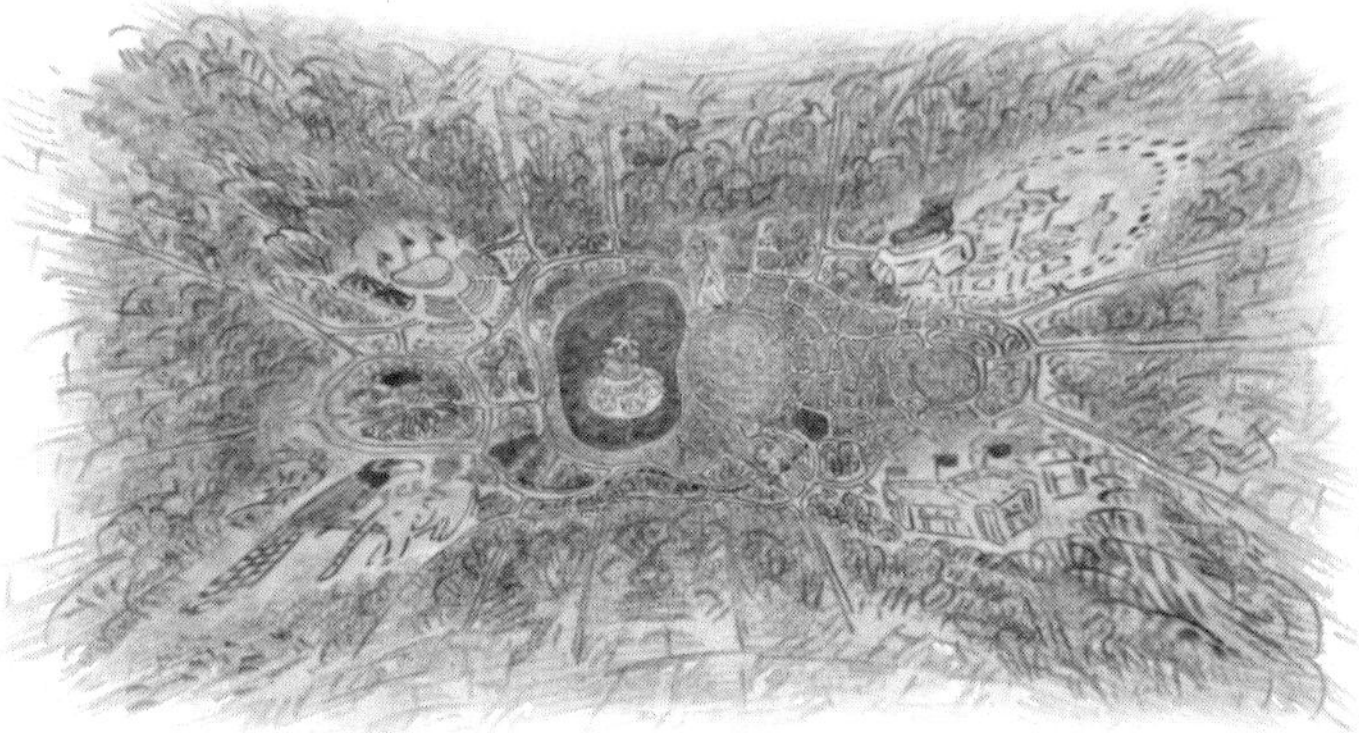

ZOO

いつのまにかニコがもどってきて、また一弥の頭頂部に勝手に顎を乗っけてしゃべっていた。

「……ニコ⁉」

ヴィクトリカもうれしそうに、

「君！　それである！　壁の写真さえ残ればよいのである。その写真を魚眼レンズで見れば地図は現れる」

「オォ、いいぜ？」

とニコはきょとんとしてうなずいた。

壁の前に、長い脚を開いて立ち、シャッターを切る。

だんだんうれしくなってきて、大股を広げたり、片足に体重をかけたり、片足を横に伸ばしてしゃがんだり、さまざまなポーズを取ってはパシャパシャとシャッターを切る。

「俺、役に立ってる？　立ってるぅ？」

ヴィクトリカが「うむ。かなりな」と返事をする。「ほんとかよ？」「うむ、ほんとである」

ニコが心配そうに一弥をちらっと見る。一弥も「うん、ほんとに……」とうなずいてみせる。

また床が激しく揺れる。

「よーし撮れたぜ」

「ニコありがと。行こう」

「うむ、行くぞ」

「やっべぇ。もう崩れるぜ……」

と、三人は大急ぎで螺旋階段に飛びだした。

カンカンカン、カンカンカン……。

足音が響く。

大急ぎで、階段を降り……。

やがて戦女神の左足の裏から、まずニコが両腕を振り回しながら、ついでヴィクトリカと一弥がぎゅっと手を繋いで、飛びだしてきた。


外はもう暗かった。蒸し暑い夏の夜になっている。

昼の眩しい日射しも、夕刻の橙色《だいだいいろ》の輝きも遠ざかり、空は濃い藍《あい》色だった。緑の芝生も暗く灰色に染め替えられて、まるでモノトーンの写真を見るようだった。

三人がやわらかな芝生を踏んで、走る。

「オ、オイ見ろよ！」

とニコが叫んだ。ヴィクトリカと一弥もはっと振りむく。

頭部の壊れた戦女神像が前方に向かっておおきく揺れていた。

一弥が「あっ……」と声を上げ、「ヴィクトリカ……！」と手を引いて急いで戦女神像から離れようとする。

ヴィクトリカは緑の瞳を見開いて、振りむき、

「〈戦女神の旅《ブリタニカズツアー》〉！　なぁ久城、まるでおおきな人形が前に歩きだしたような姿だぞ。すごいぞ、すごい」

一弥もまた振りむいた。戦女神像がまた揺れて前方にすこしずれる。確かに前に一歩踏みだ

しているようにも見える……。

さらにおおきく揺れる。一弥は焦って「危ない。急いで！」と手を引っ張った。ヴィクトリカも脚をもつれさせながら一生懸命逃げる。

と、つぎの瞬間、三人の背後で……。

——どぉぉぉぉん！

と鈍い音が響いた。

振りむくと、戦女神像が前方に向かってうつぶせに倒れたところだった。見る間に頭が湖面にたたきつけられる。ばしゃーん、とおおきな水音が響いた。水飛沫が飛び散って三人の顔を濡らす。

戦女神像は、ゆっくりと、深い湖の奥へと、おおきな泡を立てて沈んでいった。あとはもうきれいな湖面がユラユラ波打っているばかりである。

一弥が「イ、イッツ・イリュージョン……」とつぶやく。その後ろでニコが「マジで危なかったぜ。アワワ⁉」と真っ青になる。

ヴィクトリカは緑の瞳を見開いて湖面をみつめていた。

湖面が涼しげに波打ちながら静かになっていく。おおきな戦女神像はもうどこにもない……。

やがてヴィクトリカはゆっくりとうなずいて、

「『戦女神とともに旅を終えたとき、未来への扉は開かん』か……！」

夕日がもう消えかかって、辺りはどんどん暗くなっていく。まるで森の奥にいるようである。

一弥はびっくりした顔のまま、ヴィクトリカに向かって、ちょっと楽しそうな声で、

「未来への扉、か。きっと、ぼくと公園に遊びにきたり、依頼人さんのために走り回ったり、またうちに帰ったりする未来だね。ヴィクトリカ？」

終章　Lady Vからの手紙

「おーい、あれだろ？　例の自転車屋って。看板に絵が描いてあるぜ……？」

――日が暮れかけたマンハッタン島の下町。

ヴィクトリカが黒い古い自転車の荷台に腰かけ、一弥が力いっぱい漕《こ》ぎ、その横をニコが走っている。

通りの左右の窓から色とりどりの洗濯物がはためく。ドブの臭いや車の排ガスと混じって、晩ごはんの匂いも漂ってくる。

道行く人はみな帰りを急いで足早に行き来する。

「……そうだね。〈ニュースペーパーロウ〉とも近いな。ぼく、自転車が故障したらここにこようかな」

「それにしてもちっちゃいなー。もっと立派な店かと思ってたぜ。うちの〈ローマカフェ〉の半分……の、半分の……さらに半分か……？」

と言いあいながら、一軒の店の前で立ち止まる。

掘っ立て小屋のようなボロボロのちいさな自転車屋である。左右を立派なビルに挟まれ、ぎゅっと身を縮めているよう。手作りの看板には自転車の絵と店名――〈スースーバイセコー!!〉。

一弥が代表して店内に足を踏み入れて、

「こんばんは。えぇと、ぼくは……」

「オゥ、さっきの探偵ちゃんの助手か。娘の依頼はどうなった？」

自転車の山の向こうから、麻のエプロン姿の大男がヌッと笑顔を現した。大股で近づいてくると、一弥の肩をドーンと押す。

一弥が「ンー!?」と声にならない悲鳴を上げ、店から転がり出てくる。

店の前の舗道で、ヴィクトリカが金色のパイプを吸いながら、ニコは黒い自転車を片手で支えながら、一弥を見下ろした。

「……久城、君大丈夫かね？」

「うちの店の黒オリーブの漬物みてぇに転がったなぁ。オイ」

「イ、イタタ！　大丈夫じゃないよ。なんだよ、相撲の張り手みたいな……」

と、一弥が起きあがりながらぼやく。

ニコが「スモーってなんだよ？」と聞き、ヴィクトリカが「東洋の神秘というやつでな。なんと、こんな格好の男たちが、二人で、こうやってだな……」と両腕を前に押し出し、身振り手振りで説明する。「ほ、ほんとかよ!?　そんな格好で？　そんなことをか!?」とニコがびっくりして聞いている。

筋骨隆々とした父親の後ろから、小柄でぽっちゃりした母親が顔を出した。「あんたったらまたお客さんを吹っ飛ばして……。ごめんなさいね！」「い、いえ……」その後ろから「その自転車の前カゴには……見覚えがあるわ……」と、古い車椅子に乗ったおばあさんも出てきた。

ヴィクトリカが振りむいてよく見て、「ふむ。これがケリー・スーの家《ほーむ》と家族《ファミリー》か……」とつぶやいた。

自転車がたくさんひしめく〈スースースーバイセコー!!〉のいちばん奥。おおきな木箱を四つ合わせた机の周りにちいさな木箱の椅子がある。

ヴィクトリカが椅子に腰かけ、一弥とニコはその後ろに立って、ケリー・スーの家族と話している。

「……というわけで、娘さんはもう一人の依頼人を心配して、救急車に乗っていった。しばらく帰宅しないだろう」

父親が「ふむ、あの子は優しいからな」とうなずく。

「で、そのあいだに、わたしたちは娘さんから頼まれた〝セントラルパークのほんとうの地図〟を手に入れたのだ」

母親が「もう？　すっごーい」と感心する。

するとヴィクトリカはちょっと得意になり、胸を張って、

「うむ、うむ。わけあって地図の現物はなく、代わりに写真に収めてある。ニコくんが明日写真を持ってくる予定である。その報告のためにきた。娘さんが帰ってきたら伝えてくれたまえ」

父親と母親がうなずく。

ちいさな自転車屋には客がひっきりなしにやってくる。

父親が接客にもどる。一弥が「じゃ、ぼくとニコは〈デイリーロード〉に行って、記事を書かなきゃ……」と言った。「ヴィクトリカ、君、一人でブルックリンに帰れないよね。どこかで待っててくれないかな」と店の隅で話していると、祖母が車椅子を押して近づいてきて、「じゃ、この店で待ってればいいじゃない……」と微笑みかけた。

ヴィクトリカと一弥が顔を見合わせ、「うむ」「そっか。ここなら〈デイリーロード〉とも近い」とうなずきあった。

一弥が祖母に頭を下げ、ヴィクトリカのことをよく頼む。

それから一弥が「そうだ。あとでこれを出さなくちゃ……」と朝書いていた手紙を懐から取りだした。

「久城。なんと記したのだね？」

「住所と……仕事もみつかって、それから、二人仲良くやってるって、うん……」

と一弥が答えながら、ほっぺたをだんだん赤くしていく。その顔をヴィクトリカがきょとんと見上げている。

一弥は照れを隠すように、あわてて、

「ね、ねぇ、君も誰かに手紙を書こうとしてたよね。すぐ放りだしちゃってたけど」

するとこんどはヴィクトリカのほっぺたが徐々に青くなった。「ど、どうしたの？」と問われて、うつむき、

「う、うむ。その、貴様の真似をしようとしたものの、すぐやめたのだ。だが……」

と遠い目になり、それから一弥の顔に視線をもどし、ふと、どこかがちがう顔つきになって、

「〝旅を終えたとき、未来への扉は開かん〟か……」

「ん？」

「なんでもないのだ……。だが、そうだな。わたしも手紙を書こう。久城を待っているあいだに、ちょちょいとな。なにしろこのわたしの手にかかったら、手紙を書くなどお茶の子さいさいすぎるのである」

「そ、そう？　じゃ、封筒をあげるから……」

一弥は怪訝《けげん》そうにしながらも、封筒を一枚渡してやる。するとヴィクトリカは大事そうに両手で受け取った。

一弥が「じゃあね。なるべく急いでもどるからね」とばたばた出ていく。

ニコはぼけっと見送っていたが、ヴィクトリカにパイプの先でまたつつかれて「……そうだな、俺もだな」とあわててついていく。

一弥が振りむいて、

「待っててね？」

と笑顔で手を振った。

それから、黒い古い自転車にまたがって、通りを大急ぎで走っていった。

「……お、おーっと！」

交差点を曲がるところで、車にぶつかりかけ、一弥の自転車は急停止した。反動で郵便ポストに軽くぶつかる。

横を走っていたニコがびっくりして、

「わっ。おまえの相棒、大丈夫かよ？」

一弥はまた走りだしながら、「相棒？」とニコを上から下まで見た。それから「君が大丈夫かなんてぼくにわかるわけないけど？　へんなニコだね」と首をかしげる。

ニコは飛びあがり、「お、俺じゃねぇだろ。おまえの相棒ってのはよ……」と自転車を指さした。ついでなにか言いかけて……。

急に黙った。

一弥が「なぁに？」と首をかしげつつ、「ほら、急ごう。ぼく記事を書かなくちゃ……」と自転車を漕ぎ続ける。

ニコが走りながらふとうつむく。

二人はつぎの交差点を曲がって、ビジネス街へと……。

車とスーツ姿のビジネスマンの姿が増えていく。

と、ニコが隣を走りながら伸びをして、

「ナァ！　ＫＩＤと仲間は仲良さそうだったよなァ！」

「わ！　な、なに急に？　でもそうだったね。ＫＩＤとは幼なじみでさ……」

「久城ーっ！」

「もう、大声でなんだよっ。うるさいな」

「……俺はさ、誰もいらねぇんだよ。家族《ファミリー》のほかにはさ。俺、きっとおかしいんだ。生まれつきさ……。あ、相棒なんてよ！　もしできてもきっといなくなっちまうぜ……〈デイリーロード〉でもお荷物になってさ。懐いたって、親戚《しんせき》ンときみてぇに、またたらい回しにされて……」

「おーい、ニコ！」

「……ん？　あれっ？」

「そっちじゃない！　こっちこっち！」

「オ、オォー……？」

とニコが立ちどまった。

いつのまにか一弥から離れて、別の道に曲がろうとしていた。舗道に自転車を停めた一弥が熱心に手招きしている。

ニコはゆっくりと首をかしげた。

迷うように、長い腕をぶらぶらさせて立っていた。

一弥は黙って根気よく待っている。

夏の夕刻の風がふわっと吹いた。車のクラクションや革靴の立てる足音が辺りに響き渡っていた。

と……。

ニコはとても情けない顔で笑った。ゆっくりうなずいてみせ、

「なんだよ、そっちかよ。まちがえたぜ！」

と一弥に向かって走っていた。


そのころ。〈スースーバイセコー!!〉の奥……。

夕刻の店内には、自転車の修理にくる人や部品を買いに来る人がひっきりなしに顔を出していた。そのたびケリー・スーの父親が、ドーンドーンと客を押しだしては悲鳴を上げさせている。

細い木階段で繋《つな》がる狭い中二階が居住スペースらしい。母親が晩ごはんを作りだし、肉を煮込むいい匂いが漂ってくる。包丁のリズミカルな音もする。

ヴィクトリカはというと……。

奥の木箱の机に向かって、封筒とペンを前にうんうん唸《うな》っていた。

「久城が書いていたのは……。住所と、仕事と……二人仲良く……。ふ、ふたり……な……」

ほっぺたを真っ赤にし、黙る。

ちいさな頭にのせたピンクのミニハットが右に左にぴかぴかしながら揺れ始める。

向かいに祖母が腰掛け、穏やかそうな笑みを浮かべたまま、目を閉じて居眠りしている……。

祖母がはっと目を覚ました。目をこすって「あなたなに書いてるの?」とヴィクトリカの手元を覗《のぞ》きこむ。

「む? あ!!」

とヴィクトリカがあわてて手元を隠そうとする。「その、わたしはえっと、手紙をだな……」

と答える。

「でもまだなにも書いてないじゃない？」

「わ、わたしはな、手紙というものを書いたことがなく。だから、その」

「あっ、書き方がわからないの？」

「い、いや、そんなことは！」

と叫んでから、ヴィクトリカは恥じ入るようにそっとうつむいた。

「気にすることないわよ。なんだって最初は初めてだもの。第一、ここは移民の国。初めてやることばかりの毎日でしょ。大人も子供もみんなそう……。ゆっくりお書きなさいよ」

「う、うむ……。そうしよう」

とヴィクトリカは嚙《か》みしめるように繰り返した。

「そうしよう、そうしよう」

「で、誰になにを書こうとしてるの？」

「あ、あ……そのっ」

と、ちょうどそのとき。新しくやってきた客が「ンー⁉」と父親の張り手に吹っ飛ばされた。並べられている自転車にぶつかってドミノ倒しを起こす。おおきな音が響く。「あー、すまん！」「いてっ……」「また、あんたったらお客さんを飛ばして！」と、ちいさな自転車屋の中は大騒ぎになる。

祖母もそっちを見て、「まったく、おまえはもう！」と注意する。

ヴィクトリカは喧騒《けんそう》の中で、誰にも聞こえないようにちいさな声で、

「その、わたしは、ある人にな。妹は新大陸に着いたと。住所と、あとその、従者と仲良く暮らしていると——。で、えーと、探偵に、その……んっと。な……」

George Washington says… 4

……へーくしっ！　くしっ！

わ、わ、わしはなー、って、おい聞いてくれ！　そこのお若いの。わしはセントラルパーク前の売店で、あの日の昼、AtoZのチョコレートボックスと一緒に、例の白銀の髪のちいさな女の手にまたもどってな。夜になると自転車屋に連れていかれて、ちいさな銀色の女に、ペンでなにか書かれてな。

それから封筒に入れられ……ほかの郵便物とともに海を越えて……めちゃくちゃ長い船の旅をしているところなのじゃ。

途中でな、この通り、風邪は治ったぞい！　いまのくしゃみは埃《ほこり》のせいじゃ。ま、船倉の隣の封筒にうつしちまったがの。……ほら、耳を澄ましてみぃ……。隣から派手な連続くしゃみが聞こえるぞい。で、反対側の隣の封筒は、かわいそうに船酔いしてげっそりしておる。しかしわしは元気モリモリで、おや……港に着いたぞよ。

って、ここはどこじゃろう？

あ！　……旧大陸……？

って、なんじゃね？

わしにはよくわからんわい。顔は立派な初代大統領ジョージ・ワシントンじゃが、なんせ紙だからのう。

こうして封筒の中におるから、よく見えんのじゃがな。どうやら、みんなと一緒に港に降ろされて……郵便局に運ばれたぞよ。宛先で振り分けられていくようじゃ……。おーっと、隣の封筒さん、ここでグッバイグッバイ！　おしゃべりできて楽しかったぞよ。おっ、反対側の隣の封筒にも、グッバイ……。

わしはこっちに振り分けられ、長旅を……。

郵便局を出て、馬車に乗せられて……。

カッポカッポと馬の蹄《ひづめ》の音がするなぁ。

長旅疲れのせいかの。馬車に揺られて、わしも、紙といえども、うむ、ぐー。眠いぞよ……。

ぐー……！


……おっ、ここはどこじゃろうな？

宛先の家の郵便受けに届けられ、誰かの手で出されて、ほかの封筒とともに運ばれていくようじゃ……。

おや、外に出たぞ。また馬車でどこかに……。

広場のような場所に着いたようじゃ。ガヤガヤと人のざわめき、馬の蹄に、車のエンジン音。

「きゃーっ！」「素敵！」と若い女たちの歓声もする。……って、なにが素敵なのじゃ？

青年の話し声がする。すぐ近くで……。貴族風のもったりもったりした発音じゃな……。

「……そりゃ、大スターのリバー・ヴァレンタイン主演の映画にならば、私だって出てみたいさ。なんといっても彼は、新大陸の映画の都、ハリウッドの巨星だからな。でも問題は……遠いってことだよ！　ねぇルイジ？　撮影場所は新大陸。それもニューヨークの、郊外の、なんだっけ、ブルックリンとかいうへんな名前の下町……。えっ、手紙、私に？　まったく。また女性からのファンレターかね……。おっ、噂をすれば新大陸からのエアメールじゃないか。きっと向こうでも私の人気が……」

封筒が開けられる。

周りからきゃーっと歓声が上がるたびに、封筒を開ける手が止まり、そっちに向かって手を振っているようである。何者じゃ？　会話からすると俳優なのかね……？　うむ……？

封筒が開き、わしが出される。

おやおや……？

金色の長い髪を垂らし、切れ長のエメラルドグリーンの瞳《ひとみ》を輝かせる、おどろくほどきれいな顔をした青年である。ネクタイを横並びに二本締めている……。

親指と人差し指でわしをつまんで、「ん？　お札が入ってるぞ……？　ほかにはなにも……」と、じっと見る。

傍らに付き人らしき金髪の少年がいた。童顔できれいな青い目をしている。椅子の上に行儀悪く胡坐《あぐら》をかき、テーブルに頬杖《ほおづえ》をついている。こっちは下町風のはっきりした発音で、

「――グレヴィール。よく見ろよ。字が書いてあるぜ。お札が便箋《びんせん》代わりなんて変わってんな」

「おや、ほんとだな、ルイジ。なになに……？」

と、グレヴィールと呼ばれた金髪の男が、顔を近づけてきて、わしの表に書かれている文字を読み始めた。

ぐんぐんと顔色が変わっていくようじゃ。

な、なんじゃ？　わしにいったいなにが書かれているのじゃ……？

ルイジと呼ばれた少年が覗《のぞ》きこみ、「〝We are here.〟か。書き慣れてないのかな。字が緊張してねぇか？　あっ、住所も書いてあるぞ」とつぶやく。「なになに……〝N.Y.BROOKLYN Cranberry Street 14Avenue〟か」と続ける。

「しっかし短い手紙だな。それにかんじんの差出人の名前がない。イニシャルだけだぜ。んーっと……」

するとグレヴィールが震える声で、続きを……。

「──〝Lady V〟」

とつぶやいた。それからもう一回、震える声で、

「〝V〟!!」

ん？

わしを持つ男の手が、ブルブル震えて……？　涙を流しながら……うわーっ、わしを胸に押しつけ、かき抱いたぞよ！

おぉぉ、生あったかくて、それに涙まで……。って、いやじゃー、いやじゃー、男の涙と、ぺったりした感触、や、やめちくりー！

……って、おや？

震える声がするぞよ？

「妹だ！　手紙がきたぞ。生きてた！　でかした。おーい、行くぞ！　リバー・ヴァレンタインの映画に私も出るぞ！」

男が立ちあがったぞよ。

二本のネクタイが、初秋の風に軽々となびいておる。

「私は新世界に行く。そして——ブルックリンという素敵な名前の町にある、我が妹の家を訪ねる！　玄関の前に立ち大声で呼んでやる。『ヴィクトリカ！　ヴィクトリカ！　おまえが大好きな兄貴、グレヴィールがやってきたぞ！』と、な」

本書は書き下ろしです。